スケッギョルド
SCEGGJOLD
芦屋 静香
ASHIYA SHIZUKA
船坂 叶馬
FUNASAKA TOMA

CHARACTER
[HIGH!] SCHOOL HACK & SLASH
小野寺 誠一
ONODERA SEIICHI
笈川 翠
OIKAWA MIDORI
薄野 麻衣
SUSUKINO MAI

ハイスクールハック
アンドスラッシュ1

竜庭ケンジ

BRAVENOVEL
ブレイブ文庫

CONTENTS

[HIGH!] SCHOOL HACK&SLASH

序幕

学生服はシンプルなブレザースタイルだった。

ネイビーブルーのジャケット。

左胸のポケットの位置には校章が刻印されたワッペン。

ネイビーを基調にした制服は、オーソドックスで着る者を選ばない。

女子のスカートは明るいグレーのタータンチェックになっており、胸元のブルーのリボンタイが程よいアクセントになっている。

どこかの街中で見たとしても、特に目を引くような珍しさはない。

バス停とか、駅前とか、繁華街とか、そういうところにいても自然と溶け込むような普通さ。

違和感があるとすれば、そう、その手に持った斧槍《ハルバート》と、制服の上に着込んだ甲冑《アーマー》だ。

「あっ……」

壁に手をついたひとりの女子生徒が、ヒクッと仰け反った。

背後から伸ばされた手がジャケットの内側に差し込まれ、胸の膨らみがやわやわと揉みしだかれている。

前屈みで突き出された下半身は、既にスカートが捲り返されて生肌が露わにされていた。

剥きたての茹で卵のようにツルリとした尻の膨らみが、薄闇の中で艶めかしく映えている。

尻の谷間を割り込むように射し込まれているペニスが、少女の胎内をヌルヌルと掻き回していた。

パンパンパンっと遠慮なく突き込まれる尻打ちに、内股で踏ん張る脚が痙攣する。

深く挿入されたままの陰茎がググッと反り返り、彼女の膣を内側から圧迫する。

「んっ、はぁ…あああっ」

突き出されている臀部がクッと掲げられ、桃尻を凹ませて搾り込まれた。

うねりながら締めつけられる肉壺の感触に決壊する。

谷間に挟まれたペニスがビクッと痙攣し、そのまま断続的に肉の中でしゃくりあげ続けた。

ぷるぷると尻タブを凹ませたまま痙攣する彼女の中に、一切の遠慮をせずに精子が注ぎ込まれていく。

「……んっ、ぅ」

ヌポッと粘液に濡れた肉穴から抜け出した亀頭は、果てたばかりとは思えないほどに反り返ったままだった。

内側から押し出されているように花開いている肉の割れ目。

濃いピンク色に充血した粘膜が覗く穴の奥から、ドロリとした粘塊が押し出された。

「……ァ?」

はぁはぁと呼吸を乱している彼女が、オーガズムに痙攣している尻肉をグッと掴まれて振り返る。

尻の谷間に押しつけられている勃起物に息を呑み、潤んだ瞳で頷いた。

「おーい、叶馬《とうま》。一応ボス戦中なんだが？」

両手に握ったトレンチナイフを残像が残る速度で振り回し、撃ち込まれる無数の棘を全て迎撃している男子が欠伸をする。

「グレープショットぉ！」

杖を掲げた女子生徒のスカートが、散弾銃のように飛び散った魔弾の爆風でなびく。

爆風の中から飛び出してきた双頭の狼は、空気を切り裂いた刀の二振りで四つに分割された。

「全部斬ります！」

制服の腰に巻いたタクティカルベルトに幾振りもの刀を提《さ》げた女子生徒が、うっすらと焔を纏った大太刀を振りかぶっていた。

「いく」

「です」

手を繋いだ、鏡写しのようにそっくりな姉妹がカードを掲げていた。

閃光が迸り、獣の悲鳴が響く。

そこは、戦場だった。

「……仕方ありませんね。叶馬さん、参りましょうか？」

壁に手をついていた少女が深いため息を吐いてスカートを戻す。

下着は元より穿いていない。

それはストレートに、いつでも致せるように、という理由だ。

「ああ」

我に返ったように頷き、小さく頭を振った。

「何か気になることでも？」

「いや……」

取り巻きの大半が排除された階層守護者《フロアガーディアン》が、見上げんばかりの巨体を震わせて起動しようとしていた。

「たまに、コレが現実なのか、夢の中なのか、わからなくなる時がある」

「それは、まあ学園のみんなが思うことかと」

襲い来るモンスターに、スキルや魔法。

それは夢にしてはリアリティがあり過ぎ、現実にしては常軌を逸していた。

だが、それがダンジョンというものだ。

「いざ、参る」

グルグルと唸る獣を従えた少女たちに頷き、一歩を踏み出した。

「ツがあああアッ！」

爆ぜるオゾン臭に髪を逆立たせ、まっすぐにボスモンスターへと突貫していった。

第一章　豊葦原千五百秋水穂学園

「——次、船坂《ふなさか》叶馬。入れ」

扉の向こうから呼びかけられると、手持ち無沙汰で窓を見ていた男子生徒が立ち上がる。

木の葉と色彩が落ち始めた中庭は、いかにも寒々しい。

廊下の窓側に並べられた椅子には、同じように順番待ちをしている生徒と、同伴している生徒の親が座っている。

人生において重要ないくつかの岐路、高校進学の目安となる三者面談が行われていた。

「失礼します」

名簿順に呼ばれる生徒たちの中、彼はひとりだけで扉を開け、待ち受ける担任教師に礼をした。

書類の詰まったファイルワゴンに挟まれた担任は、卓上の書類から顔を上げてため息を吐いた。

「……いや、済まんな。お前が悪い訳じゃない。まあ座れ」

「……申し訳なく」

担任の前にふたつ並べた机と、ふたつ並べた椅子、そのひとつにひとりで座る。

三者面談ならぬ二者面談だ。

「俺も何度か確認のために電話してみたんだがな。ああ、楽にしていいぞ。別にお前を責めてる訳じゃない」

叶馬は困ったような笑みをかろうじて浮かべる。

普段からいろいろと気を使ってもらっている担任の先生は、叶馬の中で信頼できる味方だった。

「母は音信不通で。今はどこで何をしているか」

「親父さんのほうは、まだ帰ってきとらんか？」

「三者面談の通知をもらってからは……。数ヶ月帰ってこないのは珍しくなく」

ため息を堪えた担任は『そうか』とだけ答えた。

昨今は珍しくもない家庭内不和。

受け持った生徒のひとりというだけの関係では、特にそれ以上の干渉はできない。

精々、何か困ったことがあったら相談しろ、と気遣う言葉が出るだけだ。

実際に相談されても、何ができる訳ではないのはわかっている、お互いに。

「一応、進学するという方針でいいんだな？　どういう道に進むにしろ、高校ぐらいは出ておいたほうがいい。それは間違いない」

「はい。父も好きにしろと。ただ余裕はないので、できれば公立で」

生徒と教師で直接、経済的負担の話をするは少々気まずい。

だが重要な問題だ。

担任教師は無言で頷き、卓上に広げた生徒のプロフィールに視線を落とした。

高望みさえしなければ、いくつかの公立高校を狙える学力はあった。

内申的には多少の問題児ではあったが、それはあえて担任である自分が誘導した結果だ。

入学した当時ならともかく、三年生になった今なら普通の生徒に見える。

だが、と顔を上げて改めて生徒を見留める。

内面を窺うことはできない。

おそらく、普通の社会生活を営むような、真っ当な道へは進めない。

いい意味でも悪い意味でも、普通という言葉には当てはまらないタイプだ。

それでも彼は自分の教え子であり、一生懸命な若者らしい熱量を確かに持っている。

何事もなく日々を過ごすため、自分を抑えるという努力の方向が、担任教師としてかわいそうだと思ってしまった。

もっと前向きになってもいい。

少なくとも、何か目標を持った生き方をしてほしい。

教師として生徒を導くという役目は、自分のモチベーションであり原点だ。

だから、ふと、誰に見せることもなく、誰に勧めるつもりもなかった一通の願書を思い出した。

「なあ、船坂。先生の個人的な伝手《つて》でな。一般の公募を行っていない、少しばかり変わった学校の推薦枠があるんだが――」

＊　＊　＊

『豊葦原学園《とよあしはらがくえん》』は立山連峰の麓、手付かずの自然の中に佇んでいた。

ひとり地元を離れて在来線を乗り継ぎ、辿り着いた駅で呆然と立ちすくむ。

一般の入学希望は受け付けておらず、全て推薦のみ。

ある意味で恐ろしく狭き門は、拍子抜けするほどあっさりとクリアしてしまった。

少し気合いを入れて受験勉強もしてみたのだが、書類審査だけで入学試験もなかった。

ただ、学校の診断書は使えなかったらしく、わざわざ病院にまで出向いて健康診断を受けさせられたのが面倒だった。

担任の先生から勧められた県外の、それも全寮制の学校に進路を決めたのは、十分な利点があったからだ。

まず学費に心配がないこと。

公立ではなく国立高等学校になったが、より学費が安いらしい。

全寮制という制限については、県外出身の自分にとって渡りに船だ。

学校の偏差値レベルは、先生に聞いても曖昧な返事しか聞けなかった。

自分でインターネットを使って調べてみても校名すらヒットしない。

できたばかりの新設学校なのかと首を捻ったが、担任の先生の母校でもあったらしい。

少し後悔したが、その時には既に手続きは進んでいて、入校案内の手引書が届いていた。

勉強はそれほど苦手ではないが、あまりレベルが高いとついていくのがつらいと思う。

だが衣食住のうち、食と住に不自由しないというのは魅力的だ。

父が口座に振り込んでくれていた生活費は子どもの小遣いという額ではなく、中学生になってからは衣食住に困ったことはない。

ただ、食事の支度も、衣服の買い出しも、家事の準備も、全部自分でやらなければならなかっただけだ。

それがずっと当たり前で普通だと思っていたから、つらいとか寂しいとか思ったことも、たぶんなかった。

そういうものなんだと思っていた日常が、少し違うのかもしれないと気づいた時に、なんとなくココにはいたくないと思ってしまったのだ。

だから全寮制というのはプラスの要素で、ワクワク感のほうが強い。

クラスメートからは自立していると思われていたようだが、実際にはこんなものだ。

それに豊葦原学園は伝統のある学舎だと、担任の先生が保証していた。

胡散くさいな、とは思ったが、先生が大学の教育課程に進めたのだから立派な教育機関なのだろう。

少し複雑な顔をしていた担任の先生だが、進学率や就職率もほぼ一〇〇パーセントだと言っていた。

けど、やっぱり胡散くさい。

「最初は驚くかもしれないが、まあ、お前なら大丈夫だろう」

中途半端な激励を思い出す。

『中野駅』という日本中であっちこっちにありそうな駅を出ると、駅前商店街が広がっていた。

ひとりしかいない駅長さんに道を尋ねても、微笑みを浮かべながら頭を振られてしまった。がらがらの電車に自分以外の乗客はいなかったが、今まで何人もの入学生から同じ質問を受けていたのだろう。

駅の出入り口を抜けると、商店街の先に豊葦原学園の正門が見えていた。

周囲の緑と溶け込むほどに広大な、施設の全容が見えないくらい大きな学園だった。

田舎にある小さなボロ校舎を想定していたので驚いた。

見るからに歴史を感じさせる建物は、大正ロマンの建築様式というのだろうか。

学校というよりはホテル、ホテルというよりは旅館、旅館というよりは料亭にありそうな歴史的建造物だった。

これは確かに、駅長さんも答える必要はないと笑ったのもわかる。

それ以上に驚いたのは駅前商店街というべきか、学生通り商店街というべきか、駅と学校の間に並んだ店舗の品揃えであった。

全国展開している服のチェーン店に小洒落たブティック、地元にもあったファミレスに個人経営っぽいレストラン、コーヒーショップにコンビニエンスストア、本屋にドラッグストア。

周囲に住宅地らしい場所はなく、学園と商店街があるだけ。

学生のみをターゲットにして採算が取れるのか心配になる。

そして、見慣れた店舗の間に違和感なく混じっている、鍛冶屋や骨董品店。

鍛冶屋なんて今まで見たこともなかったが、店の奥からカンカンと硬いものを叩く音と、煙突から立ち上る煙を見れば疑いようがない。

微かに鼻の奥を突くのは、鉄の焼ける臭いだろうか。

何店かある店のショーウィンドウには、板金の全身鎧とか両手持ちの剣のようなもの飾られていた。

もしや、これはコスプレショップというやつなのだろうか。

いささかマッチョ気味の担任が脳裏に浮かぶ。

まさか、先生がコスプレイヤーだったとは夢にも思わなかった。

きっと学校七不思議のひとつ、深夜に踊る女装したマッチョマンは担任の先生だったのだ。

『少しばかり変わった学校』

なるほど、とても意味深な暗喩《あんゆ》だ。

ネット検索に名前がヒットしないのも納得である。

秘すれば花、マイノリティな同好の士が集うアンダーグラウンド。

コスプレイヤーが集う学校、それも国立の。

あえて演劇系とソフトな表現をするべきだろうか。

最初は驚く、確かにこれは驚いた。

お前ならば大丈夫、つまり同類として見られていたのか。

百歩譲って、まったく興味がないと言えば嘘になる。

心機一転、何事も前向きに考えてみよう。

よく見れば、西洋風のフルプレートメイルの他にも、大河ドラマに出てくるような日本風の鎧兜もあった。

鍛冶屋さんによって洋風、和風が分かれているようだ。

ツーハンドソード、バスタードソード、ハルバード、バトルアックス、トゲトゲ鉄球。

大太刀、小太刀、長刀に十文字槍。

男子ならだいたい同意してくれると思うが、武器を見るとそれだけで無性にワクワクしてくる。

雨上がりの下校時に、傘を手にして「零式ァァ！」とかは、きっと誰でもやったはずだ。

だいたい、傘十本くらいは駄目にしてると思う。

ショルダーバッグを担ぎ直し、じんわりと下がるテンションから目を逸らすように学園へと一歩を踏み出した。

＊＊＊

豊葦原学園第三男子寮、通称『黒鵜荘《くろうそう》』では新入生を迎える手続きで少々騒がしい。

新しい入寮生にとって、かさばる荷物は宅配便で先に送るのが通例だ。

部外者立入禁止の構内においては、荷物の搬送役は先輩寮生の役目になる。

あきらかに漫画雑誌が入っていそうな重量の段ボールを運ぶ上級生は、舌打ちしながら名前と部屋を確認し、後日没収の段取りを付けていたりする。

木造三階建てのモダン建築は、随時補修されてはいるが旧世代の建物だ。

ただし建屋自体の強度は流用元施設の事情もあり、過去幾多の震災を乗り越えたくらいには強固だった。

廊下の天井にぶら下がった洋灯《ランプ》は年代物でも、光源はＬＥＤに替えられている。

エレベーターなどはなく、廊下を歩けば床が軋んだ。

新入生に回される部屋は当然、最上階の三階フロア。

等間隔に並んだ分厚い木製ドアを開けば、そこは寮生のプライベートエリアになる。

そこそこ広い室内には、ベッドと机がふたつずつ設置されていた。

新入生に割り当てられる部屋は相部屋が基本だ。

二年生にもなれば成績上位者からひとり部屋への移動が可能となり、フロアも一階を使用できる。

寮によって多少規則が異なるが、基本的には実力主義が罷り通っていた。

学園の気風として、何よりも強さが優遇されていた。

管理する立場の学園側でも、むしろ実力主義を推奨している。

学生寮のシステムは、創立当初から寮生自らが自主運営する自治寮になっている。

学園の敷地にあって監視の目が届きやすく、集団行動や自立性を養う学び場とされていた。

そんな黒鵜荘のとある部屋の中で、ひとりの新寮生がタブレットを弄っていた。

窓際に並べられたマホガニーチックな机の片方に腰掛け、諦めたようにため息を吐く。

ちょうど見計らったように、ドアをノックする音が響いた。

「入ってますよーっ……って便所ちゃうわ」

あっさりと開かれた扉に、セルフ突っ込みが続けられた。

「そこは、ちゃうやろっ、て突っ込んでくれよ。円滑なコミュニケーションにはノリ突っ込みが必要だぜ？」

「俺には難しい」

叶馬は真面目な顔で、真面目に答える。

それが一番ダメージがある、とルームメイトになった誠一《せいいち》が笑顔を引き攣らせた。

真面目で硬派なジョークが通じないタイプ、というのが叶馬に対する第一印象だ。

「だが、それが普通のコミュニケーションだというのなら、否もなし」

「いやいや、お前はどこの時代劇から出てきたサムライだよ」

元々叶馬は口数が少ないタイプであり、友人との気安い会話という経験がなかった。

いや、それ以前に友人がいない。

口下手な人間だと本人もわかっており、わかっているが故に絶対に失敗しないようにと身構える。

会話のコツというネット情報を真に受け、姿勢を正して正面から相手の目を見る、睨む。

別に内向的なタイプという訳でもないので会話のキャッチボールは楽しい、楽しくてテンションが上がるので失礼にならないように声のトーンを落として表情を消す。

フランクな口調も親しくないうちは失礼になるとの思いから、妙に堅苦しい。

あきらかに叶馬の対処方法は間違っているので、相手はだいたい怯える。

同室の誠一が社交的なタイプでなければ、初日にして部屋替えを願い出られるレベルである。

「いいだろ？　これリンゴの最新ヴァージョンだぜ。けどさ、やっぱ繫がんないんだよな」

誠一は手にしたタブレットをベッドに放り投げる。

「つーか、携帯すら使えないってどんな田舎なんだよって話」

「ああ、不便だな」

スマホどころか携帯電話すら持っていなかった叶馬が、真顔で嘘を吐く。

だが実際、新入生が一番ショックを受けるのが各種通信ネットワークからの遮断であった。

どこにいても携帯端末でネットワークと繫がっている、それが当たり前の世代である。

一応寮には据えつけの公衆電話があり、制限はされているがネットへの有線接続も可能だ。

完全に外界から情報遮断されている訳ではない。

「机のコンセントの横にネット接続用のＬＡＮ端子があるが」

「学園側でフィルタリングされてるから、ろくに繫がんないんだわ。ＢＢＳも駄目だし、水着の検索すら出てこねぇ」

「つまり、自慰ネタが欲しいのか」

「……いや、もうちょっとさ、言葉を飾ろうぜ」

自分のベッドに腰掛けた叶馬が、天井を見上げてからゆっくりと口を開く。

「マスターベーションに理解がない訳じゃない。前もって教えてくれたら、さり気なく席を外そう」

「……おう。そこら辺は追い追いな」

「ああ」

微妙な顔をしている誠一が黙ると会話が途切れる。

話題をッ、と苦悩する叶馬が発するプレッシャーで部屋の空気が張り詰める。

本人は必死なのだが、焦って言葉が出ない上に無表情のままだった。

「……あー、わかったわかった。そう殺気立つなって。初日にバレるとは思わなかったけど、こっちから仕掛けたりはしない」

さり気なく机の上にセッティングしてあったライブカメラを回収し、大袈裟に肩を竦めてみせる。

「ああ」

「オーケー。叶馬が何も言わなけりゃ、俺も何も言わないぜ。お互い、なあなあで仲良くやっていこう」

両手を挙げて降参のポーズをする誠一の苦笑いに、叶馬も会心の微笑みを返した。

自分では、そのつもりだった。

正直なところ、不安で心細かった学生寮の生活も、順調な滑り出しであったと思う。

特に同室の誠一、彼はとてもいい奴だった。

名字ではなく名前で呼び合うなど、もはや友人、いや親友と言ってもよいのではなかろうか。

というか、この学園には変なローカルルールがあるらしく、基本的に名字を名乗ってはならない。

これは学園の中では生まれや立場に囚われることなく、個人として自立を促すという教育理念であるそうだ。

真名を知られるのは危険だからとか注意書きがパンフレットに書いてあったが、意味不明である。

ごく自然に親しさを演出できると考えれば素敵なルールとも言える。

これが中学とは違う、大人の付き合いなのだろう。

とテンションが高いまま夜明け前に目覚めたので、隣のベッドで寝ていた誠一をじっと小一時間ほど見つめてしまった。

うなされて汗をだくだくと流していたが、起こしたほうがよかっただろうか。

少しばかり性癖に問題があるようだが、親友の秘密を言いふらすほど口は軽くない。

盗撮マニアだったとは驚きだ。

自分を盗撮する意味があるとは思えないのだが。

いや、そもそも自撮りを盗撮と言っていいのか。

親友を偏見で差別してはいけない、自撮り盗撮癖のあるオナニストの気持ちになって推測してみよう。

おそらく、奴はユー◯ューバー。

『男子寮de自己発電chu☆盗撮シチュエーション』などという題名でライブ配信だ。

豪快なシェイクハンド、正気を疑わせる千差万別のネタ選び、常軌を逸した各種ツールを使用する熟練テクニックに視聴者は釘付け。

たぶん、再生回数は稼げないと思う。

一部のコアな信者がつきそうな気もするが。

邪魔はせず、ルームメイトとして生暖かい目で見守っていこうと思う。

そんな感じで寮生活にも順調に馴染みながら、いよいよ学園生活が始まった。

真新しい制服に身を包んだ俺たちは入学式へと足を運んだ。

豊葦原学園の校舎は、大部分が大正時代に作られた建屋を改築しつつ利用しているそうだ。

赤煉瓦の外観はノスタルジックな感じで、東京駅の駅舎に似ている。

体育館で行われた入学式は、とにかく園長先生の話が長かった。

挨拶の中で繰り返し、国を担うだの、使命を自覚してだのと、かなり右寄りな印象だった。

まあコスプレ、ではなく日本で独自発展したサブカルチャーは世界に誇れる文化だと言いたいのだろう。

クラス分けについては事前に発表されており、スムーズに教室へと移動した。

男女の割合は、若干男子が多いかなという感じだ。

じっくりとこれから級友になる生徒たちを見回す。

「よっ、叶馬。さっそく不機嫌そうな面だな。絞める相手でも探してるのか？」

同じクラスだったユー◯ューバーが訳のわからないボケをかましてくる。

これがフリ・・・か。

突っ込めという誘いだろう。

九〇度に立てた肘にスナップを利かせ、誠一の胸部に水平チョップを撃ち込む。

「……ちゃうやろ」

「ゲホッ、かはッ……わ、悪ぃ、ちょっとした冗談だ」

片膝を突いて咳き込む誠一が涙目だった。

なるほど、リアクションが真に迫っている。

あまりの素晴らしさに、雑談で賑やかだった教室の空気も凍りついたようにシンと静まり返っていた。

こういうみんなが一斉に黙り込む瞬間を、天使だか妖精が通ったとメルヘンチックに表現するそうだ。

「突っ込みはもうちょっと手加減しろよ。やっぱ、鍛えてるのか？」

「ああ、俺はインドア派だ」

雑学はいろいろと仕入れている。

今までは使うタイミングがなかったが、そのぶん孤独な時間でさまざまな話題に応えられるように鍛えていた。

英国のウィットジョークとか、ネットで学んだ古武術とか、たぶんマスタークラス。

鏡に向かって小粋な会話を演出し、自室で無拍子打法やら膝抜きとかやっていたが、理解するのに数年かかった。

つくづく自分は不器用だと思う。

みんなが自然にやれるようなことを、必死で練習しなければ身につけられない。

それも天分だ。

人生は配られたカードで勝負するしかない、人生の師と仰ぐビーグル犬の名言だ。

「まあ、そういうことにしたいか。けど、いろいろと外とは違うらしいから気をつけたほうがいいぜ」

「わかった。気をつける」

結局、微妙に教室の空気がぎこちないまま、一時限目を告げる時計塔の鐘の音が聞こえてきた。

＊＊＊

俺たちのクラスは壱年丙組だ。

ヘイ組ではなく、ヒノエ組である。

新入生のクラスはなんと二十四クラスもある。

一クラスが四十人として、一学年でだいたい千名を数えるのだからマンモス校だと思う。

ただし、学年が上がるに従ってクラス数は減っていくそうだ。

高校にしてはドロップアウト率が高いのかと不安になったが、そもそも豊葦原学園は高等学校ではなく、高等専門学校だった。

正直なところ、先生に説明されるまで高等専門学校という存在を知らなかった。

ロボコンとかで有名らしいのだが、この学園ではエントリーしていないらしい。

高校と高専の一番の違いは、就業年数が五年になることだ。

そのぶん、普通の高校で学ぶ一般科目の他に、専門科目が追加される。

イメージとして高校＋専門学校という感じだ。

学ぶべき項目が多いので一般の高校に比べて修学が厳しく、退学率も高いそうだ。

その代わりに、卒業できれば就職や進学で苦労することはなく、ほとんどは推薦で決まってしまうらしい。

問題は、その専門科目の内容だ。

まさかコスプレ道を極めるとかではあるまい。

当然、中学の担任にも確認はしたのだが、返ってきた答えは『何でも好きな希望が通る』である。

無事に卒業すると、自分が進みたい進路へのお膳立てを学園が整えてくれるらしい。

専門科目はそのための試練なのだそうだ。

だから頑張れ、と。

質問の答えを誤魔化されたな、というのは気づいていたが、それ以上の質問はしなかった。

特にやりたいことや将来の展望もなかったので、勧められるままに流された結果だ。

そんな俺を見透かし、色んな可能性を残してくれる、この学校を勧めてくれたのだと思っていた。

だが今こうして授業内容のオリエンテーションガイダンスを聞いていると、俺は何か先生に恨みを買うような真似をしただろうかという気持ちでいっぱいだ。

とりあえず一般科目の、国語、地理歴史、数学、外国語などについてはわかる。

これらは月・水・金曜日にまとめられていた。

残りの火・木・土曜日に割り振られている『専門科目』の意味がわからない。

身体強化訓練、サバイバル基本、迷宮概論、測図学、探索術、格闘術、各種武器戦闘術。

剣術、槍術、棍術、盾術などは選択講義方式になっていた。

新入生は最初にひととおりの訓練を受けて、自分の適性に合った武装を選ぶように（経験者除く）とのことだ。

クラスメート全員に配られた説明資料から顔を上げ、教室の中を視線だけ動かして窺い見る。

誰も笑っていない。

教師による渾身のギャグではないのだろうか。

いや、これは俺の資料にだけ仕込みをして、俺からのリアクションを待っているに違いない。

壱年丙組の担任は、大学を卒業したばかりのように見える若い女性の先生だ。

髪をひっつめに結い上げ、お洒落眼鏡を掛けた先生は真面目な顔をしていた。

可愛らしいというより美人系の表情が、だんだんリアクションが返ってこなくて焦っているように見えてきた。

笑ったほうがいいのか悩む。

先生と目が合ったような気がしたが、とりあえず保留にしてパンフレットに視線を戻した。

＊　＊　＊

時報を告げるチャイムが構内に響く。

録音再生ではない本物の鐘の響きは、その日の天気によって音色が変わる。

「ふぅ……」

張り詰めるような威圧感を放っていた叶馬が、小さく吐息を吐いて背もたれに寄りかかっていた。

誠一は自分だけでなく、叶馬の周りの席で居心地悪そうに下を向いたままのクラスメートに同情した。

仕方ないだろうという気はする。

叶馬にとってはおそらく、この学園は敵地として送り込まれたはずだ。

あからさまだと早々に粛清対象とされてしまい、自分も役目を果たせなくなりそうなので忠告はしたが、どうやら効果は薄そうだ。

少なくともバックにいる組織の確認が取れるまで、騒ぎを起こさないでほしいと願う。

前触れもなく、都合よく背後の座席に収まっていた誠一の元へ、無表情の叶馬が一直線に接近する。

一瞬テレパシー関係の異能者なのかと顔が引き攣ったが、それなら寮で顔を合わせた時にリアクションがあったはずだと思い直す。

「誠一」

「な、何だよ？」

周囲の生徒が顔を逸らして知らんぷりを決める中、背中を冷や汗で濡らした誠一が引き攣った笑みを浮かべる。

「笑ったほうがよかったのか……？」

「はぁ？」

「俺は笑って差し上げるべきだったのか。どうなんだ、誠一」

叶馬とは僅かばかりの付き合いだが、突拍子もない発言にも少しは慣れてきた。

同時に話が嚙み合ってないな、と思うことも増えている。

「そりゃ……しかめっ面よりは笑顔のほうがいいだろ」

「やはりか」

視線を落として眉根を寄せた叶馬は、やはり噛み合ってない感じが凄まじい。

「先生には申し訳ないことをした」

「あー、翠《みどり》ちゃん先生か。ちょっとピリピリしてたよな。叶馬が『オ前ヲ殺ス』みたいな目で睨んでた所為じゃないと思うが……」

だいたい、理由の九〇パーセントくらいだろうと思われた。

残りは新任クラスとの初顔合わせから来る緊張だろう。

事前の調査配布資料を思い浮かべても、生徒寄りのフランクで気安い性格という評価だった。

専門科目は迷宮概論担当。

学園の卒業生であり、そのまま学園に留まって教職課程を受けた新任教師なので身元に裏はない。

一般教科の担当教師は、いくらでも換えが効く、学園の飼い殺しだ。

そこから手を伸ばすか、と誠一は叶馬の攻めどころを見た気がした。

幻覚である。

「謝罪に行ったほうがいいだろうな……」

「いや待て。今日は初日だ。いろいろと先生たちも忙しいだろ」

颯爽と教室を出て行こうとする叶馬を引き留める。

根回しの時間を与えない、即断即決がいろいろな意味で厄介な叶馬の持ち味だった。

「そもそも何をやらかしたんだよ？　先生と顔を合わせたのは初めてだろ。それとも、翠ちゃんが担任になるのを知ってたのか？」

「いや、先生も俺に当たるとはわからなかっただろう。俺が不粋だった」

誠一が言葉に潜ませたリドルが、斜め上からプチッと踏み潰される。

軽い頭痛にこめかみを押さえた誠一の前に、スッとクラス全員に渡されたオリエンテーション資料が差し出される。

「ん？　これがどうかしたのか。俺ももらってるぞ」

「これを見てみろ。俺は先生の気遣いを踏みにじった」

まるで三年間ほど毎日巻き藁を打ち続けたような節くれた指先が、授業カリキュラムの時間割を指差す。

必須技能のひとつとして教え込まれた速読術を使うまでもなく、自分が渡されたのと同じ、大量コピーされたプリントだとわかった。

「ああ、ダ・ン・ジ・ョ・ン特別実習か。俺らのクラスが一番早いけど、初めての時はいろいろ段取りが決まってるらしいからな。そこら辺は順不同で仕方ないんじゃないか？　遅いか早いかの違いだしさ」

適当に会話を続けながら、誠一は自分のパンフレットを取り出し、見比べる振りをして入れ替えた。

肉眼では見えない、例えば炙り出しのような暗号が仕込まれているか検査する必要を感じたのだ。

無意味だったが。

「でもさ。講習もなしで明日いきなりダンジョンダイブとか、あり得なくない？」

「他のクラスより先行できるって訳だろ。いいじゃん」

「あっはは、自信あるんだね……えっと、誠一くん？」

隣の席から割り込んできた声に、誠一は人好きのする笑顔を向けた。

「そっちは麻衣《まい》？　だったか」

「いきなり軽いね！　よろしくね。誠一くん、と」

自分の机に肘をついて、ニコッと笑みを返した麻衣が言葉を詰まらせる。

ミドルロングの髪をハーフアップに結い上げた、愛嬌のある顔が少しヒクついた。

視線の先では腕組みをした叶馬が、無表情のままプリントを睨んでいた。

「ようやく気づいたんだが、適度にスルーするのが叶馬と付き合う秘訣だ」

「あ、はは……。なんかバイオレンスな奴がいるなって思ったんだけど、マジでヤバくないよね？」

「難しい質問だな」

適度にスルーどころか、全スルーしたい気持ちが溢れている誠一が素で悩む。

現状ではまだクラスメートに対する人物評価も済んでおらず、友好関係を結ぶべき相手が誰かはわからない。

だがとりあえず、叶馬を揺さぶる手駒として愛嬌を振りまいておく。

「危ない奴かもって上で声を掛けてきたってことは、粉かけだろ？」

「そゆこと。見たトコ、一番強そうな感じだしさ。パーティーの先約どうかなって」

上目遣いで窺い見る麻衣の仕草はあざとい。

同年代の男子に与える影響を、はっきりと理解して使っている。

つまり使わざるを得なかった環境で、男に媚び慣れているということだ。

誠一は自分の視線と興味の先を、わざとあからさまにして麻衣の身体に向けた。

初日だというのにさっそく着崩したブレザー制服に、短く巻き上げたスカートから覗く脚。

悪くない、面倒なく楽しめそうな相手だ。

「あたしと、この子。静香《しずか》ちゃんと一緒にどう？」

「ま、麻衣さん……」

自分を評価する誠一の目に気づきながらスルーした麻衣が、所在なさげに後に立っていた女子生徒を押し出す。

ふっくらとした胸元、柔らかそうな手足、図書室にいるのが似合っていそうな文学系だった。

はっきりいえば鈍臭そうなタイプ。

誠一はどちらも、最初から割り切って学園に身売りしたタイプだと見当を付ける。

「この子とは寮のルームメイトなんだよね。……そっちも、でしょ？」

「イイね。悪くない」

「よしっ、んじゃ決まりね。明日からヨロシク！」

ニコッとした微笑んだ麻衣に、同じく笑みを浮かべて頷いた。

一番ヤバそうなところがグループを成立させたので、少しだけ教室の空気も弛んだ。

残りのクラスメートたちも各々、最初のパーティーメンバー交渉を始めていた。

本日のスケジュールはミーティングが終わり次第自由解散となっており、のんびりしたものだ。

「おーい、叶馬。という訳で勝手に決めちまったけどいいだろ？」

「ひとつ、根本的な疑問があるんだが」

「おう。どした？」

口元に指を当て、遠い目をした叶馬が窓の外を見ていた。

教室から見下ろす中庭。

体育館へ繋がる渡り廊下を、黒い一団が歩いていた。

「ああ、華組の奴らか。入学式も別にやるのな」

「へー、ホントに学ランとセーラー服なんだね。特級科って」

男子は詰襟学ランに学帽を深く冠り、黒いインバネスマントを羽織っている。

女子は上下ともにオーソドックスなセーラー服と、白いリボンを胸元に結わえている。

白と黒、色彩のないモノトーンの集団は一切の私語もない軍隊のようであった。

「そういえば、さ。寮の先輩も華組は『見るな話すな近づくな』って言ってたけど、なんで華組って言われてるの？」

「こっちも先輩から噂で聞いた程度だけどな。ここの特級科ってのはお偉いさんのお子様しか入れねえんだ。それがずっと創立当初からの伝統で、当時は所謂、華族だったわけだ。んで、華組」

「なるなる。まあ、セーラーよりブレザーのほうが可愛くて好きだけどね」

体育館から出てきた特級科は、普通科に比べ人数が少ない。

特級科は学園の調査機関による身元調査があり、年度によって入学者数が大きく変わる。

定数に対しての応募ではなく、応募に対して席数が調整された。

特級科と普通科の違いは制服だけでなく、いくつかの特権としての差別もある。

わかりやすく一目でわかる特権は、構内においての無制限帯刀許可だ。

入学式で特級科生徒が腰に差しているのは、持ち込みによる自前の日本刀だった。

「やっぱ、カタナはかっちょイーかも」

「どうかね。殺陣《たて》に慣れてねぇと棍棒のほうがマシらしいぜ？　実際、俺らに最初配られんのはヒノキの棒らしいしな。どっかの国産ＲＰＧかっつーの」

誠一は窓枠に身を乗り出した麻衣の尻を眺めながら肩を竦める。

「さっさとハガネの剣くらい欲しいもんだ……って、どうしたよ？」

「いや、何でもない」

叶馬は窓へと顔を向けたまま空を見上げていた。

＊　＊　＊

ひとりで先に部屋に戻り、椅子に座って学生手帳に目を通した。

寮の一階食堂では、まだ新入寮生歓迎会が続いていたが先に抜けさせてもらった。

オリエンテーションガイダンスで生徒ひとりずつに配布されたこの手帳は、最新の電子学生手帳という代物だった。

ポケットに入る薄いカード状で表面はモニター、裏面には校章と学園名がスタイリッシュなデザインで刻印されている。

贈与ではなく一時貸与なので、大事に扱うようにと念を押された。

かなり高価であるらしい。

この手の機械とは昔から相性が悪く、一度スマホも購入してみたのだが三日で壊れた。

というか勝手に爆発したのだが、メーカー修理保証対象外扱いされたので再購入は見送った。

以来、携帯端末の類いは使ったことがなかったのだが、タッチパネル方式だったのでなんとなくでも操作できる。

ざっと最初から目を通していく。

デフォルトで表示されるのは身分証を兼ねた個人情報。

名前の他にも、『レベル』とか『ＥＸＰ』とか『クラス』とか表示されているのが謎だ。

顔写真は自分でも、もっと愛想よくしろ、と思う。

少しでも緊張すると表情が抜け落ちるらしく、記念写真はだいたいこの顔になる。

モニターをフリックで捲ると校歌、学園沿革、校則規約、生徒会組織、施設の利用規約などの項目が並んでいた。

電子手帳の容量に任せて片っ端からデータを入れてあるのか、ちょっとした辞典くらいありそうだ。

幸い、ワード検索機能があったので『パーティー』についてサーチした。

『節度を保って学生らしい振る舞いを』、もっともだ。

『アルコールは厳禁』、現在進行形で一階食堂にて振る舞われているような気もするが、まあもっともだ。

一応、『ダンジョンライブ』でも検索してみたが該当する項目はなかった。

もしかして…力が足りない。

しばらく手帳を眺めていたが、何故か煙が出てきたような気がしたので机の奥に仕舞いこむ。

デスクトップパソコンだと問題ないのだが、ノート型パソコンだとやっぱり煙を出したりする。

どうにも不良品を引いてしまう運命らしい。

引き出しを開けて煙が収まったのを確認してから、歓迎会の会場へと戻った。

幕間　男子寮の厠にて

「足下ふらついてるね。もしかして、飲んだのは初めて？」

「は、はい。なんか先輩たちからメチャクチャ注がれちゃって……」

黒鴉荘の一階にある厠《トイレ》。

歓迎会という名の宴会は、夜が更けても続けられていた。

いつもよりも少しだけ豪華な料理の他にも、寮の先輩たちが持ち込んだ御禁制の品が振る舞われている。

寮の中には生徒たちしかおらず、無法の宴となっていた。

「いやぁ、俺マジこの寮でよかったっす。先輩も優しいですし」

「そっかそっか。黒鴉荘はアットホームな寮だからね～」

壁沿いの小便器に並んだ先輩後輩が、同時に腰を揺すった。

「俺、寮暮らしとか初めてなんで、先輩たちからいろいろ教えてもらえると嬉しいっす」

素直に頼られれば誰でも嬉しいものだ。

「ちなみに、君って童貞？」

「へ？　は、はい……そうっすけど」

「それじゃ、アレだ。他にもいろいろ卒業しちゃう？」

酔いではない羞恥に顔を赤くした新入寮生の首に手が回される。

「ま、どうせすぐに童貞なんて卒業しちゃうんだけどさ。学園の流儀に慣れておいたほうが、上手く立ち回れるよ」

「えっと、先輩？」

無意識に尻を押さえて身構える後輩を連れて大便器の個室へと誘導する。

ずらりと並んだ個室のドアは、全て締め切られていた。

いくつかの個室から聞こえてくるガタガタとした物音に、新入寮生の顔が引き攣った。

「せ、先輩、俺ノン気なんですけど……」

「まーまー、そんなにビビらない」

使用中のドアをガチャリと開かれる。

その中では一組のペアがセックスをしていた。

危惧していたような男同士の衆道ではなく、男女による性行為だ。

「……えっ、はぇ？」

生セックスという初めて拝む光景に、新入寮生が奇妙な声を漏らして硬直する。

後ろ向きの女子生徒が突き出した尻を、膝までパンツを降ろした男子生徒が抱えている。

全裸の女子生徒は洋式便器の蓋に手を乗せた格好で、パンッパンッパンッと尻を打ち鳴らされていた。

舌を出して尻を掲げ、はっはっ…と悶えている様は犬のようだった。

「なんだよ。まだ使用中なんですけど？」

「ゴメンゴメン。新人くん、まだ女とヤッたことない童貞くんらしいから。ヤらせてやろうかなって」

「へぇ、奥手くんか。オッケー、んじゃ使わせてやるよ」

正面に据えつけた尻に手を置いて、グリグリと穿っていた腰が退かれる。

ヌルッと肉の中から引き出されたペニスは反り返ったまま、ズル剥けた亀頭の先端からねっとりとした糸を引いていた。

粘糸の繋がっている先は、新入寮生が見たことのなかった女性の生殖器と接続していた。

尻の谷間、その下でぷっくりと膨らんだ肉の割れ目、ア○ルの窄まりの下で口を開いている性器の穴。

ビンビンに勃起している先輩のペニスが突っ込まれていた、セックスに使う女の穴だ。

「んー。思いっ切りキョドってるね。舐められそうだし、がっつりハメさせといたほうがよさそう」

「童貞丸出しのガン見だしな。おう、遠慮しないで適当に挿《い》れちまえ。セックスなんて、そんな大したものじゃねーよ」

恥ずかしいとか、シチュエーションの異常性に思い至ることもなく、シンプルに股間を勃起させた新入寮生が桃尻に手を伸ばしていた。

「懐かしいね。俺たちもこんな感じだったかな？」

「かもな。つーか、コレどうすっか……お」

反り返ったままのペニスを、まさぐるように伸ばされた細い指先が絡め取った。

「んだよ。童貞ち○ぽじゃ満足できねぇってのか。この『娼婦《ニンフ》』は」

「あっ、スゲっ、これがま○こっ……出るっ、イクッ！」

「筆下ろし、おめでとう。んじゃ、突っ込んだまま連戦いってみようか。全然余裕でしょ？」

「好きなだけヤリまくっていいぜ。その代わり、クラスでイイ女がいたら教えろよ？　ちゃちゃっと仕込んで飽きたらくれてやっから」

男子寮の片隅で催される歓迎会は、この学園の流儀というものをわかりやすく体現していた。

第二章　ダンジョンダイブ

登校二日目。

いよいよ授業が始まるかと思いきや、俺たち丙組のクラスは一時限目から特別実習コースだ。

全員に配布されたのはヒノキの棒、ではなく一メートルくらいの警棒らしき棒。

あとは特殊プラスチック製らしい、軽くて小さな片手で持てる盾だった。

「はぁ、マジ憂鬱」

「あっは。初めてだから緊張しちゃうね」

「です、ね」

誠一、麻衣、静香が同じように警棒と盾を持って待機している。

説明によるとダンジョン内での行動は、基本四〜五名による部隊行動。

内部の一般的な通路幅では、それ以上の人数による行動は不適切らしい。

「——さて、これから皆さんにとっては初めての特別実習《ダンジョン》となります」

担任の翠先生が、名簿を挟んだバインダーを片手に背後の施設を振り返る。

朱い神社。

真っ先に思い浮かんだイメージはそれだった。

朱塗りの柱、鋭角に尖った屋根、御影石が積まれた台座の上に据えられた神殿。

場所は学園の校舎の中央、庭園のような中庭の真下辺りだろうか。

昇降口の先にある階段、それを三階分ほどは降りたはずだ。

分厚い、それこそテレビで見た銀行の地下金庫を封鎖しているような扉を抜けた先。

俺たちが教室からまっすぐ連れてこられたのは、地底の大空洞だった。

「これは羅城門《らじょうもん》といいます。仕組みや機能については、迷宮概論の授業でこれから学ぶことになります。……本来は先に座学で学んでからというのが正しいのかも知れませんが、わかりやすく説明するなら」

不本意な思いがあるのか僅かに視線を逸らす。

「これは、世界に穴を開けるゲートの一種。そして、あなたたちの身の安全を守るセーフティ機構でもあります」

　正面にいくつもの朱い鳥居が並ぶ羅城門は、確かに神社というには奥行きがなかった。

　閉ざされた門の先はどこに繋がっているのだろう。

　世界に穴を開けるという、何やらファンタジーな表現を使われても意味がわからない。

「もしも、中で致命的な事態が発生しても、この場所に戻ります。ですから……」

　どうしてか、何かを必死に訴えているように見える翠先生は、俺たちに謝罪しているようにも見えた。

　だが、翠先生の事前説明は、門の両側に控えていた用務員らしき人に遮られて終わってしまった。

　ため息とともに目を瞑った翠先生は、すっと表情を消した顔で改めて指示を出す。

「では。パーティー順に羅城門を潜ってください」

　朱い鳥居の中を、ひゅうと風が抜けた気がした。

＊　＊　＊

　最初のパーティーが羅城門を発動させると、柱と柱の間にある空間が歪み、歪みの中へ溶け込むようにして生徒の姿が消えていた。

　どよめきは怯えよりも、遊園地のアトラクションを前にした歓声に近い。

「実はあたしもちょっとドキドキしちゃってたり」

転移していくパーティーが順番待ちする中、最後のほうになった叶馬たちが並んでいる。

「はぁ……お気楽だなぁ、お前は」

「ちょっと、お前呼ばわりされる筋合いはないんだけど。ちゃんと名前で呼んでよね」

少し昂奮していたのか、健康的に頬っぺたを赤くしていた麻衣が誠一に食ってかかる。

こちらは憂鬱そのもの、若干血の気の失せた顔をしている誠一がため息を吐く。

「まあ今更だし、知ってる奴は知ってるだろうから教えとくけどよ。これ、最初のダンジョンダイブは一方通行前提な」

「……えっ？」

「何それ」

麻衣だけでなく、ガチガチに緊張していた静香もギクリと身を強ばらせる。

「最初に死に戻りを経験させせんのが伝統らしいぞ。初回実習の目的は、あのクソッタレ門に新入生の生体情報とやらを登録するだけなんだよ」

半分ほど待ち列も過ぎており、見上げる唐門二重閣からは威圧感《プレッシャー》しか感じられない。

羅城門には五つの扉が設置されており、うち三つが通常使用され、ひとつが新規登録用、残りひとつは学園で管理されている扉だった。

正面から向かって一番右側の扉が開け放たれており、今回の閉門時間は正午に設定されている。

それまで羅城門の向こう側から帰ってくる手段はない。

現在の時刻は午前九時。

アトラクションとして考えれば、時間まで生き残るサバイバルゲームという訳だ。

「みんなゲームとして考えればいいって言ってるけど、ちょっとビビッちゃうね」

「まー、何があってもトラウマにはならねえけどな。中で何があっても忘れちまってるさ」

「わかってはいるんですけど」

顔色が青を越して白くなり始めていた静香がぎこちなく苦笑した。

「しっかし、叶馬はここまで来ても全然余裕っぽいな」

「……いや、俺も混乱している」

「そうかぁ？　見るからに、ザ・平常心って感じなんだが」

最初から目立つような真似をするとは思えないが、まずはお手並み拝見と誠一は肩を竦めた。

中で何があろうと、それを覚えたまま外に出られる訳ではないが、純粋にこの訳のわからない奴に興味があった。

特にトラブルもなく、叶馬たちパーティーが羅城門『始之扉』へ到達する。

扉の手前には担任の翠が待っており、初めてのダンジョンダイブに対するサポートを行っていた。

「では、あなたたちの番ですね。門の中央にある二重円の真ん中に固まってください。転移の際には、円の中にいるメンバーを同じ場所へと移動させます。まれにはぐれることがありますので身体を接触、手を繋いでいれば間違いありません」

「うっす」

「はーい」

「わかり、ました」

「……了解です」

ぐにゃり、と叶馬たちの姿が水に垂らした墨汁のように歪んでいく。

叶馬たちからすれば、歪んで見えるのは周囲の空間そのものだ。

「ごめんなさい。どうか……失わないで」

聞こえないのを承知で、翠は生徒みんなに謝罪を告げていた。

＊　＊　＊

『permesivanelacittadolentepermesivanelette
rnodolorepermesivatralaperdutagentegiustiz
iamosseilmioaltofattorefecemiladivinapodes
tatelasommasapienzaelprimoamoredinanziamen
onfuorcosecreatesenoneterneeioetternoduro
lasciateognesperanzavoichintrate』

よくわからないアルファベットの羅列が見える。

横には見慣れない漢文、たぶん古い中国語のような何か。

上には達筆すぎて読めない和文らしき墨文字。

足下にはこんがらがった多重方円に数字と象形文字らしき何か。

だが読めなくても『なんとなく』意味は見透かせた。

アルファベットも漢字も行書も数字も方円も、すべて同じ意図が込められている。

ぶっちゃけて言えば節操がない、下品な和洋折衷《わようせっちゅう》。

だけど、その余裕がない切実さが、とても気持ち悪い。

何かを必死に形にしようとして、なり振り構わず全部突っ込んで混ぜ合わせたような混沌。

アルファベットの羅列、その最後の一文。

何故だろう、今は意味が『読め』た。

漫画か何かのネタで読んだ覚えのあるダンテの神曲、地獄の門の碑銘にも似ていた。


――汝等この門を潜る者一生を破棄せよ――


瞬間、形を失っていた視界が、逆再生されたように立体を取り戻していく。

平衡感覚だけでなく、身体の内側も一緒にひっくり返ったような気がして目眩がした。

立っている場所が一変していた。

薄暗く、広い空間は長方形、天井は低くはないがすごい圧迫感があった。

いや、それは天井だけでなく周囲全てから感じられる。

なんといっていいのかわからないが、前に喧嘩に巻き込まれた時に、周囲を数十人の不良に囲まれた時みたいだ。

誤解だと説得するのにえらい手間が掛かったのを思い出す。

「……ふー。とりあえず当たり、だな」

周囲を見回した誠一が安堵のため息を吐いていた。

電灯の類いはないのだが、不思議と困らない程度の視界は確保できている。

「思ったより、なんてことなかった」

意外と度胸があるのか頭が鈍いのか、麻衣はさっそくキョロキョロと周囲を見回している。

「ここが、ダンジョンの内部……」

静香は手にした警棒と盾を握り締めたまま青い顔をしている。

ずいぶんと手の込んだアトラクション。

そんな風に自分を騙すのは止めよう。

どうもこの学校はいろいろと俺の想像の外にあるらしい。

「誠一、この状況を三行で説明してくれ」

「ダンジョンＲＰＧ。

難易度地獄級《ヘルモード》。

レベルは1」

だいたい、想像どおりだった。

リアルでダンジョン攻略とか、既にロールプレイですらない。

とりあえず、ここから出られたら一度故郷に戻って、中学時代の担任をフルスイングで殴ろう。

助走をつけてだ。

「思ったより、フツー。もっとサツバツワールドかと思ってた」

「ぶっちゃけ運がよかっただけだ。コレ、モンハウとかに出ることもあるらしいぜ」

「うわ、洒落にならないんですけど。ダンジョンダイブした瞬間に死に戻りとか？」

「毎年二、三組は運の悪いのが出るらしい……まあ通常ルートで入ると、だいたい正規の固定ポイントに出るってさ」

誠一はかなり情報通のようだ。

おそらくは寮の先輩方から情報を仕入れてきたのだろう、頭が下がる。

「今回のミッションクリア条件は？」

「あ？　んだからもう終わってんだっつうの。あとはモンスターから適当に殺されて、外に吐き出されて終了。それとも閉門まで逃げ切ってみるか？　ま、無理だけどな」

殺されて、の言葉に、静香の顔色が再び紙のように白くなる。

麻衣も空気が抜けたように肩を落とす。

ハイテンションは虚勢の空元気だったらしい。

「あぁ……やっぱヤダなぁ。どうやって殺されるのかな。食べられちゃったりするのかなぁ……痛いのヤダよ」

「大丈夫だって。痛いのも怖いのも、覚えてねぇから」

先ほど、翠先生も同じようなことを言っていた。

身の安全は保証されていると。

だが、死なないようなセーフティ対策があるというのならわかるが、死んでも大丈夫という意味がわからない。

「どういう意味で大丈夫なんだ？」

「不満かよ？　この期に及んでもマジ余裕だよな、お前」

喧嘩腰というより、誠一もテンションがおかしくなっているのだろう。

回りのテンションアップに乗り遅れると、逆に落ち着いてしまう。

「ま、どうでもいいけどよ。モンスターからヤラれる前に、ヤレることとヤッとこうぜ？」

「ちょ…誠一、くん」

ヘラっと歪んだ笑みを口元に浮かべた誠一が、麻衣の腕を摑んで引き寄せる。

警棒もプラ盾も手放し、背中から麻衣の身体に手を回す。

「どっちにしろなかったことになるんだしよ。手付けで味見くらいはありだろ？」

「も、もう……待ってよ。別にいいけど乱暴なのは、んっ」

ジャケットの襟元から差し込まれた手が、ブラウス越しに乳房を揉みしだいていた。

もう片方の手はスカートの前に回され、半分捲り上げるように太腿の内側を撫でさすっている。

どうにも状況についていけないのだが、残された静香のほうを見やると俯き加減でチラチラとこちらを窺っていた。

人間は生命の危機に直面した時、生殖衝動が高まるというやつだろうか。

だが、授業中に不純異性交遊は如何なものか。

「麻衣はなかなかオッパイもデカイじゃん……、こっちの具合はっと」

「んっ、痛っ……中はまだ」

「静香も試さなきゃならねえんだし、ゆっくりヤッてる暇はねんだよ」

麻衣の股間に差し込まれた誠一の手が、スカートの奥でもぞもぞと蠢いていた。

正面をこちらに向けているので、麻衣の上気し始めた媚び顔が見える。

「……叶馬、くん」

痺れを切らしたらしい静香が、そろりと触れられる位置までにじり寄っていた。

コロンの香りとは違う、生々しい女性独特の臭いがする。

俺の嗅覚が敏感になっているのか、上目遣いで瞳を潤ませる静香が昂奮でフェロモンを醸しているのか。

たぶん、両方だろう。

静香はそれが当たり前のように、自分でスカートの裾を持ち上げる。

「どうぞ、叶馬くんの……お眼鏡に叶うか、試して、ください……」

薄いピンク色のローライズショーツは、フリルで飾られた可愛らしいデザインだった。

最初からこうなるとわかっていたように、機能よりも性的なビジュアルを優先しような。

運動があまり得意ではなさそうに見える静香の、柔らかそうな下半身が丸出しになっていた。

肩口まで伸ばされた黒髪は綺麗に切り揃えられ、同じように揃えられた少し長めの前髪が表情を隠している。

教室でひとり静かに本を読んでいるのが似合っていそうな彼女であったから、薄暗いダンジョンの片隅で下半身を露出している違和感に目眩がする。

「あっ、あっ」

静香のストリップに目を捕らわれていた間に、誠一と麻衣の行為は本番に突入していた。

双方立ったまま、麻衣の背後に重なった誠一が腰を振っている。

前屈みになった麻衣は、自分の両膝に手をついて身体を支え、目を瞑って喉を反らしている。

開いたままの口から、誠一の腰が叩きつけられるたびに、あっ、という嬌声が上がっていた。

スカートの後ろを摑んだ誠一の片手は、剥いた茹で卵のようにぷりんと露出された麻衣の尻に置かれている。

「誠一、くん……もシテるし」

そちらに視線を向けていると、何故か静香は焦ったように伸ばした手で俺の手首を摑んだ。

そして、そのまま片手で捲り上げているスカートの奥へと導いていく。

最初からヘソの少し下、ショーツのウェストゴムの上に指を潜らせるように押しつけ、自然と掌が静香の下腹部を撫でるように奥へとスルリ、と這入《はい》り込む。

しゃりり、とした陰毛の感触は思ったよりも濃く、ぷくぷくと柔らかい恥丘の先に待っていた大陰唇の谷間にぬるりと指先が届いた。

初めて女性器に触れた昂奮よりも先に、指先が蒸れるほどに火照り湿った状態に戸惑う。

俯き、自分のスカートと俺の手を握ったままの静香の耳が赤い。

「私……手間は掛かりません、から……そのまま」

ぐっと手首が押し下げられ、引っ張られてずり下がるショーツの中から静香の股間が露わになる。

恥丘全体に黒々と生え揃った陰毛がいやらしいと感じた。

「叶馬くんが気に入らなかったら、全部剃っても……あ」

しゃりしゃりを撫でさすっていた指先が、谷間の先にあった肉芽を擦ってしまった。

ほとんど本能的に指先が蠢き、柔らかい女陰の襞をなぞるように触れていた。

ネットの動画で散々予習したきた女性器の構造を、指先で実際に復習していく。

思っていたよりも全然、柔らかい。

ジィ……と手首を摑んでいた静香の手が、俺の股間に伸びてジッパーを下ろす。

当たり前のようにズボンの前を突っ張らせていたペニスの勃起が、パンツごと外へ飛び出した。

静香の指先がパンツの前穴から中身を誘導させせる。

「わっ……こ、れ」

何だろう、すごく気になる。

きちんとリードしてくれる静香にはそれなりの経験があるのだろう。

だが男子的にペニスのサイズ問題はとてもナイーブなのである。

幸い、下から支えるようにペニスを掌に載せた静香は、何も言わずに優しく裏筋を撫でるように労ってくれた。

今にも零れそうに潤んだ瞳で見上げる静香が、正面からそっと距離を詰める。

身長差からブラウスに擦りつけてしまいそうなペニスの先端を、膝を落として高度を合わせた。

静香は胸の前にスカートを抓んだ手を載せ、もう片方の手でペニスの根元を抓みグッと押し下げる。

先端が柔らかいぷにぷにに挟まれ、ペニスの進入角度が一致する。

赤黒くパンパンに張り詰めた亀頭が、そのまま静香の肉の中へ沈んだ。

「んっ……はぁ」

ねっとりとした粘土のような感触に亀頭が包まれる。

胸の中で小さく仰け反った静香が、目を閉じて口から熱い吐息を吐く。

両手を静香のスカートの中へ潜り込ませ、ふくよかな臀部に食い込んでいたショーツを少しだけずり下げる。

ぬらっと亀頭に走った快感に大臀筋が締まり、押し出されたペニスが中程を越えて膣内に潜り込んでいた。

目を瞑っている静香の、何かを堪えているような顔が愛らしい。

これまでになく勃起しているペニスは、静香の胎内で直角に隆起する。

相撲の四股を踏むような姿勢のまま、下から上へと静香の股間で出し入れした。

経験のない動きは不器用で、ひと突きごとにペニスが膣口から抜け出てしまう。

だが、静香がペニスの根元を握って固定してくれているおかげで、スムーズに何度も挿《い》れ直しができていた。

「……あっ……あっ……あっ」

ぬぽっぬぽっ、と亀頭がゴム輪のような膣口を潜り抜けるたびに、静香の口から甘い呻き声が漏れる。

亀頭の括れの凹みが静香の中を掻き出してしまうのか、周囲の陰毛がねっとりした汁にへばりついてきた。

抜け出る時にきゅうっと引っ張られ、外側に捲れる静香の小陰唇のビラビラが心地よい。

ようやく、ああセックスしてしまった、という充足感が湧いてきた。

「もうちょっと掛かりそうだな？」

「——。ああ」

先ほどの険も抜けた誠一の声に頷く。

というか、ビックリした。

完全に没頭していた。

フィニッシュしかかっていた昂奮《ボルテージ》もストンと落ちてしまい、クールな昂奮状態に移行してしまった。

「ま、ゆっくり娯《たの》しもうぜ。叶馬が一発出したら交換な。どっちがどいつを担当するかハメ比べとこうぜ。どうせ戻ったら忘れちまってるから、またハメ比べだけどな」

「あっ、あっ……んっ、んっ」

「麻衣はなかなか締まりいいぜ。もっと使い込まれてっかと思ったんだけどな。さくっと中出ししちまった」

舌舐めずりする誠一に、パンパンと尻を打ち貫かれつつ性器の品評をされる麻衣は、ただ可愛らしい喘ぎ声を上げるだけだ。

誠一が落ち着いたのは一度スッキリさせたからか。

こちらは途中で変に冷めてしまい、勃起だけ続いて出なくなってしまうパターンだ。

フィニッシュ時にすごい量の自慰成果物が出てしまう、あの感覚だ。

これはもう開き直って、筆下ろしの初挿入感を徹底的に味わうしかない。

いつの間にか俺の胸板に横顔を押しつけ、あっあっと可愛らしく鳴くだけになってしまった静香の臀部を両手で抱きかかえる。

爪先立ちになる静香はペニスの根元から手を離し、ぶら下がるように俺の首に両手を回した。

より深度を深く結合した性器は、もはや抜けることなくねっとりした柔肉に包み込まれる。

「んっ……あっあ～っ」

「先に静香のほうがイッてんのかよ。焦らしすぎだろ」

いや、よくわからんが絶頂したのとは違うような気がする。

今まで静香の指が押さえていたぶん、奥に這入った亀頭が膣の底を抉ってしまったようだ。

どちらにしろ、達するまで掛かりそうなので同じペースを保つ。

童貞のセックスなど大したことはないだろうが、縋りついた横顔をうっとりと惚けたように見せてくれる静香の頭を撫でる。

「ぁ……あん……」

「んっんっんっ、あン！」

「へへっ……またイクぜ。しっかりケツの奥で受け止めなっ」

ダンジョンに木霊する麻衣の尻打ち音を響かせた誠一が、がっちりと尻に指を食い込ませて抱え込んだ。

抜かずの二連発目を注入されている麻衣が内股になった膝を震わせていた。

隣のプレイに触発されるように達した様子の静香を抱え、填め込んだまま撫であやす。

申し訳なさそうな半泣き顔になっていたが、遅漏はこちらの事情なので気にしないでいただきたい。

「ほー……。久しぶりにたっぷり出たな」

「あん、もーホントにいっぱい出てる。んっ、垂れてきちゃう」

結合が解除された麻衣は、ポケットからティッシュを取り出して屈んだまま股間にあてがう。

「やあっ、開いちゃ駄目ぇ」

「なかなか使えそうなおま○こだったぜ……相性悪くないかもな」

尻の底に乗せた手を、くりくりと回転させる誠一が下卑た笑みを浮かべる。

「悪くなかったでしょ？　んっ……ごう、かく、かな？」

「帰って、また一度じっくり味わってからだけどな」

ねろり、と糸を引く指先を、麻衣のスカートで拭ってから尻を叩く。

「そっちはまだ終わらないのかよ。もしかして静香って弛マンか？」

「いや。じっくり試している」

びくっと怯えたようにしがみつく静香をフォローする。

大丈夫、と耳元で囁くとゾクゾクと背筋を震わせて、何かまた達してしまっていた。

敏感な子なのだろうか。

「へぇ……静香ってずいぶんとむっつりだったんだね。そんなにエロい子だとは思わなかったな。マジイキしてない？」

拭い終わったティッシュを床に捨てた麻衣が猫のような口元になる。

「麻衣も同類だろ。つうか普通科に来る女子は」

「ゴメン、止めて」

「だからさ。気取るな、って言ってんだよ」

「やっ、ちょ……」

麻衣の手首を掴んだ誠一が、無造作にスカートを後ろから捲り直し、穿き直したばかりのショーツをずり降ろす。

「身の程を、さ。弁えろ、よ」

「んっ。アッ、そっちはっ」

「安心していいぜ。気の強い女を躾けるのは、嫌いじゃないしな」

ルームメイトがサディストな奴だった件について。

静香のほうは誠一に試されるのが嫌なのか、もうべったりくっついたままだ。

ひっそりフィニッシュしているのだが、涙目でぎゅっと縋りついている。

余裕で勃起を維持しており、成果物は静香のお腹の奥に溜まったまま漏れ出てこなかった。

尻を抱え直すと嬉しそうに両脚を腰の後ろに回し、抱っこちゃん人形のスタイルで取り憑かれた。

駅弁スタイルという体位だろう。

なんか思っていた童貞喪失シーンと違う。

「そういえば、誠一」

「どうした、よっ」

麻衣の尻をスパンキングし始めていた誠一がよくない顔をしている。

暴走したら止めたほうがいいな、コイツは。

麻衣の顔がだんだんと熱っぽく潤んできているので、お似合いなのかもしれないと思うが。

「生き残れた場合はどうなる？」

「ほらよっと。ただ覚えてるってこった。ケツ穴掘られてアンアンアヘってたって、なっ」

「ンあッ！　あッ、あッ！」

手形で真っ赤に腫れた麻衣の臀部に、誠一のペニスが突き挿《い》れ直される。

「どっちにしろ学園の敷地周辺じゃ、コイツらが妊娠することもねえし、帰ってからも気にせず生でヤリまくりゃいいのさ」

「学園の風紀指導が入ると思われるが」

「何言ってんだっつうの。コイツら女子学生は、そのために身売りされてきてんだぜ？　一応、揉め事にならねえように取り扱いについての校則があるから、ちゃんと学生手帳見とけよ」

「ああ」

あまりにも俺の頭の中にある常識から逸脱しすぎている。

ダンジョンだけじゃなく、学園自体がファンタジーゾーンだ。

だが、誠一の言葉を一切否定する素振りもない静香は、涙目で縋りつきながら小さく忘れないで、と懇願していた。

＊　＊　＊

「あー、めっちゃスッキリした。流石に四発も出したら勃起しねえ」

ズボンのジッパーを上げ、ベルトを締め直した誠一が爽やかな顔で宣う。

「静香のハメ試しは帰ってからか。じっくり叶馬と取っ替えながら味比べってのも悪くない」

半眼ジト目の麻衣は使い切ったティッシュの袋ごと投げ捨て、スカートの上から自分の尻を撫でさする。

「うぅ、まだジンジンする。誠一にこんなSM趣味があるとは予想外だよ……」

「ま、リセットされちまうからな。好き勝手にヤラせてもらったぜ。戻ったらちゃんと加減してやるから安心しろ」

悪びれずに笑う誠一を尻目に、向かい合ったままの叶馬と静香は一緒に後始末をしていた。

両手でスカートの前を捲った静香の股間を、ポケットティッシュを挟んだ叶馬の指先が丁寧に溝をなぞっている。

俯いた顔を真っ赤にした静香は、隅々まで這わせられる指の感触に声を押し殺していた。

大陰唇の谷間の真ん中を、上下にコスコスと擦る指先のティッシュには、いつまでも穴の奥からトロリと漏れ出す白濁粘液が垂れ続けていた。

足下に散らばっているくしゃっと丸まったティッシュは既に尽き、叶馬は最後のティッシュごと栓をするように穴の内側へ押し込める。

むっちりと周囲の柔らかい肉圧に指先が絞められた。

太腿のショーツを吊り上げて穿かせ直し、まだフェロモン臭が収まらない静香の腰を支えた。

「ゴメン……」

そっと耳元で小さく囁かれた静香は、小さく首を振って叶馬に微笑みかける。

今まで経験した誰よりも誠実に、行為後も優しくしてくれたのは叶馬が初めてだった。

性器を突っ込み、精子を排泄する穴扱い。

それが彼女にとってセックスだった。

未知のサイズには少し尻込みしてしまったが、ゆっくり慣らしてくれた後は奥まで受け入れることができていた。

戻ったらまた元通りで忘れてしまうと覚悟していたが、元より叶馬へ縋るつもりだったので問題はない。

だから、忘れられるとはわかっていたけれど、せめて精一杯の笑顔を浮かべた静香の口元から、赤い雫が垂れた。

「――――は、ぁ」

喉の奥から迫り上がる異物感に口を開くが、背中側に穴の開いた肺はヒュウヒュウと空気を萎ませるだけだった。

「静、香……！」

反射的に抱き寄せた静香の胸の谷間から、叶馬の身体にもズプリと貫通した爪先が食い込んでいた。

その爪先が静香の体内に引っ込んだのと同時に、背中のほうからブチブチブチと何かを千切る音が聞こえる。

床に踞《うずくま》るようにわだかまった黒い塊。

人の影が立体になったような、ただ黒い人影の手には、ビクンビクンと脈動している真っ赤な肉塊が握られていた。

影の頭部がバクリと左右に裂け、ぞろりと鮫の歯のように真っ白な楯牙が、ぐちゅぐちゅと肉の塊を咀嚼する。

痛みよりも背中が灼けるような熱さに、叶馬の腕に抱かれた静香は困ったように苦笑して、その肉体の輪郭を蛍火のようにパッと散らした。

「ヤバイ！　コイツたぶん『天敵者《アグレッサー》』だ！　同じ場所に留まりすぎたっ」

「ア、ア、ァ……」

ギョッとした顔を引き攣らせて叫ぶ誠一の隣で、静香が背中から心臓をえぐり取られたシーンを見てしまった麻衣が腰を抜かす。

彼らにとっては順当に、順調に。

小さな幸運による少しばかりの休憩時間が終わって、現実という幻想世界が彼らを蹂躙する。

最初から死を前提にしていたとしても、目の前に恐怖の化身が現れれば、足掻き逃れようとするのが本能だ。

硬直している叶馬の手の中には既に温もりはなく、光の塵となり空中に溶け散るように四散した静香の名残があるだけだ。

静香の痕跡。

それは蛍火として散った身体の奥から、叶馬の手の中へ転がり込んだ小さな結晶体。

彼女と似た、控え目に薄っすらと光る多面体のクリスタルだった。

ベロベロと赤く染まった己の指先をしゃぶっていた黒い人影は、裂けた口を半月に傾けて叶馬へと手を伸ばす。

「疾ッ！」

叶馬は奪う者に対する条件反射で正拳突きを放った。

分厚いタイヤを殴ったような手応えに我に返り、しっかりと拳を握り込んで二度、三度と拳を撃ち込んでいく。

「やめろっ、ソイツは倒せない。ソレは駄目な奴なんだ！」

「そうか」

何かを欲しがる子どものように、手を伸ばして近づいてくる黒い人影を、闘牛士のように躱しながら正拳を撃ち込む。

黒いぼろ切れを被ったような人影は決して大きくはなく、動きも素早いものではない。

その動きは叶馬本人に襲いかかるというよりも、目の前にぶら下げられた人参に手を伸ばそうとしているかのようだった。

故に、その鎌のような爪先で裂傷を負いながら、叶馬は黙々と黒い人影を殴り続けられた。

叶馬の耳には誠一の制止する声が聞こえていたが、意味が理解できなかった。

特別な感情を抱いている相手ではなく、たとえ成り行きでセックスをした初めての女性ではなくても、目の前で奪われたナニかに腹の奥底から怒りが湧いていた。

化け物に対する恐怖や、殴りつける拳が血塗れになっている痛みなど、どうでもいいほどに。

叶馬は生まれて初めて相対した、絶対に許せない敵に激怒していたのだ。

殴る、殴る、殴る、殴る、殴る。

ただひたすらに殴って、殴った。

先に左手が拳を握れなくなり、静香のクリスタルを握り込んだままの右手で殴り続ける。

黒い人影は凸凹の奇妙な形に歪み始め、手を伸ばすこともなく黒い岩のような塊になっていた。

やがて誠一の声も、麻衣の呻き声も聞こえない玄室の中で、黒い人影の残骸が平たくなっていた。

無表情で右腕を振りかぶる叶馬が、その血塗れで指がへし折れている右拳を真下に叩きつけようとした。

「終わってる」

背後から叶馬の肩を押さえた誠一が、床に残った黒いボロ布を蹴った。

床に残っているのは叶馬の傷から零れたものと、静香の背中から飛び散った血痕だけだった。

「……そうか」

「ああ、……つうか『天敵者《アグレッサー》』じゃなくて別のモンスターだったんだろうな。アレは不死身だって話だし」

静かに乱れた呼吸を繰り返す叶馬に、モンスター以上に恐怖を覚える誠一だったが平静を取り繕う。

「しっかしマジスゲーよ、お前。モンスターを殴り殺すとか、どんだけだよ」

「手が痛い」

「そりゃそうだろ。骨とか見えてんじゃん。指とか変なほうに曲がってて超キモっ。ちなみに、お前とは絶対に喧嘩しないことにしたから、何かムカツクことがあったら口で言ってくれよ。逃げるから」

自分の手をじっと見る叶馬に、おっかなびっくり近づいた誠一が顔を引き攣らせる。

先に拳が握れなくなった左手は、中指と小指が折れてブラブラと揺れていた。

だがそれでも、小指と薬指以外が折れ、千切れ、皮が捲れて骨が露出し、握り込んでいた結晶体が掌に食い込んで貫通している右拳よりはマシだった。

「済まん、手当てのしようがねえ。布切れでも巻いて固定しとくか？　麻衣」

「ひッ」

水溜まりのできた床に尻餅をついたまま呆然としていた麻衣は、誠一の呼びかけに顔を上げて嫌々をするように後退りする。

「……ビビっちまうのも仕方ねえか」

「ああ、ルームメイトを失ったんだ」

「まあ、それもある……。うん、とりあえずシャツを代わりに」

「アギっ」

奇妙な鳴き声、そう聞こえたのは麻衣の最後の断末摩だった。

腰を抜かしてひっくり返ったカエルの格好をしていた麻衣の首の位置に、真後ろから振り下ろされた棍棒が食い込んでいた。

身構える暇すらなく頭部に加えられた打撃は、苦痛を与える間もなく首の骨を砕いて絶命させる。

その身体から一切の力が抜けるのと同時に、静香と同じように肉体が蛍火となって消滅する。

「麻衣っ！　くそっ、今度はゴブリンかよ」

麻衣が消えた位置に立っていたのは、澱んだどぶ色の肌をした人型のモンスターだった。

鍋の蓋のような盾と、節くれた丸太のような棍棒を持ち、ぼろ切れを腰布として巻いた股間には逸物が揺れていた。

自分で死に戻りさせた麻衣を探してキョロキョロと首を回し、殴り倒した先を期待していた勃起物もブルブルと揺れていた。

「クソッタレがっ」

もしも麻衣が生き残っていた場合のシーンに思い至った誠一は、床に投げ出していた警棒とプラ盾に駆け寄る。

叶馬はだんだんと、火で炙られているように鈍痛が増してくる両手に歯を噛み締めた。

かろうじて動く左の拳を開き、床に残っていた黒い人影が残したボロ布を掴み取る。

ボロ布はまるで影で織られているかのように一切の光を反射せず、生き物の皮膚のような感触をしていた。

噛みついて引き裂き、バンテージのように右拳へグルグルと巻きつける。

粘着テープのようにべったりと引っ付いた影布は、その左手にまで纏わりつき、ボロボロになった制服の上から上半身へと巻きつく。

剥いだばかりの生皮に包まれたような気色悪さと、染みこむような冷たさを堪える。

「後ろだ、誠一！」

振り向いた叶馬がとっさに叫ぶ。

プラ盾を構えたままの体当たり。

仰向けにひっくり返ったゴブリンに馬乗りになって、警棒を無茶苦茶に振り下ろしていた誠一が、背中から棒きれのような槍を突き込まれる。

二匹目のゴブリンは背中から胸へと貫通した槍を手放してギャッギャとはしゃいだ。

獲物を仕留めたという悦びを感じる程度には知能があるモンスターだった。

ただし悦びに夢中になりすぎて、無防備に叶馬のネックブリーカーを食らうほどには馬鹿だった。

「クッ、はは……やっぱ叶馬とは絶対喧嘩しねー…」

きっちりと喉に肘が極まったまま床に叩きつけられたゴブリンは、静香や麻衣と同じように蛍火となって消滅していた。

誠一の足下で消えていくゴブリンと同じように。

叶馬が首の骨を折ったゴブリンの槍も、本体の消滅と同時に消えていく。

支え棒をなくした誠一の身体が仰向けに倒れる。

ショック死はしていなくとも、制服のシャツを真っ赤に染めた誠一が致命傷を負っているのは叶馬にもわかった。

「くっそ、やっぱ痛え……どうせなら即死、させてくれよ。けど、カハ…やって、やったぜ……俺も」

「誠一」

「やっぱ、仇討ちとか、柄じゃねえ。……悪いな、叶馬……先に、逝く」

「——安らかに逝け。親友」

叶馬の足下で、赤い血溜まりを残した誠一の身体が蛍火となった。

＊　＊　＊

誠一が消えた跡には、やはり水晶のようなクリスタルが転がっていた。

同じく麻衣が死んだ場所に残っていたクリスタルと一緒に、形見として回収してポケットに入れた。

薄暗い玄室の中で、あっという間に独りだけになってしまった。

改めて耳を澄ますと、遠くから木霊のように響いてくるのは不気味な唸り音だ。

誠一がゴブリンと言っていたモンスターが現れた方向を見ると、壁の一部が騙し絵のように重なって通路が続いていた。

床には俺が持ち込んだぶんだと思われる、警棒とプラ盾だけが転がっていた。

同じように床に投げ置かれていた誠一たちの警棒とプラ盾は、その持ち主と同じように綺麗さっぱり消えていた。

少し悩んだが、そのまま警棒とプラ盾は置いていくことにした。

拳状で固定した右手はもちろん、左手もかろうじて指が動く程度でまともに握ることもできないだろう。

というか、このゴムのようにくっついている黒い謎布も気持ち悪い。

腕と、何故か上半身に巻きついた謎布がぴったりと傷口に張りつき、止血している状態になっているのは助かっている。

血を吸われているような気がするのは、気のせいだろう。

幸い両手の痛みも峠を越して麻痺し始めている。

痛みに心折れるような無様はさらさないで済みそうだ。

立派に筋を通して逝った親友に、顔向けできないような真似はできない。

最後まで推し通るのみ。

「征こう」

自分に宣言するように呟き、通路の奥へと足を向ける。

黒い謎布に包まれた拳を握り締めると、右手には微かな温もりが感じられた。

幕間　とある生徒の初ダイブ

迷宮小鬼『ゴブリン』は数年前に発生した新しい概念化物《モンスター》だ。

『雑魚モンスター』という強い概念《イデア》イメージを獲得したゴブリンは、以前の三六餓鬼《みろくがき》と呼ばれた概念化物と入れ替わるように増殖を続けている。

基本的に棲息する概念化物が入れ替わったとしても、その脅威度は変わらない。

概念化物の構成物質である魔力・霊力・プラーナ・オド、などと呼ばれる瘴気《みあずま》の圧縮濃度は階層で固定されているからだ。

表界に近い第一階層では瘴気の密度も低く、地上でも稀に自然発生するような妖怪と大した違いはない。

階層の深度が深くなるほど、そこで発生する概念化物の脅威度は高くなる。

表層階層のモンスターであれば、物理的な攻撃手段で倒すことも可能だ。

しかし、基本的に『噛む、食う』が行動パターンだった三六餓鬼とは違い、ゴブリンはその行動パターンが変異している。

ヨーロッパの民間伝承にあるような妖精の逸話ではなく、『若者が想像するようなゲームの中に登場する雑魚モンスター』のイメージが反映されていた。

人が恐れ、夢見て、目を逸らす、幻想《ファンタジーイメージ》の投影。

それがダンジョンの中に出現する概念化物の本質だ。

三六餓鬼が減少してゴブリンが増加したのは、手頃な雑魚モンスターのイメージが年代の変化で移り変わった影響である。

それは学園によるダンジョン施設の機能ではなく、三千世界の共通システムと言えた。

ゴブリンの行動パターンは、その格《レベル》の低さに比例して間抜けであることが多い。

『集団を組む』『待ち伏せする』などの知能は三六餓鬼になかった脅威だが、反面では『挑発に乗る』『怯えて逃げる』『簡単に罠に引っ掛かる』などの弱点も生まれていた。

学園の生徒からすれば、ダンジョン内に散らばるアイテムを集める習性が便利がられている。

そして、最近新しくゴブリンに追加され始めた習性が、特に女子生徒からは忌み嫌われていた。

「……ひっ……ひっ……」

「……やっ……やー……」

壱年丙組の女子生徒である聖菜《せな》と志保《しほ》は、仲良くダンジョン隔壁の前に並べられていた。

ふたりとも膝と手を床に着いた四つん這いの姿勢になり、背後から与え続けられる刺激に反応して声を漏らす置物と化している。

豊葦原学園の学生服は、特級科も普通科も学園から支給される特注品だ。

下着を除いた支給制服は、スペクトラ繊維を織り込んだ防刃強度の高いハイテクノロジー仕様である。

防弾に対しての対策がなされていないのは、ダンジョン内部においては銃器の類いが敵味方ともに役に立たない故だ。

ハンマーやメイスなどの質量攻撃対策に、各自トラウマプレート的な硬質装甲を追加で装備するのが一般的だ。

だが、数年前からは経費削減と着心地を優先させるという名目で、普通科の制服はだいぶケチられていた。

それでも普通のナイフなどでは切れない生地であり、簡単に破れるような服ではない。

現に聖菜と志保もきちんと制服を着用しており、ダンジョンダイブ用の正式制服である黒いニーソックスも履いたままだ。

床に擦れる膝小僧をちゃんと保護している。

聖菜の尻の前にしゃがんでいたゴブリンの一匹が、ガクガクと揺すっていた腰を突き出した格好で硬直する。

どこかコミカルな鉤鼻に尖った顎先から滴る涎は、花弁が咲くように逆さ向きに捲られたスカートから剥き出しになっている聖菜の生尻へと垂れた。

ダンジョンの薄闇の中でも白く映える臀部の膨らみにも、その脚にも傷跡はない。

とある条件下においてゴブリンは、三六餓鬼とはまったく違った行動パターンを取るようになっていた。

確保した獲物を害することなく『確保』して『娯楽』に利用する。

「……ひ……っ」

玉袋の中を搾りきるまで聖菜の尻を抱えていたゴブリンが、無造作に男性器を引っこ抜く。

のべ本数で数十本のゴブリンペニスを突っ込まれた聖菜の女性器は、穴が閉まりきらずに白濁液が詰まった中身を晒したままだ。

その中身がこぼれ落ちる前に、別のゴブリンが聖菜の背後に回る。

「ひっ、ひぃ」

パンパン、と聖菜の生尻が鳴り、ブラジャーの中の乳首も痼りを強くする。

強姦が過ぎ、輪姦が乱交になって、彼女たちの身体はどうしようもなく快楽に反応していた。

歪な形状をした肉バイブで、胎内を絶え間なく弄り回されている状態だ。

最初に聖菜たちのパーティーが遭遇し、他に志保を残して速やかに惨殺したゴブリンたちは、それからずっと絶え間なくふたりを弄んでいた。

通常ならば一時間ほどで飽きたゴブリンに処理されるパターンだったが、途中で別のゴブリン集団が合流していた。

順番待ちの間に精力が回復してしまう悪循環が発生し、聖菜と志保のふたりはゴブリンの性欲を処理する肉便所として生存が許されてしまった。

羅城門が閉門する三時間先まで体力が持てば、ダンジョンで命を散らすことなく帰還できるだろう。

同じパターンに填まって生還してしまった女子は精神を病んでしまうことが多く、そうした生徒は学園の手厚い保護下で記憶操作を施される。

「…や～…あ～」

押さえきれない甘ったるく媚びた喘ぎを漏らす志保が、髪を振り乱して尻を揺らした。

ゴブリンのスペルマが放つ、チーズが腐ったような汚臭は既に飽和した嗅覚を甘美に刺激する。

すぽっとペニスが抜け、間髪入れずに別のペニスがすぽっと挿《い》れられる。

人間の生殖器と同サイズの、それ以上に節くれて歪な形状の挿入物に、延々と捏ね回される女性器はメスとしての反応を示し続けた。

パーティーの男子があっさりと嬲り殺しにされ、予想外のレイプに『これで殺されることはない』と折れた心の先が今だ。

引っ切りなしに所有者が変わる尻の真ん中に、ぽっかりと穴が開いたままになっているのがわかる。

奥底をゴブリンのスペルマで洗浄されるように射精され捲る。

志保は、そして聖菜も、記憶に残らないダンジョンの実習がモンスターとのセックスタイムにすぎないのなら、それは殴り殺されるよりマシだったかもしれないと、喉元を絞められて朦朧とした最後の思考だった。

弛緩して役に立たなくなった最後の膣痙攣でゴブリンスペルマを受けたふたりの身体は、ダンジョンに溶けるように蛍火となって消える。

表層記憶を失い、羅城門で再生される聖菜と志保の精髄には、心折れた傷跡がひっそりと残ることになる。

獣性を吐き出したゴブリンたちは消えた獲物に拘ることなく、思い思いの格好でだらけていた。

しばらくして本能を取り戻したゴブリンたちは、そのパターンに従ってダンジョンを周回し始める。

侵入者を迎撃し、ダンジョン産のアイテムを集める、舞台装置として。

だが不思議と、聖菜と志保が消えた場所に残った結晶体には興味を示さなかった。

モンスターの本能として、ソレは自分たちが触れてはいけないモノだと、ダンジョンに捧げられた供物だと理解しているのだ。

淡い光を放つクリスタルは、やがてゆっくりと床に沈み込むように崩壊し、ダンジョンに呑まれていった。

第三章　概念化物

だらけていたゴブリンの一匹が、腰巻きを叩いて立ち上がる。

装備している腰巻き、手にした棍棒や鈍武器はゴブリンの標準装備だ。

瘴気から発生した時に一緒に生成された、存在の一部だ。

故にレイプしている間にも腰巻きは装着したままだった。

レイプ中は流石に武器は投げ出していたようだが。

玄室を繋ぐ回廊の手前に、鈍斧を拾いに向かった一匹が首を傾げた。

ゴス、という音はゴブリンの右頬を凹ませ、頭蓋をひしゃげさせた音だ。

その場で尻餅をつくようにへたり込み、パッと蛍火と化したゴブリンにまだ仲間の誰も気づいていない。

回廊から玄室の中へ、ぬるりっと突き出されている腕は、まるで影から生えているよう。

続いて風もないのになびく、びらびら。

千切れ、すり切れ、ボロボロに風化した黒い布切れ。

マフラーのように首から上半身を影色に溶け込ませた人型が、濃く性臭を立ち籠めさせた玄室を覗き込む。

能面と化した顔の中で、赤い赤い熾火のような目がゴブリンを捉えていた。

何匹かのゴブリンがソレに気づく。

ゆっくりと、真っ黒い両腕をだらりと垂らした人影が玄室へ踏み込む。

「ギッ」

「グゲゲ？」

しいて言えば、あまりにも感じる気配が、ゴブリンとは掛け離れすぎていた。

故に反応が遅れ、故に当たり前の反応パターンとして武器を構えて立ち上がった。

ギ、と言語ではない鳴き声を合図としたゴブリンリーダーが、正面からの正拳突きを食らって鷲鼻を顔の内側へ埋没させる。

右の拳を撃ち込んだ人影は、黒いマフラーを鴉の羽のように翻してもう一匹のゴブリンリーダーにのしかかる。

ゴブリンの動きが止まっているように見えるのは、影の動きが速い訳ではなく、ただ単に恐怖で硬直しているだけだった。

左の頬を右拳で殴打されたゴブリンリーダーは、ぐるりと頭部を一回転させて吹き飛び、床に落ちる前に蛍火と散った。

ギシギシと拳に巻きついた影布が軋みながら絞め上がる。

コマンドを指示するリーダーを失ったゴブリンたちは、てんでんばらばらに武器を振り回して奇声を上げ始める。

それは逃走すらも選択させない、恐怖だった。

右の正拳を撃ち込む、木製らしき盾が砕けて顔面が陥没する。

左の正拳を撃ち込む、棍棒を握ったまま顔を仰け反らせて吹き飛ぶ。

右の正拳を撃ち込む、顎から上が物理的に吹き飛ぶ。

左の正拳を撃ち込む、這いつくばって命乞いをする頭部が床で平らになる。

右の正拳を撃ち込む、通路へと逃走していたゴブリンの身体が壁に不気味な花を咲かせる。

正拳突き以外の殴り方を知らない叶馬だったが、十分に用は足りていた。

『天敵者《アグレッサー》』の討伐により階位昇華した膂力は人外の領域へ到達し、ドロップアイテムであるディヴァインギアは黄泉比良坂《よもつひらさか》エリアのフィールド補正をフルサポートしている。

ただし、ディヴァインギアのアンノウンペナルティーがじわじわと叶馬のステータスを侵食していた。

「ハ、ァ…」

ゆっくりと白く冷たい呼吸を吐いた叶馬は、平らになった玄室を後に回廊の奥へと姿を溶け込ませた。

＊　＊　＊

敵を探す。

感覚を開放すると、階層内に存在するあらゆる影が手に取るように感じられる。

ばさばさと伸びる黒いボロ布の端が、影の一部となって溶けている。

索敵、周囲にもはやゴブリンというＭＯＢはいない。

恐ろしく広いフロア全体には、数えるのも面倒なほどゴブリンが巣くっているのが見て取れたが、辿り着くのも一苦労だ。

知覚が際限なく伸びていく気持ち悪さに目眩がする。

これは俺が認識できる情報量を越えている。

だから、俺という意識の器から溢れて勝手にＸＸＸしている。

ゆっくりと、ひたひたとダンジョンを進む。

敵だ。

そこだけ、ポツンと何か異質なモノが存在している。

「あれま。いらっしゃいませー」

薄闇の中にポツンと、玄室と玄室を繋ぐ回廊の間に、その露店は壁の中へ埋まるように存在していた。

「お客はんはひっさしぶりですわー。って、またずいぶんとけったいなモノに取り込まれてますなぁ」

「——こんにちは」

カウンターの中に座った、着物を着てキセルを吹かす、耳の長い女性へ挨拶する。

礼儀には礼儀を。

それは守るべき約束だ。

「はぁい、こんにちはぁ。そんなんなっても自我を保ってらっしゃるんやね。びっくりやわ」

「然様《さよう》ですか」

「せやわ。ふふ、なんぞ軍人さんかお侍さんみたいやねぇ」

コロコロと微笑む女主人は、キセルの先で黒いボロ布を指した。

「その黄泉衣《ヨミゴロモ》、どこで拾いなすったたん？　それは神の破片やってん、人間がつこうてると汚染されてまいますわ」

トントン、とキセルの先で、カウンターに載せた右手の先を小突かれる。

ひゅるり、とだらしなく伸びていた黒いボロ布が最初の大きさに縮んだ。

身体中に充ち満ちていた全能感から解放され、知覚の落差に倒れそうになる。

「ふぅむ。ちょいと観させてもらいましょ……。あらぁ、黄泉醜女《よもつしこめ》を倒しなすったん。神殺しの称号がついてますやん。あぁ、神さんの血を引いてらっしゃるねんね。雷神さまやろか？」

妙に間延びした、不思議と落ち着く声で問われたが、意味がわからない。

「特に珍しくはないんよ。ここの外つ国には神さんの血を引くもんがいっぱいいるみたいやからねぇ。ほとんどはあんさんと同じ、意味ないほど薄ぅなっとるけど」

「然様で」

「然様ですぅ。黄泉醜女を倒されはったんで、ちぃとばかし神格があがっとるようですけど、まぁ害はないかと」

まったく意味がわからない。

これも学園の謎施設のひとつなのだろうか。

「ん〜ぅ、ソレは回収しとったほうがえぇんでしょうねぇ。元はあてと同じダンジョンシステムの一部やし……。でもぅ、一応使えてはるし、ドロップアイテムの所有は、挑戦者に認められてはる権利ですやんねぇ？」

意味がわからなくても単語としては理解できるのだが、どこの地方とも言えない混ざった方

言のような言い回しが謎だ。

全国区から集まった寮生とかは、こういう混沌とした謎方言になるらしい。

「では、こうしましょか。黄泉衣はあてが買い取ることにして、代替のレアアイテムを進呈しましょ」

「承知しました」

「……ずいぶんとあっさり承知しなすったね。黄泉衣は結構激レアなチートアイテムなんやんけど」

急に時代劇に出てくる長屋の奥さんみたいになったが、別に愛着も執着もない。

というか羽織ってると寒気がするし、妙なハイテンションになってしまうのでさっさと手放したい。

「うふふ。あんさん気に入りましたえ。ほいではこれなんかどないでしょ。天之尾羽張《あまのおはばり》ゆうて、雷神さんの権能が宿っとる神剣ですわ」

カウンターの奥から、ひょいと無造作に取り出したひと振りを差し出す。

鞘のない刀身が剥き出しの直刀であった。

鉄でも青銅っぽくもない、博物館に飾ってあるような両刃で、剣先から柄頭までの一体造りは古代刀剣というのだろうか。

見るからに鈍《なまくら》で儀式に使う模造刀のようであったが、気配というか存在感というか、半端ないプレッシャーを感じた。

「もちろん、真物とは違うてダンジョン内で概念鍛造されたコピー品なんやんけどねぇ。神話全盛期の模写になっとるんで現物よか御利益あると思いますぅ」

こんな代物を振った日には、海が裂けて島が生まれそうだ。

「たぶん使えると思うんですけど、あんま使えるようになってまうと人間辞めてしまいそうやんねぇ……。だいぶん格は落ちますけど、この雷切とかはどないですぅ？　落雷の力が宿って十億ボルトの電撃が放てるＳＳＲ《すごいスーパーレア》アイテムですわ」

すごすぎて冒険の序盤で手に入れるアイテムではない気がした。

ゲームクリア後のやり込みモードで手に入る最強装備を手に、『はじまりのまち』からリスタートになる感じ。

これで格落ちなら、最初の謎神剣はどんなレアカテゴリーなのだろうか。

朱塗りの鞘に収まった雷切、おそらく大太刀にはすごく興味を惹かれたのだが、間違いなく分不相応だ。

「申し訳ないのですが、もう少し、こう便利だな程度のもので」

「こちらも商いの理《ことわり》に縛られとる精霊やからねぇ。取引は等価でないとあかんのやけど……、せや」

重ね合わせた掌を斜めに傾け、商人っぽく微笑む。

「ダンジョン内で新しく生まれたばかりの概念スキルがあるんやけど、それを伝授しまひょ」

「つまり実験台ですね。わかります」

「いややわ。察しのいい殿方は嫌われますよって」

　そういって提示されたのは、ある意味で見慣れた、説明を受ける必要がなさそうなスキルとやらだった。

・空間収納《アイテムボックス》
・情報閲覧《インターフェース》

「最近のネット小説とかの影響なんやろうねぇ。アイテムボックスとかご都合主義過ぎて対価がどんだけ必要なるかも知れませんわ。僅かとは言え空間を所有するなん、神の権能の一部ですやん。チートスキルゆうて書かれとる『鑑定』、これは神代の昔からスキルとして存在しますねん。これはアカシックレコードの閲覧権限なんやんけど。アクセスする読み手がどんだけ理解できるか、ゆう制限はあったんねんけど、これをグローバルな数値化するっていう発想がイカしてますやん。インターフェースは、コレこんなんけったいなシステムは生まれて初めて見ましたわ。パソコンのOSとシミュレーター環境の構築とか変態の産物ですわ。他の世界の生物はこんなん作り上げるより、自分の身体弄りますぅ。やけどこのサイバー空間というインターネットに広がる無限の可能性は――」

　この薄暗いダンジョンの中で引き籠もっている精霊さんとやらが、引き籠もりのネットマニアだというのはわかった。

四畳半くらいの店内を改めて眺めると、カウンターの隅にひっそりと設置されたパソコンと、こんがらがったコードが見える。

あれ、ＬＡＮケーブルだろうか。

やはりここは大規模なアトラクション施設なのではないかという疑問が湧いてくる。

ネット小説とか言っていたのでＷＷＷに接続可能なのだろう。

ちなみにパソコンは結構最新型だった。

熱いネット賛美から始まった精霊さんリサイタルは、ネット小説にある異世界転生モノや転移モノに対するマンネリ化の愚痴で〆られた。

俺も暇潰しで多少目を通しているが、精霊さんほどド填まりしてはいない。

実に九割が理解不能のオタ話になっていたが、言葉の断片から精霊さんがダンジョンの中から出られなくて暇だ、ということはわかった。

日本、というかこの世界は最高の暇潰しができるので、しばらくここら辺の階層にしがみつくらしい。

「いやねぇ。他の原始世界とかほんっと暇なんですわ。ここ何世紀はダンジョンに挑むチャレンジャーもだいぶ減ってますしねぇ。まあ店舗は随時自動で転移してまうんですが、そこは根性でしがみつきますぅ」

「なるほど」

まったくわからない。

「久しぶりに知的生物と会話できて楽しかったですわ。ほいでは両手を出してくださいなぁ」

両手の掌を上に向け、カウンターに差し出された精霊さんの手を握る。

いつの間にか痛みもなくなってしまった両手が精霊さんの手と接続された。

パソコンで例えるなら、アップローダーからプログラムをダウンロードしている感覚、といえば近いのだろうか。

明晰夢状態で睡眠学習を受けさせられている感じだ。

自分の内側に書き込まれる文字列《コード》を読もうとして、その細やかさと膨大な情報量から意識を逸らした。

羅城門を潜る時に幻視した文字と数式と方円の羅列、それよりも遥かに緻密で洗練され芸術的ですらあるコードだった。

「まぁ、そんなもんですぅ。あても理解して使ってる訳ではないですよって。森羅万象の記述式、最源言語《オリジンコード》ですわ。パソコンと同じで、中身とか訳わからんでも使うことはできますやん。ちなみに、ちょいと容量が多すぎるんで魂《こん》の領域へは書き込みきれまへん。ちょうどええから空《から》の神格へ権能としてインストールしてますぅ」

精霊さんが両手の指で、トントンと手を叩く。

しゅるしゅると収縮していく黒いボロ布が、腕と身体からほどけていく。

「アイテムボックスはネット小説に出てくる、アレと同じ感じですぅ。中がどんな感じになってるのか知らんので、有機物を納《い》れるのはおすすめしません。たぶん、何にもない空間なので、生き物とか納れると死にますぅ。ダンジョンのモンスターとか生きたまま納れても、外つ国で出したらたぶん死んでますぅ。お弁当とか納れておくと、きっと干涸らびるか凍りつくかで駄目になりますぅ」

なんてデンジャラスな極限空間なんだろうと思う。

というか、普通この手のアイテムボックス設定だと、生き物は納れられないのが定番なのではないだろうか。

「そんなん判別、誰がするんやって話ですぅ。たぶん、人型くらいの大きさまでなら、何でもかんでもボッシュートですぅ」

「殺傷度の高いスキルですね」

「そんなんイレギュラーな殺し方しとると、レベルも上がらんので意味がありまへんよ？」

レベルを上げる意義もわからないのだが少し、いやかなり使うのが怖い。

「ここは定番どおりに、ダンジョンで拾ったアイテムを納れとくのがええかと。有機物以外」

「無機物にします」

「インターフェースのほうは、まぁ、説明する必要もないと思いますわ」

綺麗さっぱり、傷跡に滲んでいた血痕すら残さずに、黒いボロ布が精霊さんの手に収まる。

代わりにこちらの制服はズタボロだった。

実習初日で廃棄処分とは、新しい制服が支給されればいいのだが。

軽く身体を動かしてみたが特に痛みはない。

特に両腕の先、指が折れて皮が剥がれていた手首の先も、ほぼ元通りになっている。

「半分以上、亜神化してましたよって魄《はく》の状態は健常に戻ってるかとぉ……あら、まあ」

ずっと、静香からこぼれ落ちた結晶体を握っていた右の掌。

淡い光を放つ、ほんのりと桜色をした多面結晶体は、掌を貫通して甲にまで埋まっていた。

傷跡は盛り上がって癒着し、完全に同化している。

反対側がクリスタルを通して透けて見えたが、筋が断絶しているはずの中指三本も問題なく動いた。

「完全に融合してまいましたねぇ。痛みがないなら問題もないかと思いますぅ。それは、大事にしとくのが、ええと思いますよ？」

うっすらとした精霊さんの笑みが、何も言うなと告げていた。

遠く、響くようにズズズ、とダンジョンが軋むような音が響いてきた。

ボロ布バンテージから解放された左手の腕時計を見ると、時計の針は正午の閉門時間を指していた。

「毎度ありがとうございました。今後ともよい取引を」

「ありがとうございました。船坂叶馬と申します」

ぺこり、と一礼した精霊さんが、くすっと頬に指を当てて微笑んだ。

「まだホンマ何も知らん新入生さんなんやんね。精霊や悪魔の類いに、真名を告げてはあかんよ？　気に入られへんかったら喰われてまうから。穿界迷宮ＹＧＧＤＲＡＳＩＬＬ、露店精霊スケッギョルドからのアドバイスですぅ」

＊＊＊

午後三時。

ギギギ、と分厚く重い、羅城門『始之扉』が守衛のふたりによって閉じられる。

観音開きの扉に組み込まれた歯車が起動し、ご神木から削り出された閂《かんぬき》が掛かる。

連動する複数複種の結界錠が幾重にも門を塞ぎ、弛く振動していた羅城門が鎮まった。

羅城門の正面、能舞台のような広場には、壱年丙組の生徒全員の姿があった。

ほとんどの生徒は立ち尽くしたまま、不思議そうに周囲を見回している。

生徒の主観では始之扉を潜り抜けた直後に風景が変わり、少し離れた場所から羅城門を見上げる位置に移動していただけだ。

貧血を起こしたように床でへたり込んでいた女子生徒たちも、頭を振って少し腰をふらつかせながら何事もなく立ち上がる。

ゆっくりと広がっていくざわめきは、小テストが終わった後のような安堵する空気に満ちていた。

「――ま。こんなモンか」

「はぁー……なんてコトなかったね。ホントに何にも覚えてないや」

両手をポケットに入れて苦笑いする誠一の隣で、立ち上がった麻衣がスカートの後ろを叩きながらあっけらかんとした笑みを向ける。

「授業中に居眠りしちゃって、気づいたらチャイムが鳴って終わってたって感じ？」

「です、ね」

胸に手を当てた静香が深呼吸してから頷く。

ダンジョンダイブする前の、緊張に強ばった身体もそのまま戻っていたのだ。

「時計はちゃんと進んでるんだね。もしかしたら合わせ直さなきゃいけないのかなって思ってたんだ、けど？」

「あっ、あっ、あの…、と、叶馬、さん」

硬直して声を吃らせる静香が、正面から胸の中へ掻き込むように叶馬にハグされていた。

脈絡のない抱擁に、嫌悪感と恐怖に襲われた静香は反射的に後退ろうとした。

「……静香」

顔を伏せた叶馬から微かに聞こえた呼び名に、身体の奥が震えた。

そっと解かれた腕の感触を追うように、頭ひとつぶん高い叶馬の顔を仰ぐ。

叶馬のずっと怖いな、と思っていた無表情がじっと自分を見ていた。

「おいおい、こんな場所で盛るなっての。せめて下校してからにしろ……って、おいコラ」

「壮健か。誠一」

「いや、何ともねえけど、どうしていきなり胸ぐらを摑むっ？」

「誤解するな。ただ脱がそうとしただけだ」

「止めろォ！」

本気で抵抗する誠一を見て、麻衣がケラケラと笑う。

「――皆さん。お疲れ様でした」

ざわめきが雑談となり、騒がしくなり始めたクラスの生徒たちに向かって、担任の翠が名簿を片手に声を上げた。

どこか疲れたような、艶のある憂いの表情を浮かべていた顔が引き締まる。

「これで特別実習は終了になります。本日は授業終了となりますので、一度教室に戻ってから解散になりますが――女子は教室に待機していてください。少し連絡事項があります」

「うっ、面倒。ていうか、それでも普通より早い終わりだよね……やっぱ変な感じ」

「そのうち慣れんだろ」

特別実習の緊張から解放されたクラスメートたちは、がやがやと騒がしくしゃべりながら階段へと向かっていく。

まだまだ学校にも慣れていない新入生からすれば、放課後の自由時間はいくらあっても足りないのだ。

「んじゃ、どうしよっかなぁ。静香は一回寮に戻る？」

「えっ……あ、うん」

自分の胸を押さえてぼんやりしていた静香は、前を歩く叶馬の背中へ目を向けた。

その様子を見て口元を笑みの形に歪めた誠一は、自然な風を装って静香にそっと囁きかける。

聞こえなくてもだいたい間違いないだろう、内緒話の意味を悟った麻衣があきれる。

「ちょっと、誠一くん」

「いいだろ、今更。……どうせ、中でもヤッちまってんだからさ。覚えてねぇけど」

「もぅ……しょうがないなぁ。こっちに来るのは誠一くんなの？」

あっさりと受け容れた麻衣は、腰に手を当てて小首を傾げる。

あまり早くパートナーを引っ張り込むようだと、寮の先輩たちから何か言われそうだが、模範例は既に目にしていた。

少なくとも、男子寮に出張するよりはまだマシだ。

「明日は交替な。さっさと試しておかないと、外れだった時にチェンジする選択肢が減っちまう」

「べぇ、だ。ヒィヒィ言わせてやるんだから」

愉しみだ、と返した誠一は内心安堵のため息を吐いていた。

事前に仕入れた情報で、ダンジョン中の記憶はリセットされたとしても、死の経験が心にストレスを残すことを知っていた。

死を目の当たりにしたことによる性欲の異常昂進。

そんな奴が同室とか、激しく勘弁してほしい誠一だった。

幕間　羅城門にて鬼が哭く

最後のパーティーが羅城門を潜ると、まるで扉自体が意志を持っているようにギィと軋んでバタリと閉まる。

それは正常に羅城門システムが動作している証し。

今はもう学園にも、それ以外の誰にも理解できない遺失術法《ロストマギアロジー》装置だ。

メンテナンスの方法すらわからず、だが必要に迫られて使用している学園の存在意義《レゾンデートル》。

そして、機能の一部として羅城門に捧げられる生贄。

自分の教え子たちが、これから先得られるであろうものと、失うであろうもの。

学園の卒業生である笈川《おいかわ》翠には、はっきりと理解できてしまっていた。

「今年はなかなか、豊作のようじゃ」

「さっそく愉しめそうだ」

羅城門の守衛を務めているふたりが、ニヤリと下衆な笑みを浮かべる。

学園自体の基幹情報が外の世界に出せない以上、機密保持の意味でも職員は卒業生となることが多い。

実際、学園の経験者でなければ物の役に立たない。

しかし組織の常として歴史が古いほどに澱み腐臭を放つ部分もあった。

翠は伏せた顔を上げて守衛のふたりをキッと睨んだ。

「あの子たちは、今日初めて迷宮に挑んだ生徒です」

「ああ、だから初物もいるだろうって話だ」

「未通女《おぼこ》い顔をした餓鬼もいた」

何を当たり前のことを言っているのだ、という顔をする守衛に唇を噛む。

何の罪悪感も、疑問すらない。

「堕ちる女子は、どのみち早々に仕込まれるからな」

「初々しさを愛でられるのは今のうちだけよ」

「他の奴らも、じきに集まってくるだろうさ」

くっくと笑う守衛たちのズボンの前は膨らみ始めていた。

「せめて！　あの子たちが仕組みを理解するまでは」

「黙れ」

大きくも荒くもない声で下された命令に、翠の身体は反射的にビクンと震えて従った。

「さっきから何だと思えば。お前、まさか俺たちに意見をしようとしてる訳では、あるまいな？」

翠は硬直したまま口を開くこともできない。

学園に入学した学生の頃からずっと、身体と魂に仕込まれてきたのだ。

「ふむ、ああ。教師という立場になって、教え子が自分と同じ立場になると憫れんだか……」

守衛のひとりが怯えて震える翠の正面に立つ。

「己惚《うぬぼ》れるなよ。堕ちた賤民の分際で」

胸ぐらを摑んで顔を上げさせる。

学生服と同じ、スペクトラ繊維が編み込まれたブラウスがぴっと裂ける。

「お前は俺たちの慈悲で生かされているだけだということを忘れるな」

「おいおい、そう脅かすなよ」

もうひとりの守衛は笑顔を浮かべつつ、翠の背後に回って腰に手を伸ばした。

膝上丈のタイトスカートを、卵の殻を剥くようにつるり、とずらし上げる。

黒いストッキングと、包まれた洒落っ気ない白いショーツのコントラストが、逆に色気をかもしている。

ストッキングの股間の部分を指で引っ掻いて穴を開け、ショーツのクロッチ部分もあっさりとずらして中指を突き挿《い》れる。

ビクッと腰を震わせる翠は、唇を噛んで目を閉じた。

それはスイッチだった。

都合よく、使いやすく準備を整えるように、身体に仕込まれた合図だ。

腰の奥から熱が広がり、ねろりとした泥濘が満ちる。

「最近構っておらぬから、拗ねているのだろうさ」

「それは仕方なかろうよ。何年も同じ穴をコマしておれば、ほれ、飽きる」

「女郎など、穴さえ空いていれば同じ塩梅だろうよぅ」

ジャージ前をズリ下げた背後に立つ守衛が、抜いた指と入れ替えに陰茎を撃ち込んだ。

柔らかくほぐされ切っている翠の膣口は、拳骨のような亀頭をするりと奥までしゃぶり上げた。

「あっ……」

と抑えきれない歓喜の呻きが翠の口からこぼれ落ちる。

「おお、よしよし。情けが欲しくて堪らなかったようだな。ほれ、ほれっ」

後背立位で串刺しにされた翠の腰が砕けそうになる。

ずっぷずっぷと程よく張った翠の臀部が波打ち、腹の中を数え切れない回数、覚えきれない男の男根を挿《い》れられた壺が絞まる。

翠の目は現実を拒絶するかのように閉じられたままだが、半開きの口元からは喘ぎ声が漏れ続けていた。

「これはしばらく……そうだな、三日は誰も使っていなかっただろうよ。明日からは教え子の逸物をたっぷりと挿《い》れてもらえるであろうから、辛抱しておれ」

ぶぴぶぴっと、まるで少年のような勢いの射精が排泄される。

便器に小用を足すように、あっさりとした性処理であった。

ザーメンではない白くねっとりした粘糸の絡みついた逸物を抜き取り、パァンパァンとパンストの上から尻を叩く。

「面と身体がいいぶん、人一倍種付けされても未だ妊みもせん。哀れなおなごよ」

「常世《とこよ》から解放されてもこの様ではな」

「胎み女にでもなれば此処からは逃げ出せたであろうに。性の随まで石女よ」

「今までしっぽりと愉しんだがな」

翠は生来、真面目な性格であった。

真面目な性格である故に学園の掲げる使命を果たそうと、人一倍励んで羅城門の向こう側へと挑み続けた。

結果的に彼女は人一倍の成績を残し、学園の外で生きることが叶わなくなった。

学園の理念どおりに、羅城門の制作コンセプトのままに。

＊　＊　＊

羅城門の根幹、拘魂制魄《こうこんせいはく》システム。

三魂七魄の道教思想を取り入れた、決して公にできない邪法の堕とし子だ。

扉の向こう側である常世に三魂を送り込み、現世にアンカーとしての七魄を留めるシステム。

人間を構成する魂魄。

物質世界である現世において、人間に強い影響を与えているのは肉体を司る『魄』だ。

そして高位次元空間である常世において、人間に強い影響を与えるのは心を司る『魂』である。

三魂とは、人が人である根源要素である心を司るとされる。

七魄とは、人を構成する物質に起因する要素、すなわち喜・怒・哀・楽・愛・悪、欲望。人が肉体という枷を持つが故に発生する七つの要素だ。

そして肉体に依存するもうひとつの要素――記憶である。

記憶と肉体を全て保存し、扉の向こう側で何があっても、例えば死を迎えたとしても元通りに復元する。

羅城門の開かれた扉を潜った瞬間に巻き戻される。

本人からすれば扉の向こう側の記憶がない以上、時間が跳んだように感じるので意識の連続性は保たれている。

ただし、扉の向こう側で経験した知識や経験や取得したアイテム、恐怖も絶望もすべてが無になる。

故に苦痛に感じることは何ひとつない。

安全が保証されたアトラクション。

入学時のパンフレットに記載されたメッセージの意味は、入学してすぐに理解することになる。

＊　＊　＊

ごとり、と羅城門の中で最初の帰還者が出現する。

言わずもがな、扉の向こう側にある常世、最近は現代風に伝わりやすいダンジョンと呼ばれる異界でモンスターに殺された生徒だ。

ダンジョンの内部は、高位次元空間となっており現世とは切り離されている。

ダンジョンの中で消滅した魂魄は羅城門に紐付けされており、いずれ現世に引き戻される。

羅城門の使用には不明な要素がいくつもあった。

だが、詳しい資料は戦後の混乱の際に焼失しており、経験則としてデータのみが積み上げられている。

使用者は魂魄が活性化している年代、青年期の境界人がもっとも適していること。

羅城門を使用できる登録人数。

同時に転移できる最大人数。

開門と閉門の儀式手順。

全ては『そうあれかし』と伝わる手続きでしかない。

羅城門の中で、ぼんやりと視線を宙にさまよわせている女子生徒は、御影石の床にへたり込んだまま身動ぎもしない。

手にした警棒と盾も足下に転がっており、制服のブレザーにも汚れひとつない。

身体も記憶も、人間を形作る要素全てが揃っていたが、それを動かす心が黄泉返っていなかった。

試練を受ける最初の門。

『始界門』を抜けた魂魄が戻るのは、扉が閉まるその時だ。

「さっそく、おなごが来たわ」

たとえ中で死んでいたとしても生きていたとしても、羅城門が閉門するタイミングで内部から三魂が弾き出される。

内部で生存していれば、羅城門がセーブしている七魄に三魂が追加される形で融合する。

内部で死亡していれば、ダンジョン内で四散した三魂が、羅城門でロードされる七魄を目印に回収される。

三魂七魄は人間が本来あるべき自然な形だ。

七魄すなわち肉体に附属する全てを完全に再現すれば、三魂すなわち心魂も引き寄せられる。

もっとも、全てではない。

生徒にはわかりやすく『記憶と経験』を失うとだけ開示してある。

本来、羅城門で七魄が再生されるタイミングはランダムだ。

早々とダンジョン内で死亡しても、閉門まで再生されない者もいれば、死亡直後に再生される者もいた。

羅城門の再生システムに負荷が掛からないように自動調整されていると考えられている。

「うむ。やはり今年は豊作よな。審査委員とやらも見栄えのするモノを選んだわ」

新入生のダンジョンダイブセットである棍棒とプラ盾は、次の教室用にまとめてコンテナに投げ入れた。

翠に挿《い》れたままのヌルリと濡れた逸物をしならせ、七魄状態の女子生徒も回収する。

「まだ魂も剥げ落ちていない、新鮮なおなごは張りも違うな」

荷物のようにうつ伏せで脱力した女子生徒を小脇に抱え、内股で爪先立ちになっている担任教師の前に並べる。

翠は二本目の守衛ペニスで尻を深々と貫かれたまま、両脚を肩に担がれて逆さまにされた教え子を虚ろな目で眺めた。

「未通女《おぼこ》い、未通女《おぼこ》い。小便臭いおま○こじゃあ」

可愛らしいデザインの薄青色のショーツをずり降ろし、顎の下まで伸びた舌先をぴちりと閉ざされた小穴へと滑り込ませる。

細く尖らせていた舌先は、内部で水を吸ったナメクジのように膨らみヌラヌラと唾液を擦りつける。

同年代の細く未成熟なペニスを軽く受け容れた経験しかない女性器は、成熟したペニスにも匹敵する舌に内側から拡張される。

大きく開かされた口から舌を出して苦しげに呼吸を漏らす女子生徒だが、その喉から声がでることも手足を動かして拒むこともない。

「どれ、ではいただくとするか」

舌よりも一回り太くて長い逸物が、唾液塗れでピクピクと痙攣する膣口に宛行《あてが》われた。

「んぅあ……」

どびゅり、とバケツの水をぶちまけるような勢いで膣奥に精液が注入される。

頭の奥で真っ白な火花が散るような快感。

表現しようのない異物感が、子宮の隅々にまでじわりじわりと染み入ってくる。

それをこの上ない快感と感じるように身体に仕込まれた翠は犬のように舌を突き出したままオーガズムに達している。

尻に突き刺さった逸物は、グロテスクな血管がゴツゴツと浮き上がった金棒の如きだった。

「未通女《おぼこ》もいいが、古嫁もまた味がある」

眼鏡を曇らせた翠は、もはやベルトを摑んだ手でのみ腰を吊られ、尻を小気味よく打ち鳴らされている。

射精したばかりの逸物は、なおも隆々と勢いを増して反り返って胎内を掘り返す。

「ほほ、よいのよいの。お前も魂落するたびに儂が可愛がってやろう」

両足首を摑まれて逆さまに吊された女子生徒は、真上から逸物を股間へと突き刺されていた。

「黄泉返りが早すぎると、幾度儂らの精を受ける羽目になるやらわからんな。ほれ、末はお前らの担任のようになってしまうぞ？」

翠は太腿を捩り合わせながら爪先を痙攣させ、内腿に垂れ落ちる射精を続けられていた。

道教思想において、魂は神に属するモノ、魄は鬼に属するモノという考えもある。

同じ長さ太さの逸物、同じ顔、同じ黄金色の瞳、そして同じ剥き出しの牙と剃髪に生えた角。

「おお、もう始まっておったか」

「初物じゃ、初物じゃ」

羅城門から連なる白壁。

それぞれ西と東の壁の中から、作業着姿の男たちが抜け出てくる。

羅城門に組み込まれた、扉の開閉システム及び施設防衛用式鬼神。

『北鬼』『西鬼』『南鬼』『東鬼』

羅城門を守護する鬼神を使役する法は既にない。

ただ昔《いにしえ》の契約に従うのみ。

魄は鬼に変じ、鬼は魄に変じる。

鬼の精を受ける者は、ただひたすらに魄に囚われ続ける。

そこに死はないが救いもない。

第四章　アイテムボックス

寮の自室に戻ってから、自分の机に向かって椅子に腰掛ける。

昨夜の宴会とは違い、極ノーマルだった食堂での夕食は調理師さんが作ってくれているそうだ。

学生による自治寮という名目上、朝と夜に通いの調理師さんが食事を作る以外、寮内の掃除や個人の洗濯は全て寮生が行う。

特に廊下や一階フロアの掃除については、俺たち新入寮生が担当する。

元々ほとんどひとり暮らしのような生活をしていたので、それについて問題はない。

早めの風呂も済ませ、明日の準備も終わらせていた。

机の上には羅城門から教室に戻った時に気づいた、制服のポケットに入っていたふたつのクリスタルが載っている。

それを右手、で転がす。

その掌の真ん中に埋まっているのは卓上のクリスタルと同じ、だがそれぞれ微妙に異なっている。

ボロボロになった制服は元の新品に戻り、死んだはずの誠一たちも元に戻った。

ならば、ダンジョンから持ち帰った、誠一たちからドロップしたコレは何なのだろう。

椅子に座ったまま少し悩む。

まあ、些細な問題だろうが、どっちが誠一でどっちが麻衣だったか忘れてしまった。

相談ついでに本人に聞いてみればいいだろう。

風呂から上がったのは同じタイミングだったのに、なかなか部屋に戻ってこない。

暇だったので、どれくらいの強度があるのか破壊実験をしようと思い立った頃にドアがノックされた。

「よっ、待たせた」

「問題ない」

スパナを片手に振り返ると、ドアから顔だけを出した誠一と、背中を押されて部屋に入り込んだ静香がいた。

意表をつかれてビックリしたのだが、静香も俺の手にした鈍器を見てビックリ、というより顔を引き攣らせている。

「とりあえず連れてきてやったから、後はよろしくやれよ？」

「ふむ」

男子寮とは基本、女子禁制なのではないだろうか。

それにダンジョンでの記憶がないのだとすれば、静香にとっても打ち解けた関係じゃないはずだ。

「さっさと済ませちまうのがおすすめだ。先輩たちのお手つきが通例らしいからな。それじゃあ俺は向こうにいってるから、明日教室で会おう」

「ああ」

制服を着ているのは、明日の朝も帰ってこないつもりなのだろう。

入学早々に外泊とは、なかなかアウトローなルームメイトだ。

扉が閉められた後も、ポツンと入口に立っている静香も制服姿だった。

学生の時分は制服が正装であるから、外出時は着用するのが筋ではある。

なのだが、話の流れからするに、おそらくココに朝までお泊まりコースという意味なのだろう。

心の準備ができてないという以前に、意味がわからなくて対応に困る。

「……あの、こんばんは、です」

「こんばんは」

とりあえず挨拶を返すが沈黙が重い。

俯いてぎゅっと手を握ったままの静香を、誠一の椅子に座らせた。

「正直、よくわかっていないんだが、確認してもいいだろうか？」

「……はい」

「静香は俺とセックスする目的で泊まりに来たのか？」

言葉を濁しても仕方ないので、ストレートを投げ込んでみる。

静香は消え入りそうな様子で身体を小さくし、はい、と頷いた。

女子は同年代の男子と比べていろいろ進んでいるとは聞くが唐突に過ぎる。

「どうぞ、叶馬くんの……お眼鏡に叶うか、試して、ください……」

椅子に座ったまま自分でスカートの前を持ち上げようとした手を握る。

ダンジョンの中と同じパターンだ。

近寄った静香の身体からは、石鹸の清潔な臭いがした。

ダンジョンの中での交わりを思い出してくらっとしてしまう。

「同じ台詞だ」

「……えっ？」

「『私手間は掛かりません』か、次の言葉」

手を握られても昏い微笑みを消さなかった静香の顔が青ざめた。

「……まさか、叶馬くん」

「少し、話をしよう」

ついでにいろいろと教えてくれると助かる。

＊＊＊

「……それじゃ、コレが私の」

「ああ。済まないが、どうやって返したらいいかわからない」

天井を向けて差し出された叶馬くんの右の掌に、そっと自分の手を伸ばして触れた。

皮膚と肉を貫通し、掌の中に埋まり込んでいる私の、心の結晶。

この豊葦原学園に入学する取引として捧げたはずの代償。

全てを納得して契約を受け容れた訳ではないが、今までいた場所から逃げ出せるのならばと迷わなかった。

結果的に見れば、私は家族に売られたのだ。

血の繋がっていない父や兄弟から、家族に対する親愛とは正反対の鬼畜の所行を強要されていた。

物心がついた頃には、既に母も身内として見られなくなっていた。

どこか別の場所へ、何を代償にしても構わないと思えるほどには苦界《くがい》だった。

たとえその先に待っているのが、今までと同じ苦界だったとしても、少なくとも相手は自分で選べる。

そう、思っていた。

「試しに抉ってみよう」

「えっ、いえ、それはちょっと」

どこからともなくナイフを取り出して右手に当てた叶馬くんは真顔だった。

というか、常時真顔なのでどこまで本気なのかわかりづらくて困ってしまう。

透明度の高いクリスタルは完全に叶馬くんの肉に癒着し、血が通っているようにすら見える。

手に触れると温かい。

何も言われずとも理解できる、コレが私の心の一部なのだと。

私の大切なモノが叶馬くんと一体化している。

きっとこの言葉にできない、包み込まれているような安堵感は気のせいじゃない。

「でも、これはどうしたら……」

女子生徒に限っては、強い影響を受けてしまうということで男子よりも先にいろいろ教えられている。

先生からの補習だけじゃなくて、女子寮の先輩からも詳しく。

男子のあしらい方とか、暗黙の了解というものだ。

学園生活で一番トラブルになりやすい要素なので、入寮初日に聞かせるのが伝統なのだという。

女子寮の先輩の話には、学園の授業では絶対に教えてくれないような秘密もあった。

自分たちの身は自分たちで守れるように、と。

「叶馬くん、これは誰かに見せてしまいましたか？」

掌とか目立つ場所に埋まってしまっていたが、誰かと握手でもしなければ気づかないと思う。

こんなモノを手につけてるとか、きっと誰も思わない。

「いや、誠一に相談してみるかと思ったんだが、代わりに静香が来た」

「えと、ごめんなさい……」

誠一くんに唆されて夜這いに来た訳で、改めて指摘されるとまた顔が赤くなってしまう。

『連れてってやるから、精々アイツに気に入られるようにご奉仕してこい』、と。

叶馬くんも全然平気な顔をしているけど、今もずっとズボンの前が膨らんでいる。

嬉しいと思うのは、ダンジョンの中で零してしまった経験が右手を通して伝わっているのだろうか。

今すぐ我慢できなくなった叶馬くんから押し倒されても、抵抗も何もできないかもしれない。

お互いそういう風になってしまう前に、ちゃんと話をしないと。

「叶馬、くん……その右手は誰にも見せちゃ駄目。ううん、見せないでほしい」

ああ、もう、叶馬くんの右手から手が離せなくなって、私のほうが我慢できなくなっている。

もう既に所有されているからかもしれないけれど、ソレを所有するのは叶馬くんであってほしい。

「わたし、もぅ……叶馬くんのものになってた、んだね」

「了解した、ので落ち着こう」

そんな風にいっても、もう抱き合うくらいに顔が近い。

顔が怖いって思っていたけど、すごく綺麗な瞳をしていた。

＊＊＊

気づくと椅子の上で口づけを交わしていた。

右手を握っていた静香が次第にぽやーっとしてきたと思ったが、話をしているうちに睨めっこ状態になっていた。

いろいろと知っているらしいので、もう少し教えてほしかったのだが。

のしかかってくるように不安定な体勢の静香に、左手を添えて抱き寄せる。

「叶馬、くん……」

潤んだ瞳に上気した顔。

はらりとほどける黒髪からはリンスのフローラルな香りに混じって、ダンジョンの時と同じ静香自身の匂いが濃く立ち籠めていた。

「静香、落ち着いて」

「もっと……名前を呼んで、ほしい」

膝の上に跨がるように身体を押しつけてくる。

どうにもならんというか、スイッチオンというか。

据え膳上げ膳を、口元まであ〜んされている状態というか。

潤んだ瞳で見つめ合っていた静香が、ふと視線を下に落とす。

右手を包み込んでいた手を離し、そのまま真下に移動させてテントの頂上を掌でクルクルを撫で回す。

「静香」

「あっ……」

背中を抱き、膝の裏をまとめて抱えて持ち上げる。

正直、簡単に暴発してしまいそうだったし、二回目まで全部静香のリードに委せるのは申し訳ない。

自分のベッドにその身体を寝かせ、追うようにベッドに乗ってから寮着にしているトレーナーを脱ぎ捨てる。

勢いあまってパンツまで脱いでしまったのは、実際テンパっているのだろう。

おずおずと伸ばされた静香の指先が、的確にペニスをホールドして優しく握り締める。

かなり暴発してしまいそうなのでご容赦を賜りたい。

静香のブレザーを脱がせていくのは苦行の様相を見せていた。

首元のリボンを外し、ブラウスのボタンを上から順に抜いていく。

手間取る間にも、ペニスを両手で包んだ静香の指先は、ゆっくりと先端を剥くように扱き続けている。

白い、清楚だが可愛らしいブラジャーに包まれた乳房は、たぶん俺たちの年代にしてはかなり大きいほうだろう。

外し方がわからなかったので、両手で両側から挟むように触れる。

「あっ……」

愛らしい声で鳴いた静香の指先に、きゅっと力が籠もる。

その指の反応に導かれるように、下からブラジャーの中に潜り込ませた手で乳房を揉み込んでいく。

こりっとした手応えを返す乳首を両手の指先でシコり回しながら、限界を超えたペニスが静香の指の中で射精を漏らしていた。

静香も一緒に達したように腰を震わせ、竿を握り、亀頭にぺったりと掌を押し当てて最初の迸りを導き続けてくれる。

乳房のトップまで捲ったブラジャーからはみ出す乳首に吸いつきながら、スカートの奥に両手を差し入れてショーツを摑んだ。

「んっ……」

腰を浮かしてくれた静香の尻から、するりっと手触りのよい白いショーツが脱げる。

静香は脱がされている間も、射精したにも拘わらず芯が入ったように硬度を保っているペニスから指を放してくれないので大変だった。

皺になると静香が明日困るし、いつ二度目が暴発して汚してしまうかわからない。

哀しそうな静香からペニスを取り上げて服を全て脱がせていく。

初めて目にした静香の全裸に、ビクンビクンと自由になったペニスがしゃくりあげる。

あまりにも動物的な反応に自分でも笑ってしまいそうだ。

シーツの上で生まれたままの姿をさらけ出した静香は、四つん這いで上から被さった俺に捕らえられた格好で身悶えしている。

ダンジョンの中ではピンポイントに生殖器を拝ませてもらっただけなので、ふっくらとして柔らかい静香の身体をじっくり視姦する。

いつの間にか再びホールドされていたペニスが、静香の導きによって太腿の付け根に接近していく。

自分でそのしっかりと陰毛の生え揃った女陰を開き、ベッドのライトに照らされて濡れ光っている粘膜の穴を剥いていた。

「とーま……くん、ゆっくり……ゆっくり」

「ああ」

うわごとのように熱っぽく繰り返す静香の女性器へ亀頭を填め込んだ。

入口の襞がOの字に伸びきっている。

ペニスの根元を掌できゅっと握ったままなのは、ダンジョンの初体験と同じだ。

俺は亀頭から先の部分を、熱い泥濘となった胎内へ挿《い》れていく。

それだけで射精してしまいそうなねっとり感に堪えきれず出し入れを始める。

亀頭が抜け出るたびに入口の小陰唇が捲り返り、挿れ直す感触が心地よい。

静香のおま○こを亀頭がしゃぶっているような挿入なので、リアルでぬっぷぬっぷと卑猥な音が続いている。

一度射精してしまいそうになるも、根元を握る静香の指がセックス養成ギブスとなって放出を留めてくれた。

顎を突き出すように仰け反った静香の乳房は、左右にたぷんたぷんと撓んで乳首を起たせている。

射精感も遠のいた頃、物足りなさを感じた俺は静香の指を解いてリミッターを解除させる。

「ひっ」

ぬぷりっと奥まで這入り込んだ最初のひと突きで、静香は両脚を限界まで開いて仰け反る。

感触を確かめるように根元まで突き込んだ腰を密着させて揺すり、呆然とした表情を浮かべる静香の頬を撫でた。

ちろり、と舐められた口元の仕草が可愛らしく、指を咥えさせたままペニスの出し入れを再開させる。

二度目の射精はいつ出してしまったのか覚えていない。

腰の後ろに静香の両脚を絡みつかれたまま、三度目の射精が間近になった今でも抜かずに腰を振り続けている。

静香の舌を弄んでいた指先を抜くと、抱き合って唇を合わせる。

舌を絡み合わせる、脳裏が痺れるような快感も少し慣れてきた。

名残惜しそうに舌を残す静香にはっきりと告げた。

「射精したい」

んっと従順に頷いた静香は、腰に回した脚をしっかりと絡め直してから突かれやすいように尻を浮かせる。

既に根元までねっとりと咥え込んでいる静香の女性器を、先端から根元までのスパンで勢いよく抜き差しし始めた。

ベッドがギシギシと軋み、ペニスの竿にこびり付いた白い筋のような粘液が、クリームのように静香の女陰に輪となって浮いている。

「あっ、あっ、あっ、あっ、とーまくん、とーまくん……っ」

俺は静香の脚にがっしりと引き込まれた腰を突きだし、ねっとりと絞まる胎内へ三度目の射精を放っていた。

＊　＊　＊

「その、今更、なのだが」

気まずそうに頬を掻く叶馬に、うとうととしかけていた静香が小首を傾げる。

「中に出してしまって済まない」

それは確かにものすごく、今更だったので、静香はくすりと微笑む。

黒鵜荘の三階にある叶馬と誠一の部屋は、濃密な性臭に満ちている。

ベッドボードライトに照らされた叶馬のベッドの上では、全裸でシーツにうつ伏せで寝そべる静香と、その尻に跨がって股間へペニスを突き立てている叶馬が乗っていた。

窓から差し込む月光の影は、過ぎ去った時間を示している。

途中で気をやってぽわぽわした状態になっていた静香には、果たして何度叶馬の精を胎内へ注がれたのかあやふやだった。

ただ覚えているのは、好奇心旺盛な叶馬から幾度となく体位を変更されながら、一度も抜かれていないことくらいである。

今も胎内を隙間なく叶馬のモノで埋められ、膣の奥底を捏ねられるように押し上げられている。

入口から身体の奥までほぐされた状況を、静香は熾火のように燻り続ける快感と安らぎの中で、全てを受け容れていた。

シーツに挟まれた乳房をもっちりと揉んでいた手が外され、目の前に差し出された指をんっと咥える。

スプリングがギシギシと軋み、静香の尻の谷間から覗くペニスが痙攣しながら繰り返し膨らむ。

子種の汁は出なくなっていても、疑いようのない絶頂の反応だった。

静香のほうがそんなに気持ちよくなってくれているのだろうかと疑問に思うほど、ペニスは精を放った後も反り返り続けている。

仰向けにくるりとひっくり返され、胡座をかいた叶馬から腰をすくい上げられるように抱き起こされる。

根元までぎっちりと填め込まれたペニスは、否応なく叶馬の形状にならされて苦痛はない。

「ああ……」

背中をぎゅっと抱き締められると、快感の向こう側にある安らぎに自然と声が漏れた。

腰の上で子どもを宥めるように、あやされる。

それはリビドーに突き動かされたセックスではなく、温もりを与え合うような抱擁だった。

「静香。今日は本当にこの部屋に」

泊まっていくのか、という叶馬の言葉はガチャリと扉が開けられた音に途切れた。

頃合いを見計らっていた闖入者《ちんにゅうしゃ》たちは、確認の言葉もなくずかずかと室内へ這入り込む。

「おっ、まだ終わってねーじゃん」

「頑張ってるねぇ。後輩くん」

「ほらな、チラ見した時ケッコー地味顔だけど可愛い子だと思ったんだよ」

三人目の男子が静香の顔を覗き込み、後ろ手に扉を閉める。

扉の鍵はあえて閉めない。

追加交代要員はまだ来るだろうし、マスターキーを自由に使えるのは三年生以上の役職持ちだけだ。

まだ新しい、初々しい新入生を楽しみにしている者は多い。

叶馬に向かい合わせで抱っこされている静香は、怯えてその身体に縋りつきながらも諦めたように瞳から光を消していた。

じろじろと静香を背中から観察する男子が舌舐めずりする。

「ぽちゃ娘かと思ったけど着太りタイプかよ。イイね。ケツはでかくてハメ応えありそうだな、オイ」

「ほれ、交替だぜ。一年坊」

「先輩方、これは？」

静香の腰を抱えたままの叶馬は困惑していた。

この状況下でも酷使したペニスが萎えていないのは若さ故だろう。

「昨日の歓迎会ん時に、一応言っといただろ？　寮生活では譲り合いの精神が大事ですってな。寮内の共有物は大事に使いましょう。ただし、先輩後輩の順列はあるんだぜ？」

「や、ぁ……っ」

ぐっと摑まれた静香が哀しげな声を出して抵抗する。

叶馬に向けられた切なげな眼差しの意味は、助けてほしいという懇願ではなく、この先の自分を見ないでほしいという哀願だった。

「少々お待ちを」

「おっ、なになに？　反抗するの？　先輩だよ、俺」

「一丁前に独占欲かぁ？」

摑まれた手を振り払い、叶馬のベッドを囲むように三人の上級寮生が立ちふさがる。

叶馬は表情に焦りを浮かべるようなこともなく、内心は困ったとばかりに頬を掻く。

そもそも、対面座位で静香を抱っこしたままの全裸なので格好もつかない。

「静香が望むなら、俺も別に構わないのですが」

びくっと震えた静香は、叶馬の胸に顔を埋めたまま嫌々と頭を振る。

「なので手出しは控えていただきたい」

「ヒュウ、おっとこらっしー！」

「あー、君さ。ちょっと勘違いしちゃってるみたいだね。まあ、まだダンジョンにも入ってない新入生だから仕方ないんだけど」

再び静香に伸ばされた腕を摑む叶馬の手が、あっさりと摑み返される。

ぎりり、と骨が軋むような握力は、軽くリンゴを握りつぶせるだろう。

「今までどれだけ腕力に自信があったのか知らねえけどな。レベルも上げてねえパンピーなんざ赤ん坊みてえなもんなんだよ」

叶馬の腕を摑んだ男子は、身体にわからせてやるとばかりに嗜虐的な笑みを浮かべた。

「や、止めて、ください……わ、私は構いません、から」

「へぇ、女の子のほうが現実をわかってるじゃん。イイよイイよ、優しく可愛がってあげるから」

叶馬の腕を解放した男子が、さっそくズボンを下ろして勃起しているペニスを露出させた。

静香にワキワキさせながら伸ばした手が、再び叶馬によってインターセプトされる。

「おいっ、いい加減に邪魔なんだよ。隅っこに引っ込ん」

「空間収納《アイテムボックス》」

使い方がわからなかった叶馬は、とりあえずスキル名を唱えてみた。

ふっ、と音も立てず、それらしいエフェクトもなく、あっさりとひとりの男子学生が寮室から姿を消す。

残されたふたりの上級寮生も、叶馬も静香も、しばし誰も動かず沈黙する。

「……あー……」

「えっと……」

ようやく声を出したふたりの闖入者に、どうしたらいいかわからなかった叶馬が何故か安堵する。

「今、何かスキル使った？　……えっ、ダンジョンの外で？」

「てめえっ、華組かっ」

叶馬に摑みかかった男子の顔に浮かんだのは、明確な敵対心だった。

首元に伸ばされた手に触れた瞬間、ふたり目の姿が寮室から消える。

ようやく少しだけ困った顔になった叶馬は、内心ものすごく困っていた。

寮の秩序を乱す気はなく、上級生に暴力を振るうつもりなど更々ない。

だがなんとなく放置するとまずいような気がして、振り向いて逃げ出しかけていた三人目の背中に触れて空間収納《アイテムボックス》に格納した。

「……よし」

何がよしなのか本人にもわからなかったが、とりあえず一段落ついたという感じで叶馬が呟く。

叶馬の胸に抱っこされたままの静香は、更に展開についていけずフリーズ状態になっていた。

自分のせいで叶馬へ悪意が向かないようにと決意した気持ちとか、綺麗さっぱり無視したフリーダム展開にである。

「そういえば、確か」

「……ふぇ？」

「何か忠告されていた気が」

忘れてしまうような事柄なら大したことじゃない、と恐ろしいことを考えた叶馬だが、幸いにもダンジョンから帰り際に言われた言葉を思い出していた。

出し入れする対象は接触する範囲だろうと見当をつけた叶馬は、静香を抱えたまま床に足を下ろす。

「あ……」

ぐっと揺すられた静香は、ホッとした安堵も伴ってぶり返した性感に太腿を強く締めつける。

叶馬はとりあえず誠一のベッドの上に手を伸ばし、ぼて、ぼて、ぼて、っと三人の男子を謎空間から落っことした。

三人とも一様に安らかな表情を浮かべて意識を失っており、なんとなく呼吸とかしているし大丈夫そうだと判断し、安堵する。

だがその身体は冷え切っており、酸素欠乏症からのチアノーゼ状態に陥っている。

謎空間の中に充満している気体の酸素濃度は一〇パーセントを切っていた。

人間は空気中の酸素濃度が一八パーセント以下の環境で生存することはできない。

特に一〇パーセント以下の空気を呼吸すると、気分が悪いと自覚する前に意識を喪失してしまう。

肺の中に入った低酸素気体が、血液の中の酸素を逆に吸い取ってしまうからだと言われている。

我慢する、若しくは息苦しくても耐える、というレベルではない。

一呼吸、酸素濃度が一〇パーセント以下の気体を呼吸してしまえば昏倒してしまう。

叶馬の空間収納《アイテムボックス》という名のデンジャラス空間が、まさしくその状態であった。

一呼吸で意識を失い、放置すれば十分以内に生命活動を停止する死の空間である。

そして、どうやら寒いらしい。

「あっ、……あの……あの」

「問題ない」

「えっと、でも……でも」

「問題ない」

自分に言い聞かせるように繰り返した叶馬が、物問いたげな静香を抱え直す。

トラブルが片づいた安堵に下半身にも活力が蘇っていた。

ベッドの端に腰掛けたまま、自然と対面座位のプレイが再開された。

「あっ……あっ……」

叶馬越しに壁を向かされた静香は、厄介事から目を逸らされて可愛らしい声を絞り出させられる。

静香の柔らかい肉壺の刺激にも順応した叶馬は、ぽっちゃりとした尻を脇の下から回した手ですくい上げ、ゆさゆさと揺すらせる。

騒動の間中にみっちりと密着し、膣肉の一部と認識するまで放置されたペニスが、ずり、ずり、と内側を擦り上げる。

お腹の内側を引き出されたり押し込まれたりする初めての感触に、静香は叶馬の背中に爪を立てて悶えた。

「あっー……ああっ、あッー……」

「ちっすー。お邪魔しまっす。童貞だっつー、一年坊主も連れてきたんすけど」

「ボッシュート」

その後、再び追加人員が居室に訪れたが、特に騒がしくもなく静香の控え目な喘ぎ声が響き続けていた。

＊　＊　＊

目蓋《まぶた》を刺す朝日に、気怠さと深い充足感を覚えながら目を開く。

視界の大半を占めるのは、朝日に天使の輪を浮かべた静香の黒髪だった。

お互いに全裸で、布団の中では足を絡め合うように密着している。

シングルサイズのベッドで極自然に温もりを求めた結果だ。

豊葦原学園は山の麓にある故か、この時期でも明け方は凍えるような寒さが残っていた。

昨夜はあきれるほどに出し、出切った後も酷使したペニスはあっけらかんと朝勃ちしている。

そっと静香の中へ沈めて朝の挨拶を、という気分にもならないほど満ち足りた気分だった。

代わりにそっと黒く艶やかな髪を撫で梳《す》き、おでこに唇を乗せる。

「おはよう」

「……ぉ、はよう、ございます」

腕枕の上で目を開いた静香が、消え入りそうに顔を胸に寄せて囁いた。

少しだけ懐いた猫のように、控え目に俺の胸に頬を擦りつけて甘える仕草が可愛らしい。

朝勃ちに気づいた静香が上目遣いで問いかけてきたが頭を振る。

少し残念そうに頷いた静香が、乳房を惜しげもなく押しつけて身を寄せる。

その心地よい感触に朝勃ちが本勃起に進化しそうになり、一度布団の中でしっかりと静香を抱き締めた後に身体を起こした。

「さて。着替えて朝飯を食べに行こう」

男子寮の食堂に静香を連れて行ったら目立つかもしれないが、何故か昨日の朝も食堂に女子生徒が何名かいたので問題ないだろう。

「はい……って、ひぃッ」

にっこり微笑んで上体を起こした静香が悲鳴を漏らす。

反対側のベッド、静香が背中を向けていた誠一のベッドには、合計六名の男子が、文字どおりに積み重なって寝ていた。

少々寝苦しそうだが、ぐっすりと熟睡中のようだ。

そういえば、布団に包まるまで静香に後ろを向かせなかったなと思い出す。

少し絵面的に見苦しいので。

誠一のベッドがかなり男臭に充ち満ちていたが、静香を連れ込んだ時の不手際による自業自得だ。

かなり怯えている静香を落ち着かせながら、自分も制服に着替えて登校準備を整えてから食堂に降りていった。

戸締まりについては特に奪られるものもないので構わないだろう。

食堂ではニヤニヤとした露骨な視線を向けられたが、難癖をつけられることもなかった。

こちらも直接手を出されるような真似をされなければ、寮の秩序を乱すつもりはない。

視線に怯える静香の手を握って寮を出たのだが、嬉しそうな笑顔を浮かべて身体を寄せてきた。

よく思い返せばろくに会話らしい会話も交わしていないのだが、ずいぶんと懐いてくれている気がする。

それは自分も同じようだ。

よい言葉よりよい行いのほうが勝ると、どこかの政治家が残した言葉を思い出した。

よいセックスができたのだろうか。

ちと違うかもしれない。

今まで男女交際について縁遠い青春を過ごしてきたと自負しているが、大仰に身構えるものではなくもっと自然に関係を結ぶものだったのだろう。

この学園内の性的倫理観が格別弛いような気もするが、比較対象がないのでわからない。

壱年丙組のクラスに着くと、朝のざわめきがふと静まった気がした。

窓際の後ろの席に座った誠一がニヤニヤと笑っていたので、昨夜の文句をつけてやろうと顔を出す。

「いよぅ。昨日はお楽しみでしたね。って、痛ってえ」

「おはようさん。静香、叶馬くん」

「おはよう」

とりあえず誠一に鉄拳制裁した後、背後から聞こえた挨拶に答える。

ニマニマと猫のような口元をした麻衣がつんつんと静香を突っついていた。

「上手くいったみたいね。乱暴にされなかった？」

「……うん」

ずっと俯いて真っ赤になっている静香と、何やら内緒話をしていた。

「お前、すぐ暴力に訴えるのは止めろよ。つかずっと手ぇ繋いで見せびらかしてんのか？」

「ああ」

そういえばずっと静香の手を引いていたのを忘れていた。

クラスの女子がキャーキャー言い始め、男子のクソッタレみたいな舌打ちが聞こえる。

「なるほど、唾つけてんのか。具合もよかったってコトな」

「誠一、露骨スギ」

「んだよ、るせーな」

腰に手を当てて叱る麻衣と、面倒そうにしっしと手を振る誠一の距離感が近い。

親密な関係が築けたようで何よりだ。

教室の窓から見える時計塔が、授業開始のベルを響かせる。

今日は一日、一般科目の授業だ。

第五章　打算

「はぁ。当たり前っていえば当たり前なんだけど、一般科目はフツーの学校と変わらないんだよね。ダル～」

全寮制である豊葦原学園の学生食堂は、基本的に全校生徒が利用できるキャパシティがある。もっとも、特級学科生徒が主に利用するのは別の場所にあるカフェテラスで、食堂が満席になることはない。

校舎を含めた施設内の建物はレトロ感が漂っているが、中身の多くは現代風に改築の手が入っていた。

学生食堂の場合は側面の壁を大胆に撤去し、オープンテラス風に拡張されていた。

天気のいい日は青空の下で昼食が楽しめるよう、中庭に続く庭園へ張り出すようなデッキに、いくつものベンチとテーブルが並べられている。

「サボりたい……けど、学校の外って、あの怪しい通りだけなんだよね」

「麻衣さん、いくら何でもサボりは」

べちゃっとテーブルに突っ伏した麻衣に、静香は困ったような顔をしてカップを保護した。

「机に向かって勉強なんて、しなくていいと思ってたのになぁ」

「どう、なんだろうね。まだ始まったばっかりだから」

静香はふたつ持ったカップの片方を口に運び、想像とは違って普通の、そう普通の学校のような雰囲気を演出している周囲を見回す。

内情を考えれば、そんなはずはないのに。

そんなことを考えた静香は、ゾクッと背筋が冷たくなるのを感じた。

望む望まないに拘わらず、普通を装えるように演出されているのだろうか。

「ん〜、静香、なんか余裕が出てきたね。オドオドしてたのがなくなって落ち着いたっていうか」

「えっ、そう、かな？」

「はぁ〜、そんなによかったの？　叶馬くん」

クラス中のみんながわかっているくらいオープンなネタだというのに、静香は耳まで赤く染まった。

この程度の冷やかしは静香にとって、前の学校で味わった露骨で悪意のある噂とは比較にならないはず、だった。

「叶馬くん、あんなしかめっ面して静香をメロメロにしちゃうなんてやるじゃん」

「えっと、麻衣さんも、誠一くんと、ですよね？」

「ああ、ダメダメ。アイツすんごい独り善がりでさー。そりゃそれなりに上手かったけど、ちょっとサドっ気あるっぽいんだよね。お尻とか叩いてきたし。ありかなしかでいえば、ありなんだけどさ」

「そう？」

静香はあの『物』を値踏みするような誠一の視線が嫌いだった。

だが、そのぶん、静香にとってはすごく理解しやすいタイプの男子といえた。

「今日はポジション交替でしょ？　静香とかきっとお尻バンバン引っぱたいてくるよ、あの男」

「それは、勘弁かな」

苦笑する静香に、テーブルから顔を上げた麻衣が口を猫形にする。

「そっか。あたしもちょっと叶馬くんに興味が湧いてきたかも。もし、誠一よりよかったら、静香には悪いけど狙ってもいーよね？」

「う～ん、私的に、ちょっと困る、かも……」

セックスの話は別としても、叶馬の右手に宿ったものについては取り替えようがない。

そう、セックスは別にしても、あの温もりは譲りたくない。

「やっぱりセックスすごいんだ」

「すごい、というか……」

これは一応言っておいたほうがいいかも、と麻衣の耳元に顔を寄せる。

「その……大きいの」

「えっ？」

「……ちょっとビックリすると思う」

麻衣はヒクッと口元を引き攣らせる。

女性にとって、男性の生殖器のサイズは大きければいいというものではない。

人種的な大小はあれども、やはり同種の平均的サイズが一番フィットするように身体ができている。

軽く二、三度相手をするぶんには問題ないが、規格外にオーダーメイドされた後に別の相手に乗り換えられたりすると、少し切ない思いを味わうことになる。

「あ、あはは。やっぱ叶馬くんは静香に任せちゃおっかな」

ないとは思うが、もしや挿れることすらできないサイズで偶々受け容れられた静香に執着してるとか、朝の大胆な俺の女アピールを見てるとありそうな気がしてきた麻衣だった。

そんな人外ではないのだが。

「おっ、いたいた。そろそろ授業始まるぜ？」

中で食事を済ませていたのか、誠一と叶馬のふたり組がデッキまで出てきた。

やはりクラスもまだ慣れていないうちは、寮での顔見知りと行動を共にするパターンが多い。

「何だよ、エロい話でもしてたのか？」

「もー、誠一はまたそういう」

冷やかすような誠一のニヤニヤ笑いは軽薄ではあったが、憎めないものも感じていた麻衣だった。

オープンスケベな男は嫌いではない。

「静香。今日の放課後、少し時間をもらっていいか？」

「えっ。う、うん」

「おお、ストレートに誘うね。叶馬くん」

麻衣と同じことを想像した静香は赤面してしまったが、例の結晶体についての相談だとわかっていた。

麻衣のほうは更に、コイツ静香と一発してからあたしとハメ比べか、とか思っていたが。

「何だよ、やっぱお気に入りじゃん。しょうがねえから今日も譲ってやるよ。ゆっくり愉しめよ、昨日と同じように」

「ちょっと、誠一？」

口元を歪めた誠一は、麻衣の手を摑んで踵を返した。

仕方ないな、と歩調を合わせた麻衣は軽薄な薄笑いを浮かべた誠一の横顔を覗き見る。

あまり好きじゃない笑い方だった。

＊　＊　＊

豊葦原学園の学生の男女比率は、ほぼ同数である。

学校敷地内にある女子寮の数も、男子寮と同じということだ。

豊葦原学園第四女子寮、通称白鶴荘《はくつるそう》は、ちょうど黒鵜荘と同じ建築様式になっていた。

特に迷うこともなく、三階にある静香と麻衣の部屋に戻る。

「よっ、お待たせ」

「あ、うん。今日もコッチに泊まるの？　ていうか誠一、自分の部屋よりここにいる時間のほうが長いんじゃない？」

自分の机に向かって座り、ノートパソコンでゲームを立ち上げていた麻衣が振り返る。

予習復習をするような勤勉さがあれば、最初からこの学園には来ていない。

「毎晩、わざわざ静香も送っていってさ」

「ひとり歩きの静香が途中で拉致られたら、興醒めだろ」

一度ベッドに腰掛けていた誠一が、麻衣の背後に回って無造作に乳房へと両手を回す。

「ちょっと、いきなり」

「今更、恥じらうなよ。ここ毎日ヤるこたヤッてんだから」

ピンクのスウェットパーカーの胸元にプリントされた、縞猫の顔が歪む。

規制されたネットと娯楽の少ない環境は、勉学に時間を割かない生徒にとって暇に過ぎた。

管理側の学園にも黙認されているセックスという娯楽に没頭していくのは、大半の普通科生徒にとっては自然な流れだ。

強制的な男女のパートナー制度、監視者を置かない宿泊施設、他にもさまざまな学生側に都合のいい大義名分が用意してある。

「だいたい……んっ、わざわざ誠一が静香を送っていくのって、送り狼になって一発、あっ……ヤッちゃてから叶馬くんトコに連れてってるんじゃないの？」

「バーカ、俺がヤッても意味ねえし。一丁前に嫉妬してんのかよ、可愛いな」

「ばっ、ちがっ……」

パーカーの前ジッパーを一気に引き下げ、Ｔシャツの上からぷっくらとした乳房を掴む。

「ノーブラかよ。麻衣もヤル気満々じゃねえか」

「んっん……だって、誠一絶対セックスするもん」

「わかってきたじゃねえか」

背後から胸を揉みつつ、麻衣の喉に手を当てて上向かせた唇に舌を入れて嬲る。

そのまま麻衣の手を取って自分で胸を揉ませ、ヘソの下に潜らせた指を蠢かす。

「ぷぁ……そろそろ、コッチも俺の味を覚え込んだだろ？」

「ぷふぁ……あっ、そこ、そこぉ」

麻衣のスウェットパンツの股間の盛り上がりが、小刻みに振動する。

「ほれ、今日はベッドで始めるぜ」

「あ、うん……あっ、あっ」

パンツの前に手を差し込まれたまま、腰を抱かれた麻衣がよろよろと自分のベッドまで歩かされる。

へちゃっと前屈みでベッドに倒れ込んだ麻衣の背後に回り、スウェットパンツを中身ごと剥いて可愛らしく年相応に膨らんでいる臀部を露出させた。

太腿の中程までずり下げた位置で止め、自分もジャージのパンツをさっさとずり降ろす。

既に制服や革鞄の類いはこの部屋に置きっぱなしにして、基本はルームウェアのジャージを着ていた。

ダンジョンで死に戻って以来、より無節操に勃起するようになったペニスが麻衣のハメ馴染んだ尻を睨む。

「……あっ……あっ、あっあっ」

「まだちっとゴリってるな。いいコトなんだけどよ。このイボイボが気持ちいいんだから、さ」

股間の中心に押し当てたペニスを、ピストンごとに少しずつ奥へと掘り込んで貫通させた。

「はぁ……また、誠一から犯されちゃった」

「馬鹿。これから犯すんだよ」

「あっ、んっ……激しっ」

ズンズンと尻の底から中を潜り抜けるペニスに、麻衣はシーツを摑んで口を開く。

少しずつ馴染み始めた誠一のペニスに身体が反応していく。

最初のように感じる演技をする必要は、既になくなっていた。

このまま『誠一』という個人に専属で慣らされてしまえば、填め込まれただけで腰が抜けるように『順応』してしまうのだと先輩から聞かされている。

一度、そうなってしまえば、後は捨てられないようにひたすら尽くすだけになってしまう。

だが、そうなったほうが、学園生活を送っていくのは楽なのだと。

だから相手を選べと言っていた。

「いいぜ……麻衣、お前はホント悪くない」

「あっあっ……ほ、ホントぅ？」

「ああ、クラスでもお前と静香がトップツーだな。馬鹿だけどアへってるぶんには問題ねぇし」

馬鹿呼ばわりされて少しカチンと来た麻衣だったが、事実だったのでぷくりと頬を膨らませる。

遠慮なくパンパンと尻を突かれながら、拗ねた猫のようにシーツに爪を立てる。

「誘ってきたクラスの女、何人か試したけどお前ほどじゃや、ねえ」

「うっ、うんっ」

結構露骨な所有権を主張していたはずだが、やはり抜け駆けしようとする女子は出ていたようだ。

そもそも本格的な特別実習も始まっていないうちから、実力も定かではない状態で仕掛けて来るとは思っていなかったのだ。

見た目は確かに、まあ誠一も叶馬も悪いほうではない。

先に唾をつけておこうというクラスメートの考えも理解できた。

羅城門に新入生全員を登録させるまで、ダンジョン特別実習は実質閉鎖されている。

上級生も今は一般科目メインで、ごく普通の学校風景となっていた。

来週の初めにダンジョンが開放されるまで、新入生の間では微妙な取引が始まっていた。

「んっ、とーま、くんも、試して……た？」

「気になるかよ？」

サイズ的にその子は大丈夫だったのか気になった麻衣だが、スパートに激しさを増した突き込みに声が途切れる。

どぴどぴ、と生々しく胎内の奥で感じる一方的なフィニッシュに、トロンと蕩けそうに引っ張られるのを必死に堪える。

ここ毎晩、誠一の精力が尽きるまで中出しされているので、先輩たちが言うところの『順応』の意味がわかってきた。

見透かしたようにニヤニヤと観察してくる誠一が小憎らしかった。

男子の場合は、その気になれば何人でもそういう女子を作り出せるらしい。

レベルが上がって身体能力も精力も増幅したエリートは、そうした女子をいっぱい持つのがステータスなんだとか。

レベルが上がっていないうちから、こうされるのだから、誠一には間違いなくそうした素質があるのだろう。

「さて、んじゃ本格的に犯るか。どこまで我慢できるかな？」

「やっぱ、りぃ……誠一、全部わかってて」

ずるり、とスウェットパンツを下半身から抜き取られた麻衣は、既に防壁陥落状態の尻へペニスを突き直された。

「何言ってんの？　お前はもう俺のモノだってえの。完堕ちするまで泊まり込みだぜ」

「やっ……ちゃんと、ちゃんと責任取って……んあっ」

「お前がちゃんと可愛いうちはな」

弄ぶようにペニスを引き摺り出し、陰毛も初々しく淡い麻衣の女陰を指先で穿り反す。

親指の腹を穴の中へ埋めて、クリ○リスと内側のスポットを挟むように扱いた。

「ピンク色で綺麗なま○こだぜ、麻衣」

「やぁ、あたし誠一のオモチャになってる……オモチャになっちゃう」

「今日もたっぷり中に注ぎ込んでやっからな」

ベッドの上で藻掻く麻衣に被さった誠一は、唇を重ねて舌を絡め合わせた。

＊　＊　＊

「だっ……だめぇ、流される……ぅ」

仰向けになって自分の両脚を抱えさせられたまま、膣の深い場所で出された精子がじゅわっと内側に溶け込む。

黒いTシャツだけになった誠一は、あたしの股間の正面に腰を押しつけたまま、いやらしい目で見下ろすように経過観察している。

正直、中で射精されるだけでイクようになるなんて信じられなかった。

それも無理矢理オーガズムを押しつけられるんじゃなくて、お腹の奥が気持ちよくて勝手に上り詰めてしまう感じ。

「んっん……まだ弄っちゃダメぇ」

信じられないくらい媚びた、メスの声で哀願した。

誠一は射精するたびにおち○ぽを引っこ抜いて、抜いた穴に指を挿れて中をくちゅくちゅと弄り回す。

それが誠一の性癖なんだろう。

そうやって入口のビラビラなトコとかを撫でて抓んで整えてから、真っ赤に充血したままのおち○ぽをヌルって挿れてくる。

もう五回目の射精を全部中に出したのに、入口のお肉から奥までぐりゅって抉られた。

「んんぁ、ぁ」

お尻とベッドの間に腰を差し込むようにして密着度を高め、ゆさゆさとソフトな動きでセックスが続けられる。

いつものパターンなら、後は気の済むまであたしの胎内を味わってからフィニッシュして終わりだろう。

出し過ぎというか立派な絶倫だと思う。

今までの相手は多くて二度、ほとんどは一度出したら萎えてちっちゃくさせていた。

だけどもう、誠一のおち○ぽで隅々まで開拓し直されてしまった。

精液とか順応とか別にしても、誠一のおち○ぽは気持ちよかった。

あたしは命じられたままに足を抱えて開いた姿勢で、気持ちよさそうに無邪気に腰を振っている誠一を見上げる。

やっと嫌いじゃない誠一の顔に戻っていた。

「あっ……」

出した訳じゃないのにおち○ぽが抜かれ、くちゅくちゅと指先でおま○こが掻き回される。

「んっ……」

つるんとした亀頭が中にぐっと挿ってくるのが気持ちイイ。

誠一は必死になって精液を中に出そうとする。

口でしてあげても、胸でしてあげても、射精するのはおま○この中だ。

口でビクビクするおち○ぽを舐めてあげても、出すときだけおま○こにずぼっと填めてびゅっは興醒めだ。

別にそんなに焦らなくても、逃げたりはしないのに。

だが、このまま毎晩こうやって抱かれていたら半年といわず、ゴールデンウィークの頃には誠一からおち○ぽを填められたら腰を抜かす子になっちゃう気がした。

そうしたら。

誠一はもう少し、いつもの笑顔であたしを見てくれるようになるのだろうか。

＊＊＊

「……ね。誠一」

「ん。何だよ、眠ぃよ……」

半分寝惚けた誠一の上に顔を乗せた麻衣は、くすっと微笑んで布団を少し上げる。

「……ね。静香は、大丈夫なの？」

「あ……シラネ。教室じゃ叶馬にべったりになってるし。ま、上手くやってんじゃね。いろいろな」

「そうじゃ、なくて」

誠一の入れ替わりとして男子寮に送り込まれている静香が、どんな目に遭っているのか。

簡単に想像はできるはずだった。

入れ替わっていても普通に教室で顔を合わせるし、ランチも一緒に取って話もしている。

だが、踏み込んだ話はしない。

「俺、ムカツクんだよな……」

「えっ？」

寝返りを打った誠一がポツリと呟く。

閉め切った扉と窓、冷たいままの静香のベッド、他に誰も聞いていない独白。

寝惚けた上での寝言。

そうやってお膳立てした上で、内心を聞いてほしいという誠一のエゴだ。

「叶馬の、あの見透かしたみてえな、悟った面がムカツク」

世の中のことが全部、何でもないことのような。

こっちが大事にしていた宝物も、歯を食い縛って諦めた無念も、反吐が出るような相手に頭を下げることも。

全部無意味な、価値がないモノに拘っているんだと言われているような態度が許せない。

もっともっと悔しそうな、泣き顔にしてやりたい。

「意味なんかねえよ。こっちが勝手にムカついてるだけだ」

自分に与えられた指令より、感情を優先させた。

「アイツ、何にも自分のモノ持ってねえんだよ。バックとか空っぽでやんの、笑っちまう」

何もない、何を調べても空白、白紙。

それでいてなんてことない顔をして、自分だけで完結しているかのように何も変わらない。

「だからさぁ……大事なモノを押しつけて、ソイツを奪《と》られたら、汚されたら、裏切られたら」

わざわざ連れて行っている静香は、手を出したりせずに大事に送り届けている。

必ず、さり気なく人目につくように、寮の通路を選んで。

「ちっとは俺と同じ面になるんじゃねえかって」

何故こんなに敵意を持つのか、誠一は自分でもわからなかった。

まだ知り合って間もない相手に。

嫉妬だろうか。

何に対して？

アイツも、守りきれなくて自分の無力さを噛み締めるような、ぐちゃぐちゃになっちまえなんて。

「阿呆臭え。誰にも言うなよ、麻衣……麻衣？」

「……」

仰向けになった誠一は、胸の上に顔を乗せたまま目を閉じて寝息を立てる麻衣に気づいた。

ため息を吐いて天井を見上げた誠一は、そっと撫でた麻衣の頭を枕に乗せ替える。

起こさないように、寝たフリに気づかないフリをして、そっと。

「くそ……」

誠一は誰に対しての悪態なのか自分でもわからないまま、目を閉じて考えるのを放棄した。

＊＊＊

チュッチュ、と口元から響く音と、ギシギシと椅子が軋む音。

椅子に逆向きに跨がった静香の身体が、ビクビクっと痙攣する。

叶馬の膝の上に乗った太腿をぎゅっと縮め、両肩に乗せた手の爪をきゅっと食い込ませる。

トロンと蕩けていた静香は、匂いつけとばかりに叶馬の胸に自分の乳房を擦りつける。

「叶馬、くん……落ち着きましょう。落ち着いて、きょう、こそ、んっ」

ちゅっと叶馬の顔に覆い被さった静香が唇を重ねる。

身動いだ叶馬の腕を押さえつけ、ねっとりとした舌先での口撃を休めない。

優先順位としてラブコミュニケーションを選んでも構わない叶馬であったが、行為後に目も当てられないほど落ち込んでしまう静香を慮ることにした。

口づけに夢中になって腰を浮かした静香の腰を掴み、大半が抜け出て真空状態となった膣穴にぬちゅっと深いひと突きが挿った。

「ふわぁ」

語尾にハートマークがつきそうな静香が腰を抜かして脱力した。

その隙に静香の跨がった腰を抱っこしてペニスを一気に抜き取る。

「あ、ああっ」

泣き出してしまいそうな悲痛な声を漏らす静香の背中を撫でてあやし、自分の性衝動も鎮める。

叶馬も本音ではゴメン、と謝ってベッドにしけ込み、ここ毎晩のように頭が真っ白になるまでセックスに没頭したかった。

それではまったく進展がない。

くすんくすん、と鼻でしゃくる静香をセーフティスタイルでフォールドしながら、理性が戻るまで動きを止めていた。

「……うぅ。ごめん、なさい。叶馬くん」

「いや、大丈夫だった。セーフだ」

何がセーフかと具体的に言えば、射精していない。

机に並んで座っていたふたりだが、静香が無意識の衝動に堪えきれず、叶馬の右掌に触れてしまったのが原因だ。

ここ数日の実験で、静香が自分のクリスタルに触らなければ理性が保てるレベルであることはわかっている。

原理や仕組みはわからないが、叶馬の右手に埋まった静香クリスタルは、静香本人へと精神的な影響を与えることが判明した。

距離を置いていたとしても、常時本人と静香クリスタルはリンクしている。

リンクしていて何が困るかというと、静香クリスタルは叶馬の想念にあっさり同調した。

来い来い、と叶馬が思うと、なんとなく叶馬の傍に行きたくなり、祖馬が空腹だったら、たとえご飯を食べた後でもなんとなく空腹だった。

この状態ならまだ日常生活もできるのだが、一度触れてダイレクトリンクしてしまうとどうしようもなくなる。

「たぶん、私と叶馬くんが感じる、感情とか、衝動とかが二倍になっちゃってるんだと、思う」

「すまん。よくわからん」

「……叶馬くんと、私の結晶体の融合が進んだ、のかな。初日はそんなに酷くなかった、し。うん、感覚じゃなくて、感情。授業で出てきた三魂七魄の概念にも合う、ね」

抱きついたままブツブツと呟く静香が無意識に触れようと伸ばす手から、叶馬が右掌を隠すようにさり気なく躱していく。

「でも、だからこそどうしようも、ない。感覚は我慢できても、感情は堪えられない……私は本当の意味で叶馬くんの、シモベなんだ」

「静香？」

「大丈夫。叶馬くんに害はない、から。叶馬くんは、感情じゃなくて感覚でしか私を支配できなくて、私は感覚じゃなくて感情を支配される。だからセックスなんだ……叶馬くんが私に抱くリビドー、が二倍になって、耐えられる訳ない」

吐息を吐いた静香が、穏やかな顔で叶馬を抱擁する。

トラウマとして刻み込まれていた、男性に対する嫌悪感はまるで感じない。

自分の身体に等しい、いや自分の身体が叶馬の一部なのだ。

叶馬からすれば静香は道具で、静香にとっては使われること自体が至福と感じられる。

叶馬が静香を無自覚に使う目的が、性欲面となるのは生物の本能的に已むを得ない。

人間の肉体が司る七つの要素。

喜・怒・哀・畏・愛・悪・欲望。

静香というシンボルを、喜び、怒り、哀しみ、楽しみ、そのものの象徴としてみることはまずない。

叶馬が心底、静香を悪《にく》めばおそらくは死ぬ。

叶馬が心底、静香を愛すれば至福の法悦を得る。

だが人間という生き物が最も優先する感覚は、もっとあやふやで切実な欲望だ。

「平気か？」

「うん……大丈夫。納得できたから。もう、平気。叶馬くんは好きに振る舞って、いいんだよ」

全裸の上からショール代わりの膝掛け布を羽織った静香は、澄んだ瞳で叶馬の目を見つめる。

「最初の話は、これを静香に返すという」

「それだけは許してください。ソレを戻されたら、たぶん……きっと私は自殺してしまいます。知ってしまったから、もう二度と独りには耐えられない……」

想像だけで涙を零している静香が抱き寄せられた。

「離れられない？」

「……はい。貴方が私を、必要としなくなるまで」

「誤魔化さないで伝えておく。俺には静香の望みを理解できない。俺はまだ静香を好きでも嫌いでも、ない」

「正直です、ね。適当に、ただ優しいだけの言葉を投げてくれても、喜んで信じたのに……」

告げられた酷薄な告白を、静香はストンと自分の中で嚙み合ったように納得できてしまった。

はっきりと疑いようもなく、現実を突きつけてくれた。

だがそれでいい、それでこそお似合いだ。

静香も利用するために叶馬に近づき、目論みどおりに庇護を得た。

それが取り繕わないリアルだ。

今はそれでいい。

「でも、エッチ……したいです、よね？」

「したい」

上目遣いで唇を尖らせた静香の問いに、迷うことのない即答が返された。

「はい。叶馬さんの、思うとおりに致してください。私の七魄全ては、叶馬さんのモノです……。あ、ただ、我慢だけはしないでほしいです。えと、比喩じゃなくてココがきゅって痛くなる、ので」

胸とお臍の下辺りに手を当てた静香が赤面する。

「後は誠一と麻衣のクリスタルをどうするかの話なんだが」

「ぁ……はぃ」

しゅんと落ち込んだ静香が叶馬に触れられた瞬間、ゾクゾクと震え膝を砕けさせてお姫様抱っこされた。

「後でいい」

叶馬が感じているリビドーが、自分の中でオーガズムに達しているような悦楽になる。

静香はもはや発情期の牝犬のように発情している自分を受け容れた。

＊＊＊

学園の建物は使用用途に応じて、いくつかの学舎に分かれている。

学生たちが座学に勤しむ『教室棟』は、壱年から伍年までの教室がある一番大きな建物だ。

教室棟に併設されている『特別教室棟』、昼食のみならず夕食にも利用する生徒も多い『学生食堂』。

昇降口からも近い位置にある大規模な『購買部』は、他の学校に見られない特徴だろう。

学園のどこにいても仰ぎ見ることができる『時計塔』と、見栄えよくガーデニングされた『庭園』の先にある『図書館』は、学園の一般向けパンフレットにも使用されている。

規模は小さいが外観の細工も美しい『聖堂《カテドラル》』の周囲は生徒たちの憩いの場になっている。

『体育館』は学園の規模に対して小さく、主に集会などの講堂として利用されていた。

代わりに剣術やさまざまな武術の訓練場がある、『武道館』は立派な造りをしている。

普通の学校よりも設備が整った場所としては『保健療養棟』もあった。

一室ひとりの養護教諭が勤めているような規模ではなく、医療資格を有した複数の担当医が常任する病院ともいえる施設であった。

入院施設も整っており、生徒に対してのサポートは可能な限り取り計られている。

表向きは。

普通の大学病院にも導入されていない高価な最新式機器の数々は、ダンジョンの内部で産出されるさまざまなアイテムを現代科学の視点から調査・研究するために使われていた。

同時に戦後の混乱で失われた、日本に古代から伝承されてきた遺失呪法についても研究が続けられているが進展の目処は立っていない。

保健療養棟の奥に設置された研究部署は、原因不明の広域ノイズジャミングや、羅城門から漏れ出していると思われる瘴気から施設を保護するために、分厚い鉄のシールドで囲われている。

「……くっそ、ヘボ学者の分際で偉っそうに」

まるで核シェルターの耐爆扉のようなハッチから追い出された誠一が悪態を吐く。

無駄なことをさせるな、という警告とともに突き返されたプリントを、ぐしゃぐしゃに丸めて放り投げる。

「これで何か出てきてりゃ話は簡単だったってのによ」

面倒臭そうな顔で空を仰いだ誠一は、普通科の教室棟ではなく、庭園を抜けた図書館に近い『特級棟』へと足を向けた。

木造の改修校舎である教室棟とは違い、煉瓦造りの『お高く止まったいけ好かない』特級科生徒の学舎だ。

さり気なく周囲を確認し、通用口から校舎の中へ足を踏み入れる。

普通科の生徒が正面から特級棟へ入り込んだ日には、問答無用で叩きのめされる。

既に身体でその暗黙の了解を学んでいる誠一は、足早に廊下を抜けて特級棟校舎に設置されている生徒会室の前に辿り着いた。

通例として豊葦原学園の生徒会、役員関係者は全て特級科生徒から選出されている。

気が進まないままにノックされた扉の奥から聞こえた声に、へらりとした薄い笑みを浮かべた誠一が中へと入った。

「ちっすー、お邪魔しまっすー」

「そのふざけた挨拶は止めろと、以前にも言ったはずだが？」

大きく重厚なマホガニーの机の向こうから、平坦で硬質な声が掛けられる。

声に込められている感情の薄さは、落ち着きよりもその冷たさを強く感じさせた。

「すんませんね。生まれが卑しいもんで」

ヘラヘラと笑う誠一は、会長机の前に配置されている、丈の低い長テーブルに並べられたソファーへ尻を投げ出す。

詰襟をきっちりと止めたオールドスタイルの学生蘭服姿の会長が、卓上の書類から顔を上げた。

弐年生の学園生徒会長となるが、生徒による投票選挙がない豊葦原学園において、会長職は推薦によって決定される。

在学生のうちで最も『外の世界において政治的影響力がある有力者の子息』が選ばれるのが通例だ。

『生徒会』という組織は、卒業後も同じ世界で関係を続けることになるであろう同年代の若者たちにとって、生々しい政治的駆け引きの場となっていた。

実家の力関係やコネが複雑に絡み合ったリアルの縮図といえる。

「さっさと報告をしろ」

「へいへい。ていうか前にも言ったけど、アイツについて何か勘違いしてるんじゃないかと俺は思うんだがよ」

「それを判断するのはお前ではない」

本当なら話をしたくない、それどころか同じ空気を吸っているのも不快であるという嫌悪感を隠しもしない相手に、誠一はヘラヘラとした笑みを浮かべたまま中身のない報告を続けた。

書類上から調べられる身辺調査については、既に学園側から提供された資料を確認している。

家庭環境に多少の問題はあるようだが、何の変哲もない一般人。

問題があるような思想集団と接触した形跡もなく、身元不明になっていた時期もない。

それでも、船坂叶馬という個人が要監察対象とされた理由は、彼を学園へと推薦した対象者が問題視されていた。

「狂乱鬼人《バーサーカーオーガ》だっけ？　スンゲー厨二臭い愛称だけど、所詮ただの普通科卒業生なんだろ？」

かつてその二つ名で呼ばれた高レベル到達者が、叶馬の中学校時代の担任教師であった。

豊葦原学園に送り込まれる普通科生徒は、全国に散った卒業生からの推薦に限られている。

推薦者には恩給としてボーナスが支払われているが、推薦にはそれなりの条件が必要だった。

複雑な条件をひと言で表せば、『いてもいなくても問題にならない』ような人物であること。

学園側の事情により、最低限の在学生数を確保しなければならない仕様上、書類による選考にも限界がある。

叶馬が目をつけられたのは、彼の狂乱鬼人《バーサーカーオーガ》と呼ばれた推薦者が、卒業以来初めて推薦した生徒であるというだけの理由だ。

「ていう感じで、どっかに連絡を取ってる様子もないし、学園関係者と内通してる感じもねぇよ。これ以上調べても無駄なんじゃねえか？」

「そうか」

それは誠一の言葉に同意した意味ではなく、報告に対しての返答だった。

彼には前言したとおり、誠一の意見を汲む気は一切ない。

今までずっとそうであったように。

「要するによ。俺がやってることは意味がないんじゃないかって言ってるんだけど？」

「それが、どうかしたか？」

結局一度も誠一を見ないまま、卓上の書類に視線を戻す。

そんなことは最初からわかっていることだ。

学園の外でも大した手間もなく振るえる彼の権限により、興信所から上げられた資料にも特に問題はなかった。

彼にとって、これは『テストケース』にすぎない。

将来、より多くの人を使う地位に就いた時の、予行演習のひとつというだけだ。

「んだよそりゃ、無駄なことやらせんなよ」

「無駄か……その割には、ずいぶんと好き勝手に遊んでるようじゃないか」

「てめっ！　この、クソ兄貴ッ」

同時に自分も監視されていたと気づいた誠一が、腰を浮かせた姿勢で固まる。

砕け、飛び散ったティーカップの破片と、まだ残っていた紅茶の雫が誠一の頭から落ちた。

「お前に兄などと呼ばれる筋合いはない。弁えろ。身の程を」

「……へえへえ。よーくわかってますよ、自分の立場は」

前髪から紅茶の雫を垂らした誠一は、自分の異母兄にヘラヘラした笑みを向けたままだ。

その目は仄暗く、澱んでいた。

第六章　購買部

新年度が始まってから最初の週が何事もなく終わった。

何を当たり前のことを言っているんだと自分でも思うが、実際には何事もなかったと言えないような気もする。

静香がジト目で見てきているが、この静香石とのリンクとやらはどういうふうに繋がっているのだろう。

説明されても理解できなかったが、俺から静香への一方通行的な流れであるそうだ。

静香はそれがいい、それでいいと言ってくれるのだが、あまりよくない使い方をしてしまっている。

具体的にはエロ方面。

俺と違って彼女のほうは、かなり波乱万丈な学園生活の始まりだったろう。

男子寮である黒鵜荘にもすっかりと慣れ、食堂に食事を作りに来てくれているおばちゃんとかとも打ち解けて手伝ったりしてるいい子である。

というか、入れ替わってる誠一は女子寮に毎晩しけ込んでいて、静香が毎晩泊まっていく。

想像していた男子寮、というイメージと違う。

最初の頃は、朝起きると誠一のベッドに先輩方が堆く積まれていたが、寝心地がよくないのか来なくなった。

どうも空間収納《アイテムボックス》の中に入ると瞬間で気絶するらしく、前後の記憶があやふやになっているらしいが『何かヤバイ』と学んだようだ。

今はあからさまに腫れ物扱いで避けられている。

というか怖がられているような気さえする、誤解なのに。

そのぶん、静香が黒鵜荘を安全に利用できるようになったので何よりだが、少し寂しい。

もっとこう、集団生活に憧れがあったのだが。

「静香は好き嫌いが多い」

迷宮概論『安全なダンジョン施設の利用方法について』という謎の講義が終わって昼休み時間。

学生食堂へ誠一たちと一緒に向かう途中で、今朝方ふと気づいた事柄を宣べてみる。

ここしばらく一緒に朝食を取っているので、だいたい好みもわかっていた。

「納豆は……食べ物じゃありません」

視線を逸らした静香が、遠い目をしてポツリと呟く。

その発言は問題だ。

「納豆は腐った大豆、です」

「認識は正しいが、こう……少し違う」

納豆があれば丼飯を食べられる。

生卵とコラボレーションするのもおすすめしたい。

おそらく食わず嫌いなのだと思われる。

ここは静香石を活用して新しい扉へチャレンジさせてみたい。

「足を舐めろ、というのでしたら、舐めます」

「発酵食品への敷居が高すぎる」

どれだけ口にしたくないのだと。

納豆を食べるより足を舐めたほうがマシなのか。

そして周囲でひそひそという声が聞こえてくる。

道筋順的に食堂へ繋がる廊下を歩いているのは一年生、クラスメートの姿もあった。

悪趣味とか、かわいそうとか、鬼畜とか、最高にヒールな気分だ。

クラスでも静香を虐待しているドメスティックバイオレンス野郎的なイメージを持たれているようで、孤立しているような距離感ができつつある。

おかげで静香たち以外のクラスメートに声を掛けようとしても逃げられる、若しくは泣かれて悪評度数が上昇した。

これでは今週から始めるダンジョン特別実習で、パーティーを選ぶ選択肢すらない。

静香から誤解だと説明してほしいのだが、ニコっと微笑んで小首を傾げていた。

やはりいまいち、静香石リンクは使えない。

ベッドの上では結構ツーカーな感じで受信感度がいいのだが。

「……あれだね。静香って手段を選ばないよね」

日替わりランチB定食のカニクリームコロッケにソースをかけた麻衣が、チベットスナギツネのように乾いた目を静香に向ける。

学生食堂の日替わりランチは、常時A・B・Cの定食三種類が用意されている。

学食には早い安い量が多い、というありがちなイメージがあるが、提供されているランチや他の料理のレベルも低くはない。

用意されているメニューの種類も多く、ファミレスのイメージに近い。

何しろ学園の外には小さな喫茶店やレストランくらいしか選択肢がなく、五年もの間学生食堂を利用することになる。

おいしい食事は日々の活力となり、ストレスを解消してくれる。

「何のことでしょう？」

「うわこわ」

茶碗蒸しを手にした静香の笑顔に、麻衣は肩を竦めてみせた。

A定食は和膳が基本だ。

B定食は洋食がメインとなり、C定食は揚げ物系や中華料理などのボリュームがある献立になることが多い。

俺と誠一のランチプレートはC定食の味噌カツがドドンと乗っており、大盛り無料の丼飯が山盛りであった。

おそらく誠一もカロリーというか、炭水化物が足りていないのだろう。

「それで、午後からはどうする？　予定どおりに購買部にいくんでしょ？」

「まあ、全裸でダンジョンに突っ込む訳にもいかねえし。ただ、混むんだろうなあ」

モリモリとカツを頬張る誠一が丼飯に手を伸ばす。

この味噌だれがなかなか美味だ、常設メニューにしてほしい。

「ようやくダンジョン開放だもんね。これでずっと午前授業で終わるにゃー」

「いやいや、午後からの時間は特別実習に使えってことだからな。サボってるとあっさり退学まで行くぞ？」

麻衣の駄目人間発言に、誠一の無慈悲な突っ込みが入っていた。

だが実際にダンジョン特別実習には達成ノルマが課せられており、中期及び期末試験の段階で未達成の場合は放校処分もあり得ます、と翠先生がおっしゃっていた。

補習授業を受ける羽目になる生徒は毎年出るらしい。

逆に言えば、きちんとノルマさえ熟《こな》せるのならば、午後からの時間は個人で自由に利用できるということだ。

生徒の自主性を尊重する気風なのだろう。

そういえば学生食堂の中の雰囲気も、心なしのんびりしているように見える。

ダンジョンの入口となる羅城門は巨大な施設ではあるが、千人を超える全校生徒が一度に詰め寄せれば当然混み合う。

平日の閉門時は午後五時と決まっているが入るタイミングは自由だ。

混み合う時間帯を避けるのは当然だろう。

まあそれ以前に、俺たち新入生組はやっておかなければならないことがある。

「ほんじゃ、行くか。装備を揃えに」

＊＊＊

豊葦原学園購買部は混雑しており、客のほとんどが一年生だった。

二階建ての建物全体が購買部となっており、学園生活に必要な道具はひととおり取り揃えられている。

学業に必要な文房具一式に加え、寮生活で必要になる生活必需品。

衣服や下着などの服飾からお菓子などの食料品と、ちょっとしたスーパーマーケットのような品揃えだ。

それらのごく普通な品が置いてあるのは二階であり、一階の陳列棚に並んでいるものは他の学校に見られない品揃えだろう。

「うおー、冒険者ギルドってのがあったら、きっとこういうのなんじゃない？」

テンションが上がってきたらしい麻衣が、棚に無造作に並べられている日本刀を手にした。

「結構重いし。アニメとかだと軽々振り回してたのに」

鉄の塊なので当然である。

日本刀コーナーの隣は鞘に収まった西洋剣が並び、更にその先には槍やポールアクス、ハルバードなどの長物が置いてあった。

叶馬は壁に掛けられていた野球のホームベースのような形をした盾を手にし、静香が向かい合っているマネキン人形には特殊警察などが装備していそうなボディアーマーが着せられている。

一見すれば博物館にも見える品揃えの全ては、使用を前提にした実用品だ。

「おーい。そこら辺の奴は、まだ俺らにゃ使い熟せねえぞ」

先に下見を済ませていた誠一が、はしゃいだ様子のパーティーメンバーを振り返った。

「そもそも、配布された銭じゃ買えねえぞ？」

ダンジョンの開放に合わせ、新入生を対象に学園から支度準備『銭《せん》』が配布されている。

銭とは学園の関係施設のみで使用可能な、地域通貨の一種だ。

購買部のみならず、学生食堂や校外の学生通りにある各種店舗でも使用できる。

銭には実物としての貨幣硬貨は存在せず、プリペイド式の電子マネーが利用されていた。

新入生にチャージされた銭は十万銭。

学生通りのコンビニや購買部で売っている日常品に換算すれば、一円＝一銭の感覚で合っている。

「うわ、この刀八十万銭もするっ」

「んだろ？　俺らに選択肢は最初からねえの」

おっかなびっくり手にした日本刀を棚に戻した麻衣は、他の値札も同じような金額なのを確かめて肩を落とした。

刀使いというスタイルに憧れがあったらしい。

「新入生おすすめ装備セット、ですか」

「何種類かあるようだが」

物珍しげに購買部内を見学した新入生が、最後に行き着くのはカウンターの傍《かたわら》に積まれた特売コーナーの一角だ。

学園側が新入生用に用意した、ダンジョン探索に最低限必要な武器・防具・ツールの詰め合わせセットである。

値段は全種類九万銭。

もはや最初からコレを配れ、と言わんばかりの値段設定である。

学園側の配慮として地域通貨の取り扱いと、購買部での装備品売買の流れを学ぶための実地講習の一環なのだが、だいたい毎年ひとりかふたりは取り返しのつかない馬鹿をやらかす奴が出た。

「サイズはいろいろあるけど、色は選べないんだ……」

「余裕が出てきたら、いろいろ染めたりカスタマイズしたりするのが一般的らしいんだがな」

ダンジョン実習にも持ち込めるバックパックに入っているのは、簡易ボディアーマー、サバイバルナイフ、最初の実習でも使われた強化プラスチック盾、ＬＥＤランタンに水筒や応急手当用の医療用品。

そして、各自のスタイルに合わせた初期装備武器で種類別に分かれている。

Aパッケージは、両刃で扱いやすさを重視した軽量のショートソード。

Bパッケージは、薪割りに使うような片刃のアックス。

Cパッケージは、柄の部分が伸び縮みするメイス。

Dパッケージは、背丈ほどの長さの棒の先端に両刃がついたスピア。

やはりRPGのイメージがあるのかAパッケージを選ぶ生徒が多く、在庫も一番多く確保されているようだった。

女子生徒は攻撃でスプラッターな光景を見るのが嫌なのか、Cパッケージを選ぶ者が多く見られた。

ちなみに、新入生おすすめ装備セットの中には、人間の最大の急所である頭部を保護するヘルメットがない。

当初はセット内に含まれていたのだが、その装着率の低さから除かれた経緯がある。

ダンジョンの深度が深い場所でのバトルでは、どのみち物理的装甲が重要視されなくなっていくという理由もある。

「はぁ、これ何を選ぶのがいいんだろ？」

「フィーリングで選んでいいんじゃね？　しばらくの間はクーリングオフ期間で交換してくれるそうだ」

扱う武器の向き不向きは、実際に使用してみなければわからない。

剣より斧のほうが使い熟せる、などと即答できる輩は少し怪しい。

「斧でいいか」

迷わずBパッケージを手にした怪しい男子が、指先をカットした薄手の指ぬきグローブと一緒に会計を済ませる。

ファッショナブルな意味ではなく、右手の静香クリスタル隠蔽用だった。

実際、右掌を貫通している透明クリスタルだったが、手の甲へ抜けている部分は小さく、掌を見せなければ余程注視しない限り見逃してしまうだろう。

さっそく装着して悦に入っている叶馬だったが、オ前ヲ殴ルみたいなオーラに周囲から退かれている。

その似非《えせ》オーラを気にしなくなった静香が、謎のポージングを始めた叶馬の袖を引っ張る。

「どれを使えばいいですか？」

「槍」

「はい」

即答する叶馬に、即決する静香がDパッケージを持って会計に向かう。

「えと、静香……そんな適当に決めちゃっていいの？」

誠一とお揃いで定番のショートソードから始めようかと悩んでいた麻衣の言葉に、何故疑問に思われるのかわからない静香が小首を傾げる。

「叶馬くん、適当に選んでない？」

「静香は鈍臭い。なので遠くから殴ったほうがいい」

「な、なんてストレートな評価」

昔の日本でも非力な女性の武器として薙刀が使われていたように、間違った選択ではない。

相手の間合いの外から一方的に攻撃できるというのは、とても大きなアドバンテージになり得る。

「ちなみに、じゃあなんで叶馬くんは、一番不人気っぽい斧を選んだの？」

「生き物は、重くて硬くて尖ったもので殴ると、だいたい動かなくなる」

固まった笑顔のまま、そそっと後退りした麻衣が誠一の元に逃げる。

心なしか静まり返った周囲の空気を、頬を引き攣らせた誠一が和らげようと頑張る。

「ま、まあ間違っちゃいねえよな。たぶん」

「ああ。だいたい問題なかった」

何故、過去形なのか。

誠一は突っ込みたい気持ちを抑え込む。

「そっ、そういえば置いてある武器ってさ、古臭いのばっかりだよね」

プルプルする誠一の手を握った麻衣が露骨に話題を変えてフォローに回る。

もっとも購買部に陳列された武器防具の類いは新品で、文字どおりの意味で中古品はない。

ダンジョンから産出されるような概念器物は滅多に出回らないし、また簡単に買えるような額ではない。

「もっと、こう、ピストルとかミサイルとか、現代兵器のほうが強いと思うんだけどっ」

「ミサイルとかどこを吹っ飛ばす気なんだよ……。まあ、銃器とか爆発物なんかも、効かないらしいけどな」

「ふえ？　じゃなんで剣とか、その硬い斧とかだと通じるの？」

まだ授業でも講義されていない情報を口にするのは避けていた誠一だが、なんというか疲れていた。

「理由や理屈なんかは授業で出てくるんだろうけど、飛び道具の類いは無効化されるっぽい。ほれ、この手のゲームでありそうな弓とかもないだろ？」

「あ、確かに」

ジャンルとしては近接戦闘武器縛りといえるだろう。

槍の類いにしても、棍に近い短いタイプばかりだ。

ダンジョンの内部は武器を振るうのに十分な広さがあったが、やはり回廊部分や狭所での会戦も多い。

「投げナイフも駄目なのか……」

無表情のままましゅんとしている叶馬は全員からスルーされた。

＊　＊　＊

さっそく使ってみたい、とワクワクした表情を浮かべた麻衣の提案は却下された。

先週に行われた最初のダンジョンダイブの記憶はなく、そこに恐怖も萎縮する気持ちもないのだ。

武器を手にしたハイテンションのまま、実際にダンジョンに向かって順当に死に戻った新入生もいたようである。

平和な日本で何の訓練も受けず、命のやり取りになる戦いを熟せる者は少ない。

ダンジョンの第一層にいるようなゴブリンやコボルトは、人間に比べれば生物として貧弱だ。

標準的な個体で、筋力は十歳の女児程度、知能は幼稚園児を下回り、手にした武装も生徒に用意された代物に比べれば玩具のようなものだ。

一対一で相対し、殴り合いを始めれば、どんな素人でも負けはしないだろう。

負けはしないが、とどめを刺せるかといえば、現代日本で培われた心理的忌避感がNGを叫ぶ。

生物を殺す、という生物として当たり前の原罪から、現代の日本人はあまりにも遠ざけられすぎている。

それは食べるために殺す、身を守るために殺すという、善悪を越えた場所にある所行だ。

大多数が目を逸らし、見えない場所で行われているだけで、決して『それ』がなくなった訳ではないというのに。

あまりにも隠されすぎて、『それ』を土台にして自分たちが生きていることを忘れてしまっていた。

自分たちが『何』を食べているのか、自分たちの生活を支えている特権が『誰』を踏みつけて搾取しているのか、現代の日本人は目を逸らしすぎている。

そんな人間にダンジョンで命という掛け金をベットした、強奪のし合いを勝ち抜くことは難しい。

豊葦原学園の生徒に対して『ふるい』があるとすれば、それは最初の試練にして基礎となるイベントだった。

もしも、最初から最後まで、入学してから卒業するまで『それ』が駄目だったとしても、その生徒は十分に学園の役に立ったし救済の処置は設定されている。

叶馬たちは明日の放課後にダンジョンダイブを行うことにした。

まずはやってみなければ始まらない。

それは新入生全員に共通した考えだ。

ダンジョンの中から持ち帰ったアイテムは、購買部の買取所で銭に変換できる。

学園内の生活においては最低限の保証されていたが、より学園生活を快適にエンジョイするためには先立つものが必要だ。

それに生徒のレベルが上がれば上がるほど、いっそ露骨なほどに特権が用意されている。

高級ホテルのような上級寮の居住権や、学生食堂の二階にある限定フロアの使用権、本人が希望すれば授業に出席せずとも単位が取れる。

多少のわがままについても、その多くは男女関係のトラブルだが、学園側による調停裁決で優遇された。

用意されている施設、制度全てがダンジョンへと誘っている。

ダンジョンの攻略、それ自体が目的であるように。

新入生が最初に入寮する黒鵜荘や白鶴荘などは、当然最低ランクの下級寮だった。

そこに住んでいる上級生は学年が上がるにつれて割合が減るが、上位レベルでもあえて残っている物好きもいた。

白鶴荘の玄関から、静香を連れた誠一がのほほんとした様子で星空の下へ外出する。

一応自分の寮で夕食と入浴を済ませてから入れ替わる。

既に丸一週間となるパターンだった。

白鶴荘の中でも、男子である誠一が好き勝手に出入りして、咎めるような者はいなかった。

流石に一年生は自重する生徒が多かったが、女子寮にいる自分のパートナーの部屋へ同衾しにくる男子は多い。

下手に男子寮の自分の部屋に連れ込めば、他の男子からちょっかいを出される羽目になる。

上級寮に移れば完全に自分のプライベートエリアを得られるので、それこそハーレムのような生活を営んでいる生徒もいた。

つまり、女子寮に足繁く通うような男子は二流どころであり、女子からの冷たい視線にさらされるのだ。

それをハーレム状態と勘違いして好き勝手に振る舞うような男子は、学園管理部に通報されて女子寮への正式な出入り禁止と各種ペナルティーを負わされた。

イメージとしては場末の荒んだ娼館などではなく、江戸の花街である遊郭に近いのかもしれない。

てふてふと、先導する誠一にとっては復路ともなる道を歩く。

わざわざルームメイトの元へ、もはやクラス公認状態のパートナーを送り届ける気遣い。

今の静香にとっては既に心許した叶馬との逢瀬。

だが、それは違う。

そんな、ほのぼのとした善意は破片もない。

周囲から見れば静香は男子寮へと捧げられる生贄であり、誠一自身も先輩たちへの点数稼ぎにクラスメートを差し出す下衆であると自覚していた。

現状はどうであれ。

叶馬がアレでなければ実際に陥っていた事態を、誠一は正確に理解して利用しているつもりだった。

黒鵜荘の中に自分のコネクションを作り、麻衣を誑《たら》し込んで白鶴荘で使える駒として確保し、情を交わした静香を凌辱させて叶馬の動揺を誘う。

感情的になった人間は、自分を律することができずに内面をさらしてしまう。

間諜として受けさせられた訓練で、最初に教えられた教訓だ。

果たして何時からだったのだろう、優先順位が入れ替わったのは。

黒鵜荘からは足が遠のき、麻衣とのセックスに溺れ、叶馬と静香の顔をまっすぐに見ることもできない。

「……なあ、どんなもんだよ？　男子寮で過ごす夜は」

ふと、足を止めた誠一が振り返りもせずに問う。

周囲はまだ虫が鳴き始める季節でもなく、静まり返っていた。

点々と道なりに設置された街灯の明かりがあるが、自然に囲まれた学園の周囲に人工の明かりはない。

空の星明かりと月の光だけが、淡い夜景を照らしている。

同じく足を止めた静香は、今まで一度も交わされたことがなかった送迎での会話に答えず、ただ黙って誠一の背中を見つめた。

「へへっ、さぞかし可愛がられてんだろうなあ。毎晩毎晩、何人の相手してやがんだか。叶馬も酷え奴だぜ、平気な面してやがってよ」

麻衣に疑われた時に言い訳したように、誠一はまだ一度も静香に手を出していなかった。

叶馬が静香に執着心があるようだったらしたり顔で慰め、関係ないと切り捨てたなら役立たずの道具として自分も遊んでやればいい。

「……それが、貴方に関係あるのですか？」

「ああ？　口の利き方に気をつけろよ。お前もなんてことねえみてえな面しやがって、とんだ淫売だぜ」

精一杯の虚勢。

そう考えた誠一が振り返ると、予想外の哀れんだ眼差しで自分を見ていた静香に怯む。

好かれているとは間違っても思っていなかったが、怖がられてもいても、已むを得ない時には縋れる対象として見られていたはずだ。

その認識は、少なくとも最初に教室で顔を合わせた時点では正しい。

「……おい、そんな目で俺を見んな」

静香の胸ぐらを摑んだまま、据わった目で顔を睨み付ける。

これから登校するようなブレザー姿の静香の胸が、押しつけられた拳でぐにゃりと歪む。

麻衣よりもふた回り大きな乳房の柔らかさに、片手をブレザーの中へ潜らせてブラウスの上から鷲摑みにする。

「叶馬から捨てられたんなら、俺が構ってやってもいいんだぜ？」

「……」

「麻衣と一緒に俺が飼ってやるよ。このデカイ胸で奉仕してやりゃ、悦んで飼育してくれるクラスメートもいっぱいいるだろうよ。だから――そんな目で俺を見るな」

拒絶するように突き放した誠一が後退りし、後ろ向きに尻餅をついた静香が黙って誠一を見上げる。

静香の哀れみさえも消えた、何の感情も浮かべていない瞳に映った自分から逃げ出した。

周囲に余計な明かりはなく、白鶴荘のほうへと駆けていった誠一の姿はすぐに闇の中へ消えていた。

冷たい石畳に尻をついた静香は、ほうと呼吸を吐いて夜空を仰いだ。

今はまだレベルによる補正がない状態で、男子の腕力で押さえ込まれれば抵抗などできるものではない。

自棄になった誠一から犯される可能性もあった。

そうならないとは知っ・て・いたけれども。

今更、そう思いつつ、既に自分の身体は叶馬に捧げているとの思いがあった。

誠一の、自分を物のように見る目が嫌いだった。

だが、あの軽薄でスケベ心丸出しで麻衣とじゃれ合っている誠一本人は、入学初日に麻衣と自分を受け容れてくれた誠一は、たとえどんな思惑があったにしろ嫌いであるはずがない。

何より、自分の心の破片をその右手に宿した、叶馬が誠一を嫌ってはいなかった。

「……叶馬、さん」

「静香」

街灯の明かりの外から、黒いジャージを着た叶馬が姿を現す。

今まで出迎えたことはなかったが、ただなんとなく気紛れで外に出た。

そんな叶馬の存在を、静香はずっと前から気づいていた。

今はもう学園内であれば、叶馬がどこにいるかくらいはわかるようになっている。

差し出された手を摑むと引っ張られ、そのまま叶馬の胸にそっと抱きつく。

少し高まった鼓動に、ざわめくような動揺。

無表情の奥で叶馬が感じている心を、誰でもない静香だけは感じられる。

「……誠一は、どうして？」

「わからない、です。ただ最初から誠一くんは、私を利用するつもりで」

そうか、と呟いた叶馬が静香の腰に手を回す。

「でも……」

回された腕に手を添えた静香が訴える。

「らしくない、と思います。誠一くん、らしくない。だから、きっと」

「そうか」

「はい」

きっと理由がある。

所詮、クラスメート同士が成り行きで組んだだけのパーティーだ。

お互いのことなど、何も知らないに等しい。

だから、そんなものはこれからだ。

理由を知りたいと思えるようになったら、聞けばいい。

「えと、叶馬さん……」

「ああ」

「もしかして、私が誠一くんに襲われそうになって、昂奮、したんですか？」

胸の中からジト目になった静香が、星空を仰いでいる叶馬を睨む。

「少々」

「もぅ……仕方ない、人ですね」

苦笑というには柔らかい微笑みを浮かべた静香が、一度叶馬から身体を離す。

少し傷ついた様子の叶馬に、後ろを向いた静香が少しあきれる。

まだ自分と私の関係をわかってくれないのだろうか、と。

肌寒い夜風が、するりとスカートを自ら捲った静香の下半身を撫でる。

黒いソックスから黒いローライズショーツの間にある御御足が、暗闇を背景に白く生々しく映えていた。

周囲に人影はなかったが、寮を往来する闖入者が通らないとも限らない。

静香は戸惑うように動かない叶馬の、昂奮のボルテージが上がったのを右手を通じて悟る。

毎晩溺れるようなセックスを叶馬と熟し、取り返しがつかないほど深く融合していくのを自覚していた静香は、今ここでも腰の奥が炙られるような熱に股間を蕩けさせる。

ずるっと尻だけを剥き出すようにショーツがずり降ろされ、腰骨の両側に叶馬の手が添えられる。

水平を越えて持ち上がる叶馬のペニスが、静香の肉の割れ目に押し当てられた。

今まで機能の一部しか使われていなかった器官は包皮に覆われていたが、十全に活用され始めた亀頭部位は完全にズル剥け、より深く傘張るように括れを発達させ始めている。

それは、オスとしてメスを孕ませるための機能だ。

「んぅ……」

熱い塊を押し当てられ、それだけで新しい汁をじわりと分泌させた静香の中へ、ずるりと先端が潜り込む。

ずにゅう、と間髪入れずに押し込まれてくる肉塊に、静香は自然に開いた唇から舌を覗かせて仰け反った。

最初に挿れられるときの、圧倒的な征服されていく感が堪らなかった。

膝がカクカクと震え、腰砕けになりそうなのを我慢する。

ゆっくり、確認するようにコツコツ、と胎内の底をノックされた静香はしっかりとスカートを握り締める。

にゅぽっにゅぽっと腹の内側を、股間から挿れられた掘削器で蹂躙され始める。

「……あっ、あっ、あっ」

初めての叶馬との青姦に、静香は胸を突き出すように仰け反って夜空に喘ぎ声を絞り出していた。

＊　＊　＊

腰砕けになった静香を、両手で抱き上げて黒鵜荘まで輸送した。

緊急事態なのでお姫様抱っこスタイルとなったが、外ではなるべく静香から距離を置くようにしている。

静香は不満そうというか、授業中以外はジリジリと距離を詰めてきたりするのだが、本人もたぶん無自覚な部分があるに違いない。

こう、思春期の男子として、近づかれると極々ナチュラルに静香に劣情を覚えてしまう。

すると静香は顔が真っ赤になるレベルで発情してしまうらしいのだ。

右手で触ったりすると、腰を抜かしてへちゃり込んでしまう。

外で予想外の一発を済ませた後、ぽーっとする静香は動けなくなってしまい、已むを得ず抱き上げたら首に両手を回して縋りついたまま身悶え続けている。

煩悩脱却の手段を身につけないと、静香が恥ずかしい子のレッテルを押されてしまいそうだ。

そんなフェロモン全開、エロオーラ全開の静香を抱っこして黒鵜荘に戻ったが、先輩方含め誰も彼もが俺たちを見て見ないフリをするのが少し切ない。

先週の初ダンジョン戦以来、何故か腕力が強くなっていたので楽々と三階まで静香を輸送する。

廊下や階段ですれ違う寮生に対して、これからヤリますと宣言しているようで気恥ずかしい。

今までは誠一の好意に甘えていたが、自分できちんと迎えに出向くべきだろう。

いや、好意ではなかったのだろうか。

奴が何を望んで、何がしたいのか、はっきりさせなければならない。

静香の言うとおり、あきらかに誠一らしくない。

短い付き合いだが、その程度はわかる。

まったく水臭い親友だ。

多少、荒療治になるが、まあ誠一もそれなりに頑丈そうなので問題ないだろう。

などとベッドの上で静香の服を脱がせながら誠一で頭をいっぱいにしていたら、静香が不満そうというか心配そうというか変な意味で鼻息が荒いというか、ものすごく複雑な顔をしていた。

先ほどの野外プレイで、着衣というか制服の威力はすごいな、と再確認したが明日の登校時を考えるとクリーニングコースは自重すべきだろう。

下着は静香にお願いして、この部屋にも予備をいろいろ持ってきてもらっているのだが。

ブラジャーとかは、基本装着状態で致していたりする。

何分、静香のサイズはご立派なので、ワンコさんのポーズでバーニングしてたりするとブルンブルンし過ぎて痛いそうなのだ。

なのでこうして触ったり揉んだり吸ったりしたい時だけ外してもらっている。

ベッドの上にちょこんと腰掛けた静香のオッパイの谷間に顔を埋めたまま、同時に両手で乳房をたゆんたゆんさせる。

おいたする俺に静香は困ったような、でも少しだけ気持ちいいような顔をするのだが、こればかりは男の本能的な衝動だ。

豊かな乳房は母性の象徴なのである。

性欲を発散させ切った後、ふたりで泥のような状態で抱き合って眠る時も、手は自然と静香のオッパイに触れている。

ただあまりにもポヨポヨし過ぎて、少しまた大きくなってきたみたいです、とか素晴らしいことをおっしゃっていた。

「ふぁ……」

仰向けに押し倒した静香の谷間から顔を上げ、尻の下に手を入れるようにしてショーツを脱がせる。

股間の布地を剥ぎ取る時に、ねとっとした糸が引いたので洗濯コースだろう。

外で致したぶんと、静香本人も最後までイッていたようなので。

これは途中で穿かせ直して差し上げても問題ないと思う。

ゴムが伸びますとか、後でグチグチ言われる羽目になったのだが、休日に買い物に付き合うと約束したら一気に上機嫌になったのでノー反省である。

ふわりとシーツに広がった黒髪を梳き、頬に左掌を当てて口づけした。

蕩け顔の静香が、ヒクッと顎を突き出すように反らす。

「はぅ……は、ぁ」

静香の股座に潜り込ませたモノを、ゆっくりと押し込んでから引き抜く。

外では突貫で貫通させてしまったが、静香の大事な部分を、時間を掛けて捏ねほぐしていく。

柔らかすぎて壊してしまいそうだったし、最初の一回目は優しくしてほしいとお願いされている。

他の娘を相手にする時は、更に時間を掛けて解きほぐしてほしいと懇願されてもいるが、相手してくれそうな女子に心当たりすらない。

枕に顔を埋め、頬と静香の頬を触れ合わせたまま繰り返しペニスを抜き差しする。

奥に入り込むたびにヒクヒクと震えていた静香の脚から力が抜けていく。

やはりどこか苦しそうに引っ掛かっていた静香の声も、滑らかで蕩けるような喘ぎ声に変化していく。

当たり前の話なのだが、静香も一緒に気持ちよくなってくれれば俺も嬉しい。

どこまでも柔らかい静香の中を、決して無理をしないように押し広げて俺の形を刻み込んでいく。

思い返せば最初の夜は、結構な勢いで無茶を押し通してしまったと思う。

静香は玩具ではないのだから、好き勝手に弄ぶような真似はできない。

そんな当たり前のことを本人に言ったら、涙をボロボロと零し始めてとても焦った。

クラスの、特に女子からは突き刺さるような視線が凄まじく、場所が悪かったと後悔した。

静香の大事なお肉も柔らかくほぐれてきたのを見計らい、脱力している脚を肩に担ぐ。

挿入角度が変わった静香の秘所から、ちゅっちゅと卑猥な音を響かせて腰を揺すっていく。

ペニスを静香の中に挿れているというだけの行為が、信じられないほどに気持ちいい。

一週間毎晩静香と肌を重ねているが、気を抜いてしまえば簡単に射精を漏らしてしまうだろう。

静香石の影響なのか、俺がフィニッシュしてしまうと静香も無理矢理な感じでイッてしまうようだった。

それも多少情けなく、静香も少し苦しそうで、お互いにテンションを調整しながら行為を続けた。

何よりも。

この心地よい感触を少しでも長く味わっていたいという欲望がある。

身体の傍に肘を曲げた腕を添えた静香の、手と手の間でふるんふるん揺れまくる乳房はとても眺めがいがあった。

揺れているオッパイが俺を昂奮させると静香も知っているようで、さり気なく見えやすいようにサポートしてくれる気遣いが愛らしい。

俺のテンションを、俺以上に把握できるらしい静香が太腿を絞めて中の圧搾を強める。

静香の顔を覗くと、泣きそうな切なそうな、最後まで押し上げてほしそうな表情を浮かべている。

支えていた腰を少し持ち上げて固定させ、最後まで止める必要のない腰の律動を開始する。

少し焦らしすぎたのか、担いだ静香の御御足が痙攣して途中でイッてしまっていたが、辛抱堪らず俺も最後まで尻の中を抉り抜いていた。

静香の溺れるように絞り出されるアクメ声を聞きながら、大切な場所の奥深くへ精液を注ぎ込んでいく。

ちなみに大抵静香がイク時は俺もイッているので気づかなかったが、両隣の居室には結構響いてしまうそうだ。

怖がりながらも、お願いだから勘弁してほしいと言われていた気もするが、静香に教えたらたぶん泣きそうなので我慢してほしい。

「はぁ……はぁ……ぁ」

枕に沈み込み、全身を脱力させた静香は開きっぱなしの口元からトロっと涎を垂らして蓬けている。

唇を舐めてから一度抱き締め、抱えたまま上半身を起こさせる。

枕元に置いてあった、俺の希望どおりに着てきてくれた黒いブラジャーを手に取り、ふにゃっとした静香のオッパイへと装着させる。

まさか俺が女子のブラジャーをつけさせられるようになるとは夢にも思っていなかった。

それだけ静香のブラジャーを脱がせたりつけさせたりしてる訳だが。

背中のホックを填め、カップの中へたわわに実ったオッパイのお肉を収めていく。

されるままの静香は、じっと俺を怯えるような、期待しているような色に染まった瞳で見ている。

ブラジャーをつけさせられるということは、必要になるくらいに激しく致される、という訳で。

「あ」

お尻ごと静香を持ち上げ、くるりと向きをひっくり返す。

回転軸に中を抉られた静香は、すっぽりと俺の胸の中に背中を預ける格好になった。

両手で太腿を下からすくい上げ、赤子にオシッコをさせるポーズで静香の股間をおっぴろげた。

「あっ」

静香がぐずる前にぐいっと尻を揺すって大事なお肉を抉る。

トロンとしたままイヤイヤと頭を振る静香を、最初は優しくあやし、すぐにパンパンパンと尻を打ち鳴らす勢いへと変えていった。

＊　＊　＊

「……はぅ」

特に股の部分がぐっしょり濡れたパンツを脱ぐのを諦めた静香が、拗ねるように引っついたままカリカリと爪を立ててくる。

たぶん、気持ち悪いのだと思われる。

これで黒色だから、何か白いのがねっとり滲んでるで済むが、白いのだとぴったりねっとり肌にくっついてて静香の大事な部分がスケスケエロエロになる。

自分でずり降ろし、拭っても拭ってもねっとりしたのが奥から漏れ続けてティッシュでシコシコ拭いてる静香とか、最高に昂奮するので延長戦がエンドレスになる。

というか今日もなった。

セックスの覚えたては猿になるというが、反省はしても後悔はしようがない。

じぃ……と上目遣いで見てくる静香が、またティッシュボックスに手を伸ばして、それだけで条件反射のようにお尻を押さえて隙間からずぶっと射し込んだ。

「んぅっ……」

ぽてり、と静香の伸ばされた手がシーツに落ち、精液が出なくなっても勃起し続けているペニスをお尻の中で蠢かす。

これ以上なく蕩けきった静香のお尻を堪能してからペニスを抜き取る。

俺も静香も何度も達し、既にどんな行為でも気持ちよくて終わりがない状態だ。

だからこれは後戯の一種なのだと思われる。

「うぅ……」

また静香がカリカリと爪を立てて拗ねてみせる。

後は俺か静香が力尽きて寝てしまえば、今日は終わりになる。

大抵は静香が気を失うように先に寝てしまい、いろいろ後始末をしてから抱っこして眠るのだが、そのいろいろが静香には恥ずかしいらしい。

静香に腕枕しながら、ブラジャーのカップの中に指し込んだ手でオッパイを弄ぶ。

やんちゃな手を拒むことなく手を重ね、お尻に当たったペニスも包み込むように優しく撫でてくれた。

静香はどこまでも俺に合わせてくれる。

それに右手の静香石が影響しているのは間違いない。

だが静香本人がそれを望んだ以上、俺が無理矢理に取り上げるのは偽善で傲慢だと思う。

静香はセックスの対象として申し分のない相手だったし、俺も年相応の男子として強い性欲がある。

だから遠慮なく利用するし、自重なんてしない。

なんとなくな現代社会の倫理観も、学園の中に満ちた雰囲気も、関係のない俺の利己的な都合だ。

こんな一学生にできることは限られているが、代わりに可能な限り静香を背負おう。

それが俺の矜持だ。

故に恥じ入らない。

じぃっと見つめてくる静香の瞳が潤んでいるが、静香石にダイレクトタッチしているこの状況だと、どういう感じで静香に伝わっているのだろうか。

ちょっと恥じ入りそう。

「静香」

「はい」

「明日の放課後を、俺にくれ」

静香はどうにも言葉足らずな俺の願いを、意味を違えることなく理解してくれた。

「はい。貴方の、したいように」

第七章　拳で語れ

時計塔の鐘が、午前の授業の終わりを告げる。

昨日からそれは放課後を告げる鐘の音でもあった。

授業が終わったことによる解放感から、教室の中の空気が軽く浮ついた雰囲気に変わる。

気の早い者は既に開放されたダンジョンダイブを経験し、多くはこれから挑むことになる生徒たちにプレッシャーは感じられない。

それは、まだ誰もダンジョンの中の記憶を持っていないからだ。

誰も彼もが、コンピューターのＲＰＧ感覚としてリアルダンジョン攻略を考えていた。

上級生になっても、そのＶＲ的なゲーム感覚は変わらない。

二年目からは順調にダンジョン攻略を進めていくダンジョン組と、ダンジョンでの戦いがどうしても馴染めず死に戻りし続けるエンジョイ組に二極化する。

もっとも、ダンジョン攻略に対して学園から与えられる特典は大きく、勝ち組と負け組の別称で呼ばれることが多い。

だがエンジョイ組でもダンジョンにトライし続けてさえいれば退学処分になることはない。

新入生の間で緊張感がないのも、それを知っているからだった。

軽い気持ちでダンジョンダイブに挑む新入生の最初の壁は、ダンジョンから生還することであった。

当たり前の要素に聞こえるが、羅城門による『死者蘇生《アンデッド》』システムは、ダンジョン攻略の面から見れば欠陥システムである故だ。

記憶、感情、肉体全てを巻き戻して復活させる『死に戻り』においては、経験を積むという蓄積がない。

ミスをした原因、ダンジョン攻略で自分が足りない要素、仲間との連携、こうすれば上手くやれたはず、それらは全て抜け落ちる。

そして純粋にモンスターから得られたＥＸＰの初期化。

新入生が目指すべきは最初の一歩は、生きて帰ることだ。

堅実派の生徒は、既に何をするべきかの答えを出し始めていた。

いくつかの攻略パターンの中で新入生が選べる選択肢のひとつは、ダンジョンダイブのスタート時間を、羅城門が閉門するタイミングの間近まで遅らせることだ。

ダンジョン内で活動する時間を短縮し、生還を第一に目指した安全策。

自力での脱出ができない以上、少しずつダンジョン攻略の時間を延長していくのは正道だろう。

任意使用可能なダンジョン脱出アイテムも購買部で販売していたが、新入生が買えるような額ではない。

正午の羅城門、開門直後のダンジョン広場に向かうような新入生は、まだまだお上りさん気分が抜けないビギナーとして見られる。

「ははあ、やっぱりキンチョーしちゃうね」

真新しい新入生おすすめ装備を装備した麻衣が、雰囲気を盛り上げようと笑顔を見せる。

普通科学生服であるネイビーのジャケットにタータンチェックのスカート、黒のハイソックスにコンバットブーツ。

学園から支給された制服一式は、スペクトラ繊維などが織り込まれた実用的コンバットスーツなのだ。

なのだが、そこら辺の駅前にあるファーストフードで駄弁っていそうな女子高生が、特殊警察が装備しているような無骨なボディアーマーを制服の上から着ている姿はコスプレにしか見えない。

腰に提げたショートソードの存在が、より一層リアル感を台無しにしている。

「ねっ、誠一。あたしどっか変なトコない？」

「ん……ああ、別にいいんじゃね」

朝から不機嫌を隠さない誠一は、誰のほうでもない外方《そっぽ》を向いたまま適当に返答する。

「もう、張り合いがないなぁ。せっかくキメてみたのに」

普段は下ろした癖っ毛を短いポニーテールに結った麻衣は、腕を組んでわざとらしく膨れてみせる。

実際に麻衣のメイクは普段より気合いが入っており、必要がないほどに濃かった。

口元の青痣を隠すには十分なくらいに。

「もうすぐ、ですね」

閑《しず》かに、だが凛とした雰囲気すら漂わせ始めた静香は、短槍を肩に乗せたまま叶馬の後ろ隣に控えていた。

逸《はや》りも畏《おそ》れもなく、ただ叶馬に付き従う。

ある意味では行き過ぎた依存心の賜物だが、誰よりも肝が据わっているのは確かだ。

叶馬が死ねと命じたら、静かに自害してしまいそうな怖い覚悟があった。

静香はすっかり距離が開いてしまったルームメイトの濃いメイクと、誠一とのぎこちないやり取りの意味に気づいている。

麻衣の子犬が纏わりつくような男への媚び方は、静香にはとてもよく理解できたからだ。

「……さて、んじゃあ死んでくっか？」

さまざまな学年のパーティーが並んでいた羅城門、弐・参・肆ゲートへ順番が回ってくる。

薄っぺらい笑みの形をした誠一の顔を、じっと見ていた叶馬が先に踏み出す。

「おっ、お前がリーダー役するか？　ま、最初は誰でも同じだけどな」

唐門二重閣の中央三門のうち、参睨門へと足を踏み入れた一行は、揺らめく空間と冷たい臭いに包まれる。

足下に描かれた転送二重円の中心に立った叶馬は、振り返って腕を組み、無表情で誠一たちを待ち受ける。

円の中心にいる者をベースマーカーに、羅城門はダンジョンの内部への転送座標を設定する。

初めて中央三門を使用する新入生が送られるのは、瘴気濃度がもっとも薄いとされる始階層中央付近。

逆に、新入生が羅城門への登録作業として使用された始之扉が送る先は、瘴気密度が濃く澱んだ場所へランダム転送だ。

黄泉比良坂を安定させるため、竃《かまど》に放られる薪《まき》のように其処へくべられる。

それが普通科新入生の、大切な役目だ。

すっ、と影のように静香が叶馬の後ろにつき、妙な雰囲気を悟った麻衣がふたりの顔を見比べる。

「えと、叶馬、くん？」

「邪魔は入らないほうがいい。さっさと始めよう」

「そりゃ難しいかもな。新入生はだいたい同じ場所に送られるっぽいからよ。中で他のパーティーと鉢合わせるってのは珍しくないらしいぜ？」

新入生パーティーの間で、モンスターの取り合いになることも多い。

それくらい、本来の開始地点は瘴気も薄い場所だ。

変にテンションが上がった生徒同士のバトルも、公認されることはないが発生する。

目的はアイテムを強奪するため、目をつけた相手パーティーメンバーを凌辱するため、いろいろだ。

殺されたほうは記憶をロストしてしまうのだから、事後のリスクはほとんどないに等しい。

上級生が新入生狩りで憂さ晴らしをするのも、ある意味で慣例化していた。

「ああ……ソレも面白いかもな」

誠一は濁ったままの目で、多くの新入生が混じったパーティーの順列を見た。

どいつもこいつも呑気そうな、何も知らない間抜け顔をしていた。

本当のことを教えてやって、その顔を歪めてやったら、少しは気も晴れるのかもしれないと、そんなことを考える。

それに、他のクラスの女子を喰うにはちょうどいい機会だった。

片っ端から犯して殺して、具合のいい奴をじっくり、麻衣のように。

「誠一……」

泣きそうな笑顔で名前を呼ばれたが、昨日の夜から麻衣の目ですらまっすぐ見られなくなっていた。

誠一が最後に転送二重円の中へ足を踏み入れる。

ベースマーカーになった者を基準に、羅城門はパーティー全員を同じ座標《ログ》へと転送《イン》させる。

使用者の座標《ログ》を記録するタイミングは前回の閉門時点。

生存者が自分の足で立っていた場所だ。

＊　＊　＊

——穿界迷宮『YGGDRASILL』、接続枝界『黄泉比良坂』——

——第『参』階層、『既知外』領域——


階層に分かれたダンジョンの深度は、どこまで下があるのかわかっていない。

そして、攻略済みとされる階層の広さですら全てをマッピングできていない。

豊葦原学園が把握し、かろうじて管理しているのは、ダンジョンの階層を繋ぐ界門と、その周囲の既知《きち》領域だけだ。

つまり学園で公開されているダンジョンマップの外側にも回廊は広がっており、そこは既知《きち》外《がい》領域と呼ばれる。

叶馬は周囲の地形と、少し曖昧な記憶を照合し、露店精霊が店舗を出していた『何もない』壁を見た。

自動で転移する、というのは店っぽいやつもまとめてだったのだなと納得する。

「え……えっと、ちょっとあたしの『初めてのダンジョン』ってイメージと違う、かも」

麻衣が自分の身体を抱き締め、ビクビクと周囲を見回す。

怨〻怨〻《オンオン》、御運御運《ゴオンゴオン》、と読経のような唸り声が周囲の空気を震わせている。

天井、床、壁から圧迫されるような濃厚なプレッシャーが身体を萎縮させた。

静香も顔を青ざめさせながら、手にした槍の柄を強く握っていた。

「はっ、ははハッ……なんだこれ。こんな、こんな代物がダンジョンなのかよ」

顔を引き攣らせた誠一が後退りする。

階層の空気に触れただけで心が折られたように。

「転送の、イレギュラー……？　そんな馬鹿な」

「お前は、もっと大胆不敵だったぞ。誠一」

本来、そんなはずはないのだ、以前はもっと飄々と見栄を張っていた。

今はただ最初から、心がへし折れていただけだ。

「叶馬、てめぇ……まさか」

「最初から最後まで馬鹿を演じて俺たちを励まし、ふてぶてしく笑って死んだ。そっちのほうがたぶんお前、らしい」

「……生き残った、のか？　嘘だろ、おい？」

誠一は自分の前に立った叶馬を縋るように見た。

腰が引けて頬が引き攣った薄ら笑いは、どこまでも卑屈だった。

「俺は、お前が何を背負っているのか知らない。事情もわからない。だが、し……友として自分を取り戻させてやる」

「はぁ……？」

誠一には叶馬が何を言っているのか理解できなかった。

わからないまま、右の頬をフルスイングで打ち貫かれていた。

「誠一！」

「いッ……痛ってえだろうが、この野郎」

ふらついた誠一の胸ぐらを掴んだ叶馬が、顔の前に吊り上げる。

叫んで誠一の元に駆け寄ろうとした麻衣は、静香に腕を取られて足止めされていた。

「どうした、誠一。殴り返して来ないのか？　無抵抗の女を犯して、殴ることしかできない男なのか、お前は」

びくっと震えた誠一の腹に、叶馬の膝が叩き込まれる。

ボディアーマー越しとはいえ、容赦のない衝撃に誠一が咳き込んだ。

「げは……は、ハハッ、なんだよ。そういうことかよ……静香がチクリやがったのかぁ？　おいおい、勘弁してくれよ。ちょっとばかし可愛がってやっただけじゃねえか。確かに下の具合は悪くない淫売だったぜ。最初は嫌々言ってやがった癖に、ち◯ぽ填めてやったらすぐに尻を振り始めてよ。何発搾り取れば満足するんだっつうのっ」

適当にでっち上げた話を口先で回しながら、そろりと腰の後に手を伸ばされていた。

カチリ、という鞘のロックが外れる音と、叩きつけられる鈍い斬撃音はほぼ同時だった。

右で逆手にショートソードを握った誠一は、水平に薙ぎ払った格好のまま後退る。

胸ぐらを掴んでいた相手は、まともに斬撃を受けた胸を押さえ、ケホケホと咽せていた。

男女ともに制服に使われているスペクトラ繊維や、ボディアーマーに使用されているケブラー繊維は、とても強靭な引張強度を有した合成物質である。

特殊な織り方で整形された生地の耐切断ストレスは高いが、衝撃は緩和されない。

結果、誠一が振るったショートソードの一撃は、叶馬の胸を鉄の棒で殴ったに等しい。

多少はボディアーマーの厚みが衝撃緩和となり、おそらくは線で引いたような青痣が残る程度だろう。

「俺を……舐めるんじゃねえ！　のうのうと阿呆面さらして生きてきやがったパンピーの癖によぉ。お前らに俺の何がわかんだよ、したり顔でいい子ちゃんしてんじゃねえっ。虫酸が走るんだよ！」

「最初に言ったはずだ。お前のことなど知らん、とな。——だから」

胸元が切れていないのを確認した叶馬は、ダンジョン内の仄暗い明かりでも煌めく自分に向けられた刃、ではなく誠一の顔を見据える。

「語れよ。俺が話しやすいようにしてやる」

「ハッ、格好良いセリフ言ってるつもりだろうが、ホンモンの刃にビビってんだろうが……。は、いいぜ。上等だ」

腰の脇に吊していたハンドアックスを手にした叶馬に、ああコイツは抜くだろうな、と頭のどこか理解していた誠一が覚悟を決める。

「……誠一ぃ」

「叶馬、さん」

始まるのは本当の武器を使った殺し合い。

麻衣はどうしたらいいのかわからず、口元に祈るような手を当てたまま動けず、並んで見守っていた静香も想定していた以上の修羅場に顔を青ざめさせている。

叶馬は先端にカバーのついた手斧を、そのまま足下に放り投げた。

おすすめ装備セットに含まれていたサバイバルナイフを手にして、そのまま足下に放り投げた。

ボディアーマーの両脇にある固定具を外し、頭からすっぽりと脱ぎ捨て、そのまま足下に放り投げた。

制服のジャケットを脱ぎ捨てた上に、シャツを落とす。

「……何のつもりだ」

「かかってこい。お前にその度胸があるならな」

「てめぇ、どこまでも舐め腐りやがって」

半裸になった叶馬が、無表情のまま天井に向けた両掌で手招く。

防刃装甲の上からでなくても、お前はその剣を向ける覚悟があるのかと問うていた。

「……いいぜ。乗ってやるよ、挑発にな」

目を据わらせた誠一が、ショートソードを鞘に収めて剣帯ごと床に捨てる。

ボディアーマーを外し、制服に手を掛けたところで、そこまで付き合う必要はないだろと正気を取り戻す。

右頬を殴られて口の中が切れたのか、鉄錆の味がする唾をペッっと吐いた。

首を竦めるように肩を鳴らし、爪先立ちになったブーツで床をトントンと跳ねる。

「なあ……叶馬。お前、ずいぶんと素手喧嘩《ステゴロ》に自信があるみてえだけどよ」

両手を持ち上げて胸の前で軽く握り、肩幅に開いた足下が、床の上を滑るようにステップを踏んだ。

誠一を見つめていた麻衣が、一瞬姿を見失ってしまう素早さで叶馬の懐に踏み込み、拳が左頬を撃ち抜いていた。

「足捌き見りゃわかんだよ。所詮、お前は素人だ」

「つ、ッ……」

「俺がお前に教えてやるよ。リアル、って奴をな」

伸ばされた手をスウェーで躱し、軽いジャブを連続で顔に向けて放つ。

まともなパンチの捌き方も知らない叶馬は、誠一からすれば突っ立っただけのサンドバックだった。

「ククっ……何だ、誠一。男も殴れるじゃないか」

「あアッ！　まだほざくかよ、テメェっ」

右に左に揺れるステップワークから、誠一の拳が叶馬の顔を殴りつける。

グローブに保護されていない素手のパンチは、殴る手のほうへもダメージを返す。

フックで叶馬の顔を弾き飛ばした右手にズキリとした痛みを覚え、ボディへブローを叩き込んでから距離を取る。

「身の程がわかったかよ？　……なあ、いいじゃねえか。女のひとりやふたり。お前にも麻衣を貸してやるからさ。結構いい女だからよ」

無意識に静香と握り合っていた麻衣の手が、ぎゅっと締められる。

「ほどほどに、適当にやってこうぜ？　意地張ってもいいコトなんてひとつもねえよ……」

「そうか」

切れて血の滲んだ口元を拭った叶馬が、口元を僅かに吊り上げた。

ようやく吐露した、それがコイツの本音なのかと。

「押し通す意地《りゆう》があって、お前はこの学園に来たのか」

「……おい。止めろ」

「だがな、誠一。早すぎるだろう？　折れるのが。それとも、お前の意地《りゆう》は簡単に捨てられる程度のゴミなのか」

血塗れの歯茎を剥き出しにした口元、真っ赤に充血して吊り上がった目元。

こめかみに太い血管を浮かび当たらせた誠一の顔は、まさしく鬼の形相だった。

「何も知らねえ癖に、勝手言ってんじゃねええええッ！」

「ああ、ひとつ言い忘れていた。麻衣の具合がいいのは承知してる」

「……えっ？」

麻衣は突然自分に向いた矛先にビクッと震える。

「しつこく押しかけてこられても面倒なんだ。適当に相手してやってから追い出したがな。勘違いされると困るからはっきり言っておくが、お前より静香のほうが具合がいい。だから俺に媚びても意味がない……まあ、たまにになら構ってやってもいいぞ」

「やっ……やめて、違う。誠一、違うの……」

あからさまに棒読みの台詞回しだったが、麻衣は真っ青になって頭を振っていた。

事実としてはまったくの無根。

だが、叶馬と誠一を比べて都合のいい相手を選ぼうと考えていたことは事実であり、少しだけ混ざっていた本当が麻衣の心を刺した。

「よくぞまあ恥ずかしくもなく、あれだけ男の上で尻を振れるものだと感心した。誠一があきれて俺に押しつけようとするのもわかる」

「違う……やめて、やめてぇ」

顔を両手で覆った麻衣が嗚咽を漏らす。

誠一を煽る目的ででっち上げた叶馬の戯れ言は、麻衣が過去に心と身体に刻み込まれたトラウマを抉っていた。

「麻衣を泣かすんじゃねえっ！」

「ぐっ」

ボクシングのフォームも何もない、ただ思い切り振りかぶったテレフォンパンチが叶馬の身体を仰け反らせる。

姿勢の崩れた誠一にも、叶馬の素人丸出しパンチが打ち返される。

「熱くなるなよ、誠一。いいじゃないか。お前も静香を好きに抱けばいい。ああ、何もかも忘れて適当にやっていこう」

「――もう黙れ」

「なあ、誠一……」

「もう、いいよ。叶馬。ブチ切れが一周回って頭スッキリしちまった……」

感情的になった人間は、自分を律することができずに内面をさらしてしまう。

叶馬が煽るように挑発してきた理由にも気づいてしまった。

笑えてくる、これではまったく逆だった。

「俺から何を探ろうとしたのかわからないが。ああ、最初のダンジョンダイブで俺、何かしゃべったのか？　まあ、どうでもいいか」

普段どおり、いや普段よりも更にクリアになった誠一のテンションは、はち切れる寸前の風船であることを自覚できていない。

「なあ、叶馬。俺から何を聞きたかったんだ？」

叶馬は鉄錆の味がする唾を吐いて考える。

誠一が折れた理由、この飄々とした男が諦めた意地《もくてき》はどうやって取り戻せる。

「――何を置・い・てきたんだ、誠一」

「……あ？」

「それは本当に、捨ててしまってもいいものなのか？」

誠一が叶馬を見る目には恐怖が宿っていた。

曖昧な言葉は、たとえその本質を言い当てていなくても、心の底からソレを拾い上げる。

「諦めてしまっても、本当に、後悔しないのか？」

「わからねえ……なんでお前がそんなことを聞くのかわからねえ。そんなモノ、お前には全然関係ねえだろ」

「友が挫けそうになったら手を差し出すのが男だろう」

「は、はは、マジわかんねえ。友達とか思ってねえし。……だいたい、もう手遅れなんだよ」

友達じゃない宣言を受けた叶馬は、なんという照れ隠し野郎だと思う。

「俺も、麻衣も、静香も、お前以外の誰も彼もが、もう終わっちまってんだよっ！」

「もし本当に、真実取り返しがつかない、終わったことに囚われているのなら、諦めろ」

「なッ」

「だが、もしも、少しでもどうにかなる可能性が残っているのなら。——なあ、誠一。さっさとどうにかし始めろ」

「だから、無理だって……」

本当に無理であるのなら、そんなモノに心が折れたりはしない。

終わったことを理解した時、心は折れる前に死ぬ。

意地《きぼう》が折れるのは、立ちふさがる試練が、乗り越えるべき目標が、目指すべき到達点が、自分には無理だと諦めた時だ。

「無理でも、やれ。無理だった、に変わるまで足掻けよ。誠一」

「何も知らねえ癖しやがって、何様のつもりなんだよ。……どんなもんでも諦めなけりゃ願いは叶うってか？」

「そう、だ」

断言する叶馬を呆然とした顔で見る。

たとえ、絶対に不可能な願いだったとしても。

不可能を覆そうと挑んでいる間は、確かに終わってはいないのだ。

「お前が諦めた時に無理になるんだ。無理だから諦めたんじゃない。お前はただ、つらくなったから放り出してしまっただけなんだ。誠一」

「もういい、もうわかった。お前はリアルが見れない、頭がイカレてる馬鹿だ」

平坦な声で吐き捨てた誠一は、ボクシングのクラウチングスタイルで構えた。

表情が抜け落ちた顔の中で、血走った目がどこまでも据わっている。

「お前も、俺たちと、同じようにしてやるよ。それでも同じ台詞を吐けるんだったら……少しは聞いてやるから、さ」

パパンッ、と顔を左右にブレさせた叶馬が仰け反ってたたらを踏む。

お手本のような教本どおりのワンツーは、誠一の理性が戻った訳ではなく、ただ冷徹に叶馬への殺意が迸《ほとばし》っていた。

叶馬は上を向いて深いため息を吐いた。

なんとか此処《ここ》まで辿り着けた、と。

自分にどんな言い訳もできない、誠一の剥き出しのエゴと向かい合う。

叶馬は自分が不器用であることを理解していた。

要領が悪く、機転を利かせるような頭の回転もない。

それでも、とまっすぐに自分を、冷たい殺意を宿した目で睨む誠一へ拳を構える。

かつて俺が道を示された時のように、友のひとりくらいは導くことができるだろう、と。

「かかってこい。誠一」

「その上から目線がムカつくつってんだよ！」

ワンツーからのフック、アッパーが入り混ざったコンビネーションブローが繰り出される。

簡単にフェイントに反応する叶馬に、誠一の拳が一方的に撃ち込まれた。

もはや拳に感じる痛みで力を緩めることはない。

「くっ、ムエタイか……。やるじゃないか誠一」

「いや、普通にボクシングだよ！　一発も蹴ってねえだろっ」

挑発だと頭で理解できても、箍の外れたテンションはヒートアップしていく。

叶馬は素で勘違いしていたりするのが救われない。

「確かに海外の武術も素晴らしいのだろう。だが、今からお前に日本古武術の奥義を教えてやる」

「古武術とか漫画の世界の住人か、お前は！　アアッ、もういい、その口塞いでやるっ」

基本的に突っ込み体質である誠一にはつらい展開である。

べた足で腰を落とした叶馬は、空手などで云われるところの『三戦《さんちん》立ち』になっていた。

足は八の字に内側へ絞め、握った拳の両手を身体の前に差し出す。

守りの型と呼ばれる三戦立ちは、身体中の筋肉を引き締めて打撃に耐える剛体術でもある。

筋肉を締めればパワーを得られるが、スピードが失われる。

それはボクシングのように筋肉を鞭のようにしならせて使う、スピードを重視した近代格闘術とは真逆の構えである。

三戦立ちから繰り出す正拳突き、それのみが叶馬の使える技だ。

とある教師を殴る目的のため、中学時代はインドア派だった叶馬がネットで調べて覚えた必殺技だ。

「ねえよ！　なんだよネットで調べたって、通信教育空手のがマシだろ！」

「誠一……だいたいの真理はネットで拾えるということを思い知れ。これが無拍子《むびょうし》だ」

「格ゲーか、よっ？」

いくらパンチを当てても崩れる様子のない叶馬に疲れてきた誠一だったが、本気を出して以来初めて殴られた顔に手を当てる。

右の拳を突き出した格好の叶馬が、再び三戦立ちに構える。

「いま……なに、した？」

「無拍子だ」

身体の前に腕を掲げる誠一の、ガードをすり抜けるようにして左の正拳突きが顔にヒットする。

「がッ……、マジかよ。み、見えねえ。な、なんかのスキルか？　グ、あッ」

「せ、誠一っ」

言葉もなくふたりの殴り合いを見守っていた麻衣が、急に殴られ始めた誠一にぎゅっと手を握る。

近くで観戦している麻衣と静香の目には、大袈裟に空振っていた叶馬のパンチと、今のパンチの何が違うのかわからなかった。

わかるのは、一方的に殴られ始めた誠一が膝をついたことだけだ。

「立て。誠一」

「クソが、あり得ねえ……どんなチート能力持ってんだよ」

「もう自分への言い訳は十分だろう、誠一。相手が誰であろうと何であろうと、意地を捨てる理由にはならないんだ」

「うる、せぇ……。お前らみたいに『持って生まれた』人間に、俺らみたいな屑の気持ちがわかるかよ……」

「誠一。もう、いいでしょ。もぅ、止めてよぅ……」

膝をついたまま踞る誠一に、麻衣が駆け寄る。

「ここで終わるか。それも仕方ない。所詮、お前はここまでの男だったということか」

「好きに、言えよ……」

「なんでこんな酷いコトするの？　もう止めてよ、叶馬くんっ」

誠一を背中に庇うように立ちふさがった麻衣の前で、床に投げ捨てていたハンドアックスを拾い上げる。

鈍くギラリと光る刃先に、ゴクリと唾を呑んだ麻衣がカタカタと震え始めた。

「うっ、嘘だよね？　叶馬、くん」

「どけ、麻衣。邪魔だ……いや、別にそのまま一緒でも構わないのだったな？」

びくっと震えた負け犬が顔を上げる。

「や、やめろ、麻衣は関係ねえだろ」

「大丈夫だ、誠一。お前も、麻衣も、全部忘れる。だろう？」

「クソッ！　麻衣ィ！」

腰が抜けたように誠一の前で硬直している麻衣を、手を伸ばして掴み、抱き寄せて胸の中に庇った。

ゾギン、と重くて鈍い刃物で肉を裂く音と、びちゃりと温かい雫が背中を濡らした。

第八章　クロスフレンド

案の定、ぐだった。

まあ最初から、口下手な俺にスマートな説得ができるとは思っていなかったが。

自尊心がなくなるまで叩き伏せてから本音を吐かせる、というプロセスは俺が中学の時に初めての担任教師から受けた試練のインスパイアである。

後からネットで調べたら、割とポピュラーな洗脳の一種らしかった。

今思えば、かなり荒んでいた当時の俺には必要な措置だったと思う。

ただその時の俺は、最後まで猛りきって白目を剥いていたらしいので、正直記憶がない。

化け物のように強かった担任教師を殴るため、中学三年間はひたすらネットで調べた無拍子打ちを練習していた。

すごく不毛な時間を使った気がする。

結局三年間お世話になった担任の先生には感謝しているが、貧乏クジを引かされたんだろうなと。

卒業間際になって結構殴れるようになったのだが、放課後の日課で対戦などを挑まず詳しく聞いておけばよかった。

本当に無意味な青春だった。

今度顔を出した時には完膚なきまで殴り続けようと思う。


誠一と麻衣の後ろから、コソコソと回り込んでいたゴブリンの頭を左手で掴み、振りかぶったハンドアックスを頸部に叩き込む。

骨を断つ感触が伝わり、切れるというよりは千切れた肩口から青緑色の体液が噴き出す。

首回りが細いぶん、猪の首を落とすより楽だった。

ぽけっと立ち尽くしていた静香の背後からも一匹回り込んでいたので、そのまま手斧を投擲した。

狙いどおりに額の真ん中に刃がヒットしたが、ガチンと音がして弾かれた。

ああこれが飛び道具が無効化されるという奴か、と納得したが、痛みはあるようで仰け反って武器を落としていた。

そのまま駆け寄って、助走を付けた右正拳を撃ち込む。

鷲鼻を潰されたゴブリンが愉快な声で鳴くが、投擲斧のように弾かれる手応えはない。

だが、一発で頭が吹き飛ぶほどではない。

前回の無双状態は、精霊のスケさんが云っていた『黄泉衣《ヨミゴロモ》』とやらの効果があったのだろう。

軽くパニック状態の静香は役に立たなさそうだったので、仰向けで顔を押さえてバタバタしていたゴブリンの首を踏みつけて静かにさせた。

前回のゴブリン殲滅紀行で、コイツらは群れを作って行動しているのはわかっている。

手斧を拾い直して、抱き合った誠一たちをまたこっそりと狙っていたゴブリンたちを皆殺しにした。

武器を持ったゴブリンは猪より手こずるかもしれないが、熊ほどではない。

やはり平穏無事な中学生活を送っていたので、身体が鈍っているのを感じる。

我に返った静香が槍を振ろうとするが、終わったし危ないので押さえ込んで背中をぽんぽんする。

男子ならなんてことはないだろうが、女子には少し慣れが必要だろう。

静香石で背中に触れてしまい、内股になって少しプルプルしていたが我慢してもらおう。

放置しておくとファンタジー系のエロ同人ゲームみたいになりそうだったので、手を引いて一緒に誠一たちのところへ連れて行く。

ゴブリン殲滅紀行で適当にダンジョン内を歩き回った感じ、ある程度広いスペースがある玄室と、玄室を繋ぐように入り組んだ回廊で構成されていた。

玄室の大きさは大小さまざまで、回廊は基本直線だが曲がり角が多く、マッピングでもしなければ自分がどこにいるのか簡単に見失う。

黄泉衣の知覚拡張状態で俯瞰視点から観た限りでも、おそらく数百キロ単位で蟻の巣みたいに広がっていた。

確かにアレはとんでもないチートアイテムだったのだろう。

ただ、呪われ系アイテムっぽかったので手放したことに後悔はない。

誠一は麻衣の上に覆い被さって、自分の身体を盾にしっかりと守り続けている。

結構派手にゴブリンの体液シャワーを浴びせてしまったが勘弁してほしい。

多少段取りは狂ってしまったが、洗脳……ではなく説得の仕上げをしなければならない。

「やっと目が覚めたようだな。誠一」

「今、モンスターが……」

所謂、ワンダリングモンスターという奴だろう。

玄室での遭遇率が高いが、回廊を移動するタイプのゴブリンも稀にいた。

すっかり毒気が抜けた顔になっている誠一は、自分の腕の中にいる麻衣を呆然と見ていた。

「もう駄目だと悟ってなお、麻衣を助けようと身体を張った。それがお前という人間の本質なんだ、誠一。お前には諦めることなんてできないんだ」

「叶馬、お前……まさか」

「立てよ、誠一。最後まで意地を貫け。俺も付き合おう」

「俺、おれは……俺は……、アイツを、妹を……」

歯を噛み締めて顔を歪めた誠一が、天井に向けて嗚咽を堪える。

「……誠一」

胸に抱かれていた麻衣が、いつの間にか反対に抱き締めて慰めていた。

「麻衣、済まねえ……。八つ当たりしちまってた」

「ううん、大丈夫。誠一のつらい気持ちに気づけなくてゴメンね」

仲直りできたようで結構である。

麻衣をダシに使わせてもらったのはアドリブだったが、反応がよかったのでノッてしまった。

後で謝っておこうと思う。

だが、おかげで誠一の攻略キーワードを知ることができた。

シスコンだったとは予想外だが、親友の意地《のぞみ》だ。

手を貸すのが男という生き物だろう。

＊＊＊

「つまり妹さんは今も入院しているということか」

「ああ、今日明日にどうにかなるって訳じゃない。……けど、この先もよくなる見込みはない。機械に繋がれて眠ったまんま、さ」

回廊の壁に寄りかかった誠一が顔を逸らす。

「俺たちの血縁上の親父は金だきゃ持ってやがるからな。直談判しに行った時に聞かされたのさ。この学園のことを」

「あっ……」

「ゲームのようなダンジョンと、そこで得られる不思議なアイテムか」

「スキルとかもな。魔法のような、じゃねえ、魔法そのものなんじゃないかと言われてる、らしい……んだがよ」

「あっ……」

気まずそうに逸らされていた誠一の顔が、スイートスポットに引っ掛かるたびに甘い声を漏らしてしまう静香に向けられる。

自分でスカートの裾をちらっと持ち上げている静香なので、エッチな接合部分が誠一に視姦されることはないだろう。

そこはちゃんとフォローするように、静香のスカートの中に差し込んだ手でお尻を支えている。

誠一とは通路を挟んだ反対の壁に背中を預け、前に立った後ろ向きの静香にコソッと挿入していた。

「全然コソッとしてねえよ！　一応、マジな話なんだが」

「済まん。静香が憤《むず》がってしまったので」

「あっ……」

俯いた静香のうなじが真っ赤になって恥じらっていた。

堪えられないのか自分でお尻を振ってはイイ部分を抉ってしまい、エッチな声を漏らして更に赤面する。

今も右手が静香のお尻にダイレクトタッチなので、今までの経験からして我慢できない状態に陥っていると思われる。

最初に触れてしまった俺が迂闊なので静香は悪くない。

悪くないのだが、ものすごく恥ずかしそうに痴態をさらしている静香はとても悪くない。

「あっ……」

中でより鋼の如く反り返ったペニスに、ゾクゾクとお尻を震わせる静香がとても可愛らしい。

苦笑した誠一が額に手を当てる。

「つたくよ。お前らと付き合ってるとシリアスが長続きしねえぜ」

「……誠一も抜いてあげよっか？」

誠一の側を離れようとしない麻衣が足下に跪いていた。

なんというかすごく態度がしおらしい。

「いやっ、今ダンジョンの中で危険が危ないっつーか」

「うん。その時は……また守って、ね」

ジッパーを降ろして誠一のペニスを取り出し、丁寧に指先で扱いて顔を寄せていた。

「あんま、口ですんの好きじゃねえ、って麻衣が」

「ん、ちゅ……誠一がシテほしいコトなら、なんでもシテあげる」

ぺろり、と先端を舌先で舐め上げてから、ちゅっちゅと音をさせて吸いはじめる。

「んっんっ……せーいちも挿れたい？　これからはいつでも、あたしのコト好きにシテいいからね…んっ」

「いっ、いや、麻衣、お前なんか勘違いを」

まったくうなじが痒くなってくるような甘ったるい奴らである。

「ダンジョンの中で見つかるアイテムには、所謂回復のポーションがあるという話だったたな」

「あっ……ああ、傷薬レベルの効能なら簡単に見つかるらしい。即効性の外傷治療薬って分類の奴だな」

千切れた腕に降りかければくっつくレベルらしいが、そんな魔法の薬なら大枚を叩いても欲しがる奴がいそうだ。

万が一の事故に遭った時の保険としても、どれだけ需要があるのかわからない。

すっかりホコホコに泥濘んできた静香の尻を抱え直して、恐ろしくすらある可能性に思いをはせる。

ちなみに静香は完全にできあがってしまったらしく、チンチンをする犬のようにお尻を振りたくっている。

静香が先にイッてしまいそうだが、静香のエロテンションは俺のエロ気分に比例しているので、イッても治まらないというちょっとかわいそうな状況になってしまう。

「それがな。ダンジョンの外に持ち出したら、あっという間に劣化しちまうって話だ」

「難しいな」

「へへっ、ポーションが駄目でも他に手がない訳じゃねえさ。まったく効かねえとは思えねえしな」

内股で踏ん張っている静香が、ぎゅーっとスカートを握り締めて硬直していた。

そんなに派手に前を捲っていると誠一からイケナイ場所が丸見えになってしまう。

ちなみに案の定、俺はノーフィニッシュ状態なので、静香は餌をねだる猫のような切ない声で鳴きながらお尻をくちくちと振り続ける。

「これから先、俺たちがダンジョンで覚えていくスキル、魔法の中には回復効果を持つ種類もある」

ペニスを咥え込んだまま健気に奉仕し続けている麻衣の頭を、ほろ苦い笑みを浮かべた誠一が優しく撫でる。

そこら辺は授業の中でもちらっと出てきたが、レベルとやらが上がるといろいろ取得していくそうだ。

ただ、それは――。

「そう、ダンジョンの中でしか使えない。俺たちは、な」

それではポーションと同じ、外のリアルでは意味がない。

ダンジョンという、この不思議空間の中でしか、魔法という幻想は存在できない。

当然と言えば当然だ。

リアルで魔法が使えるなんてことになったら、世界規模のセンセーショナルな話題になっていただろう。

「そうじゃ、ない。俺たちは使えない、けどお前は、違うかもしれない」

内股で自分の指を噛みながら、ひたすらお尻を揺する静香に入ったペニスを見下ろす。

三十路を前に魔法使いの資格は既に失っている。

ではなく、俺と誠一たちの違いとは、つまり。

「死んだことがあるか、否か」

「確証は見つけられなかった。けど、たぶんソレなんだ。華組と俺たちの違いは」

「それは、つまり。特級科の生徒は現実でも魔法が使えるとでも?」

非現実的過ぎて笑ってしまいそうだ。

何かちょっと引っ掛かるが、まあ些細な違和感だ。

未だに頭のどこかでは、このダンジョンが最新の拡張現実式《オーグメンテッドリアリティ》ＲＰＧアトラクションテストじゃないかと思っている。

それはそれで結構楽しみにしているのだが。

後ろ手に伸ばした両手で、俺の腰をギュウッと摑んだ静香が黒髪を振り乱して痙攣する。

ダンジョン探索中に漏れ出してしまうと静香がかわいそうなので、最奥に埋め込んだままぴゅっぴゅさせていただく。

スキルも魔法も、ダンジョン講義系で簡単に説明を受けているが、実際にはまだ習得していない。

それには、『クラスチェンジ』という儀式が必要だと聞いている。

「実際に使える奴がいるのは確かさ。そいつの尻を舐めてでも……と、覚悟してたんだが」

誠一は優しい目で、腰に抱きつくように根元まで咥え込んで奉仕を捧げる麻衣を撫で労る。

麻衣は優しくされるたびに、感じているように腰をふるりふるりと震わせていた。

「ま、確かに俺には向いてねえかも知らんわ」

「そうだな」

モノを咥えながらうっとりしている麻衣を、抱っこした静香が羨ましそうに見ているが、口淫とかされると静香も反応してエンドレスになってしまう。

静香の泥濘の中でクールダウンしている現状も少しヤバイ。

振り向いてじぃーっと見てくる静香の目が、ちょっと動いてみようかな的な色を湛えている。

だいぶ開き直ったというか、吹っ切れた感のある静香がエロエロの娘さんなのは既に承知だ。

それでいて変に生真面目な性格でもあり、俺のちょっとしたスケベ心にも律儀に反応してご奉仕下される。

自重……思春期の性少年にそんなものはない。

ベッドの上なら汗だくで力尽きるまで致してもいいが、ダンジョンの中は危険が危ない。

「実際、俺たちはダンジョンに魂魄を捧げちまってるから手遅れなんだけどな。本当にこのままダンジョンから出られたなら教えてやるよ。俺が調べられた魂魄結晶《ソルデバイス》についてな……っくぅ」

麻衣の頭を押さえて色っぽい呻き声を上げる誠一から目を逸らす。

親友とはいえ同性が絶頂してるシーンはアレだ。

いい感じに萎えたので、可愛い唇を尖らせている静香の中からペニスを回収する。

誠一が秘密っぽいことをベラベラしゃべっているのは、ダンジョンでこのまま俺たちが全滅して記憶がリセットされるというプロセスが前提になっている気がする。

まだ覚悟が足りないな。

その時は何度でも繰り返すのみだ。

姿勢を入れ替えて抱きついている静香をハンカチで拭き拭きしながら、誠一の台詞の中に混じっていた『結晶』の単語で思い出す。

ポケットに入れっぱなしになっていた、誠一石と麻衣石を返してしまおう。

「誠一」

「……んあ？」

魂の抜けたようなヘブン浄土状態の誠一へ、ふたつの結晶石を差し出す。

「返しそびれていたが預かり物だ。どっちがお前で、どっちが麻衣だったのかは忘れた」

「──魂魄結晶《ソルデバイス》」

ごくり、と喉を鳴らした麻衣が、ぷぱぁ、と満足げなため息を吐いていた。

＊＊＊

「思うに、急にビビり過ぎではないだろうか」

「イイから警戒しろ！　くっそ、マジかよマジかよっ。外に戻ったら全部説明してやるから、絶対死ぬんじゃねえぞ！」

壁に背中を貼りつけて腰を落とした誠一が、回廊の前と後ろをキョロキョロと見回しながらジリジリと前進する。

ハイパーテンションアップした誠一の顔は、笑みの形に歪んでいてちょっとキモイ。

「あーい」

麻衣の中で鰻登りだったと思われる誠一への好感度も、イイ感じで減少しているようだ。

ひとりＳＷＡＴと化した誠一の後を、俺と静香に麻衣がのんびり付いていっている。

曲がり角とかで不意打ちを警戒するのはわかるが、直線回廊でどんな奇襲に備えているつもりなのか。

震える手で結晶石を受け取った誠一の掌で、灰蒼いほうがまるで溶け込むように手の中に吸収されていった。

たぶん、そっちが誠一石だったのだろう。

強度試験でガンガンとハンマーやバールのようなもので引っぱたいていたほうだ。

今思えば万力とかでギリギリと誠一石に負荷を掛けていた頃合いから奴が荒んできたような気もするが、まあ無関係だろう。

きょとんとしていた麻衣にも結晶石が渡され、同じようにあっという間に溶け込んでいった。

一番事情に詳しいっぽい誠一に説明を求めたのだが、一か所に留まっているとヤバイということで探索を開始したところだ。

たぶん、あの黒い奴を警戒しているのだろう。

俺も二度と遭遇したくない。

強敵とかそういう以前に、アレはなんというか、相対しちゃ駄目な奴だ。

先頭を誠一、麻衣、静香、殿が俺という順序でダンジョンを進んでいく。

時間を確認すると、午後の二時を回ったところだ。

強制帰還となる羅城門の閉門時間は午後五時。

だいたい、ダンジョンの中で三時間のサバイバルバトルとなる。

「誠一」

「どうした、モンスターかっ？」

「いや、だがこのまま敵に出遇わずやり過ごせるとは思えん」

俺や誠一なら、おそらくゴブリン程度なら倒して征けるだろう。

だが静香や麻衣は少々心許ない。

遭遇戦になった時に、どのように対応するのか決めておかなければパニックになるのは必定だ。

「いやっ、……そうだな。俺がパニック起こしてちゃ世話がねえ」

無意味なストーキング状態を解除した誠一が深呼吸する。

「この先も逃げ続ける訳にはいかねえ。どっちにしろダンジョンだって攻略して、レベルを上げていかなきゃならねえんだ」

キリッ、と表情を引き締める誠一を、ぽーっと見つめる麻衣はチョロインの素質がありそうだ。

見た目凜々しく、槍を構えている静香のほうはドジっ子臭がする。

脈絡なくゴブリンの前で転んだりしてピンチになりそう。

「そのレベルを上げる、という奴は、ＲＰＧゲームでいうレベルアップでステータスが上がる、で間違ってないか？」

「合ってるはずだ。力が強くなって、ＨＰ……これはバリアーっていうか、ＨＰのぶんだけ肉体にダメージが通らないようになる。つうか、アレか、叶馬がクソタフだったのは最初のダンジョンダイブでレベル上がった所為かよ」

苦笑いしている誠一だが、アレは結構痛かった。

だが確かに、散々殴られたにしては顔も腫れていないしダメージも残っていない。

対して誠一は顔に青痣ができていたりして男前になっている。

「つまり、レベルを上げれば静香や麻衣でも戦えるようになるということだな」

「えっ、あ、あたしも？」

「は、はい」

麻衣は狼狽え、静香はガチガチに緊張しだした。

「だな。レベリングは必要になると思う。そのぶんだけ安全を確保できるってことだ」

「ホ、ホントにあたしたちも戦わなきゃダメ？」

「じゃなきゃ先には進めない。俺は……お前にも付いて来てほしい」

「誠一……」

見つめ合う誠一と麻衣を尻目に、静香がじぃとこちらを見据えている。

アレをやりたいのかもしれないが勘弁していただきたい。

そも静香に選択肢はない。

最後まで俺に付き合ってもらうことになる。

はい、と頷いた静香がふわりと隣に沿った。

＊　＊　＊

第参階層のモンスターは壱、弐階層と同じ『ゴブリン』がメインとなるが、初見殺しにしてパーティー戦闘の最初の試練となっている。

それは単騎単独行動だったゴブリンが、『ゴブリンリーダー』の元に集団として統率される故だ。

既知外領域において、モンスターはダンジョン本来のナチュラルシステムどおりに存在している。

すなわち瘴気濃度が規定値を超えた虚空から自然発生し、疑似生命機能を維持できなくなれば瘴気に分解されて虚空に還る。

規定値とは階層を支配する法則《ボーダー》だ。

既知外領域が危険視されるのは、発生から分解までのサイクルを逸脱し、他のモンスターを食らって生き延びるような超越個体《オーバーボーダー》が存在する確率が高まるからである。

ゴブリンの場合、超越個体は『ゴブリンキング』と命名される存在へとクラスチェンジし、姿形も別物へと変化する。

既知外領域の片隅で生き延びていた彼は、新たに識ってしまった本能の赴くままにダンジョンを流浪っていた。

超越個体とは瘴気が濃縮された存在であり、ダンジョンの特異点となる。

特異点が歪める階層法則を均すため、羅城門から送り出された生贄はその魂魄を還元させることにより虚空を安定化させた。

特殊個体として同種を食らい、目的もなくただ生き延びていた彼は、連日送り込まれた生贄の味に目覚めてしまった。

メスの個体が存在しないゴブリンは、侵入者のメス個体に遭遇するまで生殖本能に目覚めることはない。

だが一度目覚めた肉の滾りは、メスの肉を狂おしく求めはじめていた。

見上げるほどの巨軀となった肉体にゴブリンの貧弱さなど破片もなく、手にした『餓鬼王金《オーバーグリード》棒《ギア》』も階層規定値を超えたオーバーボーダーアイテムである。

その股間は嗅ぎつけたメスの臭いに猛り狂い、拳を突き上げるようにそそり立っていた。

「シェイハ！」

謎の気合いとともに振り下ろされたハンドアックスが、真横からギロチンとなってキングペニスを切り落とした。

玄室の空気をビリビリと震わせる絶叫がゴブリンキングの口から放たれ、悶絶したまま前屈みに倒れ伏す。

先端の砕けたハンドアックスを投げ捨てた叶馬は、容赦なく床にへばりついたゴブリンキングの後頭部をストンピングで踏みつける。

コンバットブーツの底と床にサンドイッチされた頭部が、ガツンガツンと生々しい音を響かせた。

ゴブリンキングの悲鳴が止んでからも暫しガツンガツン言わせていた叶馬が、こめかみ目がけてヤクザキックを撃ち込む。

　あきらかに首が危険な方向に曲がっているゴブリンキングは、悲鳴も上げずにビクビクと痙攣していた。

「よし。――コンボチャンスだ」

　額の汗を拭った叶馬が振り返ると、それぞれに武器を構えたパーティーメンバーが全力で引いていた。

「レッツゴー」

「お、おう……。んじゃ、いくぞ？」

「は、はーい」

「い、行きます」

　ショートソードを握った誠一と麻衣、そしてスピアを構えた静香が恐る恐るゴブリンキングに刃先を突き立てる。

　ちょっとした鎧並みの装甲となっている皮膚に少しだけ刃が食い込む。

「か、硬てえ。コンクリか、コイツの身体」

「刺さらないいんですけどっ」

「レッツトライ」

　ゴブリンキングがピクリと動くたびに、ガンガンと頭部を蹴りつける叶馬が親指を立てる。

　えいえい、と刺さらない槍を突き回していた静香がつんのめった。

スゥ、と輪郭が崩れるように、瘴気へ還元されたゴブリンキングの姿が消えていく。

「ふぅ……チームワークの勝利だったな」

「違え！　絶対、違うだろ今のは！」

「すごく……パワーレベリングです」

遠い目をした静香がぽつりと呟く。

パワーレベリングとは、オンラインゲームなどにおいて、高レベルプレイヤーが低レベルプレイヤーのレベルをなり振り構わぬ手段で引き上げる手段を指す。

結果、プレイヤースキルが未熟なまま、レベルだけが高い微妙プレイヤーを産み出すという問題プレイでもあった。

「俺ならもっと上手くやれるという誠一の気持ちはわかる」

「えっ、いやあ、ちょっとキビシイかな……」

「……せーいち」

日和《ひよ》った誠一にジト目の麻衣がため息を漏らす。

「だが、ここは安全第一で攻略していくのがよいのではないだろうか。おそらく俺が一番レベルが高い」

「だよな！　すまんが、今日は叶馬に任せるわ」

「ああ。どのみちしばらくは、この第一階層でレベルを上げたほうがいいのだろう？」

叶馬は重苦しいプレッシャーを放つ第・参・階・層を見回す。

「そうなるな。……しかし、ゴブリンってこんなに強えのかよ。もっと雑魚かと思ってたぜ」

「うん。あたしやってけるのかな……」

「頑張ります」

モンスターの強度は階層ごとにレベル帯が決まっている。

それは虚空に満ちている瘴気の濃度と、階層を支配する虚空の存在許容圧によって設定されていた。

瘴気が薄く圧力も少ない上層では、レベルの低いゴブリンのようなモンスターが大量に発生する。

瘴気が濃く圧力が高い下層では、レベルが低いモンスターは虚空圧によって存在すらできずに、より濃縮された強力な高レベルモンスターのみが発生することになる。

それが階層規定値と呼ばれる、モンスター発生の法則である。

第壱階層における階層規定値は、1。

1レベルモンスターの強度とは、その外見どおりの能力しか保有していない、例えるなら人間の一般人と同様の存在だ。

膂力も筋肉を越えることはなく、特殊なスキルもない。

第弐階層における階層規定値は、10。

1レベルから10レベルのモンスターの種類は、ほとんどは第壱階層と同じゴブリンだ。

だが見た目は同じであっても、その膂力は筋力を凌駕し、特殊なスキルを使う個体が出始める。

第参階層における階層規定値は、20。

モンスターのレベル帯は10レベルから20レベルへと上昇し、同じゴブリンであってももはや一般人には手に負えない強さを秘めていた。

「あ。なんか残ってるよ。これ、もしかしてドロップアイテムって奴？」

「クリスタルだろ？　モンスターぶっ倒して出てくるソイツを購買に持ってきゃ、銭に交換できるぜ」

モンスター結晶《クリスタル》の大きさは、その存在強度に比例して大きく輝度が高い。

超越個体のゴブリンキングがドロップしたクリスタルは、ビー玉サイズのノーマルゴブリンに比べて野球のボール並みの大きさがあった。

「それもあるけど、なんか武器？　っぽいの」

「おおっ、レア泥か？」

ダンジョンの中では、モンスターが消滅する時に低確率でアイテムが残る。

モンスターは瘴気が凝縮して発生する存在だ。

最初から幼体ではなく成体で、服飾や装備も全て瘴気から創造されている。

本体が死亡した場合、その骸は瘴気へと還元し、一部の瘴気は結晶化して魂魄結晶《ソルデバイス》となる。

その際に、稀に瘴気へと還元されずに、物質化《マテリアライズ》したまま残留したものがドロップアイテムと呼ばれた。

物質として安定したアイテムはダンジョン外でも形状を保ち、加工も可能だった。

そうしたダンジョン産出品はマジックアイテムと呼ばれ、多くは解析不能の超常能力を宿していた。

「棍棒、かな？　超重い」

「ゴブリンが持ってた鉄の棒か。……スゲー重てえ」

一切の装飾のない、六尺（一八〇センチ）八三斤（五〇キログラム）の鉄の塊であった。

「持って帰れば売れそうだが、持ち運ぶのもしんどそうだ」

「欲しい」

ひょいと持ち上げた叶馬が、じっと無骨な六角六尺棒を見る。

「見るからにただの鉄棒だぞ？」

「古人曰く、突けば槍、払えば薙刀、持たば太刀の万能武器だ」

「知らねえよ。まあ斧もぶっ壊れちまったし、叶馬が持てなきゃ捨ててった奴だからいいんじゃやね？」

「いーと思うけど、それ武器として使えるような代物なの？」

静香が手にしたスピアよりも長い六角六尺棒が、ブンブンと空気を切り裂いて振り回される。

「俺は武器の素人なので、刃物を持つよりマシだと思われる」

「……うん。なんかゴブリンとか擦っただけでいろいろ吹っ飛んじゃいそう」

「つか、どんだけ腕力上がってるんだよ。最初のダンジョンでレベルがっつり上がったんだろうなあ」

クリスタルを拾い上げ、背嚢へ放り込んだ誠一が麻衣へ手を伸ばした。

「ん？　どしたの、誠一」

「あっ、いや……そろそろ進もうぜ」

うん、と頷いた麻衣も、自分の中に宿った燻りにまだ気づかなかった。

＊　＊　＊

何百年単位で侵入者が訪れることがなかった既知外領域では、回廊を流浪うワンダリングモンスターこそいなかったが、玄室には外れなく階層規定値限界まで育ったモンスターが詰まっていた。

中にはゴブリンではなく三六餓鬼も混じっていたが、特に気づくことはなかった。

最初に叶馬が六角六尺棒を振り回しながら先陣を切って突っ込み、リーダー格をグシャリとした後に個別レベリングタイムである。

足を砕かれて床に踞ったゴブリンに、静香の槍を交替で使ってプスプスと止めを刺していく。

「すごく……パワレベ、です」

生き物に刃物を刺す、というある意味禁忌に近い感触にも慣れてきた静香が、遠い目をしていた。

「静香は特に弱そうなので」

「いろいろと申し訳ないです」

シュンとした静香が上目遣いで叶馬を見上げる。

「静香の育成は俺の役目だと思われる」

「は、はい……末長くお世話になります」

言葉どおりに受け取れば、末長い寄生プレイをよろしくされた叶馬が眉間を押さえる。

次第にトロンと目元を惚けさせ、太腿をモジモジとさせていた静香が、ちょこっと叶馬の服を引っ張る。

サーバー側である叶馬からの影響ではなく、クライアント側である静香本人の発情サインであった。

「あっ、あっ」

「スゲーとろっとろだぜ、麻衣？」

「あっ、だって…んぅ、だってぇ」

モンスターの掃除が終わった玄室の奥、壁に手を突いた麻衣を誠一が背後から犯していた。

回廊の出入り口を警戒しているとはいえ、盛るには危険度が高い。

それでも、リスクを考慮しても抑えられそうにない本能的な性衝動に突き動かされていた。

立て続けにレベルが上がったことによる肉体ポテンシャルの上昇、活性化する各種の脳内ホルモンが本能を刺激し、生死を意識させる危険な状況が生殖行為へと誘った。

「だが戦闘ごとに、ご休憩タイムというのは如何なものだろうか」

叶馬が理性を保っているのは最初から一桁レベルを突破しており、誠一たちのように異常な速度でレベルアップをしていないせいだ。

それでも静香に手を引かれるまま流される性少年でもある。

静香は麻衣の隣に並んで壁に手を突き、潤んだ目で叶馬を振り返る。

するりと膝上丈のスカートの中に叶馬の手が潜り込み、ダンジョンの中に入って何度目かわからない静香の生尻を拝む。

白いショーツの底地部分は、乾く暇もなくねっとりと肉の割れ目から漏れる汁で粘ついている。

「ぁ……んっう」

ずるりっと胎内に潜り込んできた硬い異物に、仰け反った静香が熱い喘ぎ声を吐き出す。

「もう、なんかヤベえ。何発出したか覚えてねえけど、全然勃起するわ」

「せーいちすごいよぉ……ずっとおチンチンがぴゅっぴゅして、あたしのコト孕ませようとしてるぅ」

ポニーテールをゆさゆさと振る麻衣は、可愛らしい小尻を自分から振り続けていた。

「ダンジョンエッチすごい、こんなの癖になっちゃうっ……」

「きゅうきゅう締めつけやがって、このエロっ娘が」

仰け反ってゾクゾクと痙攣している麻衣の尻が、ピシピシとスナップを利かせた平手打ちで鳴らされる。

スパンキングに慣らされた麻衣は子犬のように鳴きながら咥え込んだモノを搾り上げた。

何度も繰り返し達してテンションが振り切れ状態になっている麻衣は、既に挿れられているだけで問答無用に気持ちよくなっていた。

誠一にヌコヌコと尻を突かれながら、同じ格好で同じ表情をした静香に問いかける。

「静香ぁ……今度から、ウェットティッシュとか、替えのパンツ持ってこなきゃ、あっ…ダメ、だね」

「はっ、あっ…叶馬、さんは…ねちゃねちゃパンティ、好き、だから…ああっ！」

先端を容赦なく突かれた静香が反り返った。

＊　＊　＊

「はあ……、バトルより事後セックスのが疲れるわ」

既にティッシュは品切れになっており、麻衣にペニスを咥えさせて綺麗に舐め取らせる。

「んぅ、すごい……エッチな臭いになってるよ」

「ありがとな」

「ん、誠一に撫でられるの、好き」

足下からニコリと微笑み返された誠一が頬を掻く。

「絶対、死なないで帰ろうね。もう、忘れちゃったりしたくないから」

「ああ。もちろんだぜ」

羅城門の閉門時間は午後五時。

時計の針は午後四時を回っていた。

学園の検証では、ダンジョンの中で同一座標に留まっていると引き寄せられる、『天敵者《アグレッサー》』の警戒時間は一時間とされる。

当面の危機は脱したといってよかった。

「なんとかなりそうだな……」

油断なく回廊への出入り口を警戒しながら、深いため息を吐く。

「うむ」

「……お前がいなきゃ、マジで詰んでたよ。どんだけ感謝してもしきれねえ」

ぽわぽわ状態に陥ってしまった静香を抱っこした叶馬は、壁を背に座り込んでいた。

その手元に六角六尺棒がないのに気づいた誠一だったが、後は使わずに済むだろうと隣に腰を降ろした。

「約束どおり、全部話す。ただ……」

「話せないことを話す必要はない。お前が、お前に戻ったんなら、それでいいさ」

「ハッ、マジで臭い野郎だぜ、お前はよ。クソッタレ……。おい、叶馬」

身繕いをした麻衣がちょこんと誠一の隣に腰掛ける。

「俺と友達になってくれ」

「――ああ。今更だな」

変わらない無表情をさらしていた叶馬の目が少しだけ見開かれ、誰の目にもあきらかな微笑みが浮かんだ。

「言ってろよ、クソ。笑うんじゃねえ」

悪態を吐く誠一の口元にも笑みが浮かんでいた。

うん、と麻衣は誠一の肩に寄りかかりながら頷いた。

とても嫌いじゃない、いい笑顔だと思った。

第九章　女子寮

豊葦原学園の夕暮れは早い。

周囲を山々に囲まれた学園の敷地からは、夕陽が沈んでも空が茜色に染められていた。

「うし、こんなもんか？」

レトロ調な洋灯《ランプ》に明かりが入れられた学生食堂には、叶馬たちの他にも夕食にきている生徒の姿があった。

テラスへ通じる扉は閉められ、ランチタイムには満席となるテーブルも半分以上が仕切られている。

種類の豊富なキッチンカウンターも、特に軽食の類いは閉ざされていたが、主食コーナーやデザートコーナーは営業中だった。

メニューには載っていないアルコールの類いも、注文すれば出てくると聞いた叶馬があきれていた。

仕切りに近い、他の生徒が周囲にいないテーブルの上には、各自手分けして購入してきたオードブルディナー料理で埋められている。

「それじゃあ、初のダンジョン生還記念を祝して」

「かんぱーい！」

ノリよくグラスを掲げた麻衣が、さっそくとばかりに大皿いっぱいに乗せられたケーキへ手を伸ばす。

「ここのスイーツヤバウマ。パティシエさん超グッジョブ」

「初っ端からデザートかよ」

「チッチッチ、スイーツとデザートは別物です～。ちなみにこっちがデザート用だよ」

可愛らしくデコレーションされたプチシューを口に放り込んだ麻衣が、同じ大きさの別皿に盛られたカラフルな菓子を見せる。

「どんだけだよ。見てるだけで胸焼けしそうだ……」

誠一も甘いものが苦手ではなかったが、使用されている生クリーム量だけでも丼一杯はありそうだった。

「確かに、この学食の飯はうまい」

　プレートに山のように重ねられたローストビーフに箸を伸ばした叶馬が、たっぷりと胡椒を利かせたグレイビーソースにじゃぶじゃぶして頬張る。

　赤身も鮮やかなローストビーフは実にうまそうだったが、少しは野菜も食えと言いたくなる誠一だった。

「叶馬さんは、肉食系男子ですから」

　ほんのり温かい椀を手にした静香は、幸せそうな顔で匙を咥えていた。

　自分の前にずらりと茶碗蒸しを並べている辺り、叶馬たちと同類である。

「マイペースな奴らだよ、ホント」

　テーブルに肘をついた誠一が苦笑する。

　フライドポテトを摘まんだ誠一に麻衣がぶーたれる。

「だってせっかくの臨時収入だもん。自分へのご褒美って奴？」

　ゴブリンのクリスタルを購買部で査定してもらった結果、二十万銭という新入生としては大きな収入を得ている。

　ちなみに第一層にポップするレベル1ノーマルゴブリンのクリスタルが百銭である。

　モンスタークリスタルの査定基準は、レベル×レアリティ補正×一〇〇（銭）となっていた。

　査定額にはレアリティの補正が大きいが、レアモンスターは狙って狩れるような遭遇率ではない。

「レア個体が混じってたらしいからな。棍棒持ってたデカイ奴だろ、たぶん」

「……ちょん切られちゃった奴ね」

「まあ、ほとんど叶馬がぶちのめしたんだが」

黙々と肉を食い続ける叶馬がポーカーフェイスでサムズアップする。

「獲物は分かち合うべき」

「叶馬くんってば太っ腹！　こんなに稼げるなら、毎日何でも好きなモノ食べられるね」

「幸せ、です」

「毎日山盛りケーキとか飽きるだろ、つうか太るぞ」

「太らない体質だから問題ないし」

誠一の言葉にぴくっと反応した静香が、もう一度反応し、恨めしそうな目で麻衣を見た。

実際、学年が上がりダンジョン攻略が進んで銭にも余裕が生まれた生徒は、食道楽などの生活水準向上に投資するのが一般的だ。

一皿一万銭を越えるようなメニューは、まさにそうした高レベル生徒向けである。

そうした高額銭商品は銭を余らせている生徒向けに設定されており、リアルマネー物価とは比例していない。

ダンジョン組とエンジョイ組を差別化する、ステータス的なヒエラルキー要素でもある。

「派手に目立つと、変に目をつけられたりするから気をつけろよ」

妬《ねた》み嫉《そね》み、すなわち嫉妬とは、人間の本能に根ざした習性ともいえる。

特に日本では出る杭はとりあえず叩いておくという悪習が根強い。

「そーゆーのは誠一におまかせ。使っていい分だけあたしのカードに入れてね？」

「……ちょろまかされるとか思わねえのか」

たっぷりとクリームの載ったスプーンを咥えた麻衣がニヒっと笑う。

「いーよ？」

「クッソ、足下見やがって」

静香はデコピンする誠一と麻衣のじゃれ合う姿を羨ましそうに眺める。

今回のダンジョンダイブで得られた銭は、四人均等に分けられていた。

「しばらくは最優先で装備も調えなきゃならねえからな。余裕はねえぞ」

「ならガンガンダンジョンにアタックしないとねっ」

「レベル上げて実力をつけるのが最優先だからな。そうすれば周りを黙らせられる、けどな……」

さり気なく周囲を見回して、誰も自分たちに注意を払っていないのを確認する。

「これから話すことは絶対に誰にも話すなよ」

「えと、フリ？　……じゃなくてマジなんだね」

真面目な誠一の表情に気づいた麻衣が居住まいを正す。

「ああ」

「わかりました」

叶馬と麻衣も頷いたのを確認した誠一が声を潜める。

「絶対に死ぬな。少なくとも全滅だけは避けるように動いていく。意味がわかるか？」

「えっと、叶馬くんからもらった、あのクリスタルみたいな奴。もしかして、アレってあたしたちから、ドロップしたの？」

最初のダンジョンダイブで叶馬が確保した、三人の魂魄結晶《ソルデバイス》。

「俺たち以外のパーティーとダンジョンダイブするのは止めとけ。アイツらには、もうないんだ」

麻衣は表情を殺した誠一の言葉に、ぞくりと身体を震わせる。

何か、聞いてはいけないコトを聞いてしまったような寒気。

「知ってもどうにもならないものは、やっぱ聞かせるべきじゃないと思う。それでいいか？叶馬」

「ああ」

「この学園が普通じゃないのは、もうわかっただろ？　今なら学園から逃げ出すこともできない訳じゃない……」

「やだよっ、そんなの！」

テーブルに手を突いて腰を浮かした麻衣が顔色を変える。

他に選択肢があるのなら、最初からココには来ていない。

静香も麻衣に同調するように頷く。

「なら、俺たちは一蓮托生だ。まずは力をつけよう。全てはそれからだ」

＊　＊　＊

「とりあえず、寮の中でも内緒話には気をつけろよ。普通に盗聴器とかあるから」

という誠一の忠告に、麻衣と静香は驚いていたが、今更の話だ。

誠一がユー○ューバーであることは麻衣には秘密にしたほうがいいだろう。

学生食堂での打ち上げが終わった俺たちは、一時解散して各自の部屋に戻った後、何故か再び顔を突き合わせている。

というか、女子寮の中にいる。

正確には、静香と麻衣の部屋にお邪魔していた。

禁断の園に足を踏み入れたドキドキ感が堪らない。

まあ建屋自体は黒鵜荘と白鶴荘に大した違いはなかった。

内装が若干女の子っぽい感じがするのと、独特の女子臭が漂っていた。

部屋に来るまで何人かの女子寮生とすれ違ったのだが、上級生っぽい人からはこの好き者めっという感じで見られ、新入生っぽい子からは恐怖の眼差しで見られた。

クラスメートではないはずだが、どこまで風評被害が広がっているのだろう。

「あー、なんつうか、最初に謝っておく。俺が悪かった」

麻衣のベッドに腰掛けた誠一が頭を下げてくる。

静香のベッドに座った俺とは、ちょうど向かい合わせの状態だ。

新入生に割り当てられる部屋の形状は男女同じなのか、窓際に並んで据えつけられた机も一緒だ。

そちらには静香と麻衣が椅子に座って、俺たちを黙ったまま見守っている。

特に麻衣がすごく心配そうな眼差しなのだが、いまいち状況が摑めない。

「何のことだ？」

「水に流してくれるのはありがたいが、遺恨は残したくないんだ。……静香がそっちで輪姦《まわ》されてるのはわかってた。承知で、俺がけしかけたんだ。静香も、すまない」

「あの、いえ……その」

閉じた膝の上に両手を乗せた静香が、困ったように俺を窺い見てくる。

そういえば初日からしばらくは闖入者がいろいろ来たような気もする。

誠一のベッドを牡臭塗れにした挙げ句、遅刻とかしまくっていたようだが。

「叶馬くん、ゴメンなさい。あたしも気づいてて何も言わなかった」

「麻衣、お前は関係ない」

「関係なく、ないよ。あたしだけ知らない顔してたら、静香の友達になれなくなる」

涙目で頭を振った麻衣が静香の手を握る。

「麻衣、さん」

「生贄にしちゃってゴメンね。あたし……ゴメンなさい」

肩を抱いて落ち着かせている静香が、どうしましょうといった感じで助けを求めてくる。

「ふたりの気が済むなら、叶馬くんに好きに嬲られても、お、同じ目に合ってもいいよ」

「待て、麻衣。なら俺がっ」

俺がどうするというのだろうか。

男子寮でダース単位の先輩方を相手にわっしょい祭りでもして生中継するのか。

間違いなく稼げない。

一部では熱狂実況されそうだが。

「落ち着け」

ＤＶ野郎の悪評に、バイセクシャラーの異名が追加されそうなので誤解を解こう。

「静香は性的暴行は……だいたい受けてない」

俺からとか、視姦的な羞恥プレイは含まれるのかどうか。

どうも説明が下手なので静香本人にお任せする。

「……つまり、全部返り討ちにしてたのか、叶馬が」

「だいたい」

静香を見ただけで処刑していくのは、ちょっとジェノサイダー過ぎるので。

「じゃあ、叶馬くんとずっとラブエッチしてたんだ？」

「……えと、はぃ」

「眠そうにしてたのとか、叶馬くんが寝かせてくれなかったの？」

今泣いたカラスがもう笑った的な麻衣が、ニマニマと静香を弄っていた。

赤面して俯いた静香が正直に答えているが、なかなかの羞恥プレイである。

タオルを使用したソフト拘束とか、進行中のア◯ル開発とかユー◯ューバーに筒抜けになってしまった。

「……誠一もエロエロだと思ったけど、叶馬くんすごいね。感心しました。好きにしていいというのはなしでお願いします」

真顔で尊敬の眼差しを向けてくるのは止めてほしい。

あと、最初から親友の女に手を出す気はない。

「いや、それでも俺が悪意を持って仕掛けたのは変わらない」

「うぅ……じゃ、じゃあ誠一が見守っててくれるなら。あと、お尻の初めては誠一にあげたいから、そっちはなしで」

「麻衣、なら俺がっ」

お前の初尻を捧げてもらっても、その、取り扱いに困る。

地味に鼻息が荒い静香さんとか、実は腐ってる素質があると思う。

収拾がつかなくなってきたので、いろいろ準備とかし始める静香を引っ張って座らせた。

「全部ひっくるめて謝罪を受け入れよう。静香も、いいか？」

「……はい」

少しだけ不満そうなのだが、押忍押忍プレイが見たかったのだろうか。

＊　＊　＊

だいたいそうなるだろうと薄々は悟っていたのだが、俺たちはそのまま静香&麻衣部屋でお泊まりとなった。

「ん……しょっと」

自分のベッドの上でペタンと座り込んだ麻衣が、すぽんとトレーナーを脱ぎ捨てる。

だぼだぼの上着を脱いだ麻衣の上半身は、可愛らしいイエローのブラジャー一枚だった。

エロい気分になるというより、健康的なお色気で可愛らしい。

「おう、躊躇しねえな」

「だって、ダンジョンの中でも見せ合いっこしながらエッチしたし、これから一緒に行動するなら必要だもん。誠一が我慢できる訳ないし」

「わかってんじゃん」

胡座をかいていた誠一は、麻衣の身体を抱き留めて下半身に手を伸ばしていた。

あれだ。

検索ワード『ｏｒｇｙ』とか『ｄｏｒｍ』で拾ったX動画のようなシチュエーションである。

こちらはといえば、静香ベッドの上で正座した膝を突き合わせつつお見合いしていた。

行為自体に戸惑いはないのだが、かなりスタイリッシュなムービーシーン感がある。

じりじりと静香のほうから膝を股に挟むように接近してくるのがよいプレッシャー。

今日の静香の部屋着は、ワンピースのキャミソールという奴なのだろうか。

シンプルな、ある意味野暮ったいデザインなのかもしれないが、静香の撫子っぽいお淑やかな雰囲気とマッチしている。

じりじりで少しずつ捲れていく太腿がとてもブリリアント。

一時期洋モノにハマっていた影響で思考がイングリッシュ。

ここで日和って逃げ出したりすると、ガチ泣きしてリスカとかやらかしそうなのが少し怖い最近の静香さんだ。

そもそも据え膳逃亡をやらかすほどモラリストではない。

難しく考えず、ふたりきりのつもりでレッツトライ。

「あ……」

腰を掴み、お尻をシーツの上で滑らせるように抱き寄せて手元に寝かせる。

キャミソールの裾が派手にずり上がり、麻衣とは反対にもっちり安産型な下半身が剥け出た。

ダイレクトタッチのシンクロというよりも、こちらがアクティブに求めた行為自体に安堵しているようであった。

こんな可愛らしく求めてくる女の子に気づかないフリして添い寝するなど、重度のインポテンツか解脱寸前の禅僧だ。

セックス中はどうやってもがっつりシンクロするので、こちらから攻めていくスタンスで征く。

右の掌で頬を撫で、俺の性的興奮度を馴染ませるように伝える。

それだけで辛抱堪らないように身悶えする静香は、太腿を捩り合わせて呼気を乱れさせていく。

下着に寄せ上げされて谷間を作っているオッパイに左手を乗せ、カップ越しでもしっかりと痼っている手応えの先端を引っ掻く。

かりっ、かりっと引っ掻くたびに、静香の身体が小さく反る。

最初から生乳を両手で鷲掴みにしてレッツインサートでも静香は構わないらしいが、隠しステータス的なマゾ値が変な領域まで育ってしまいそうなので自重している。

頬を撫でている右手の親指を咥えた静香が、んっんっ…と吸っている。

足の間に手を伸ばすと、根元のほうが既にじんわりと熱っぽい。

指の背を恥丘の窪みに乗せ、ショーツ越しに上から下にするりするりと滑らせた。

くっくっ、と浮き上がる腰に合わせ、少しずつ股が開いていく。

着衣というのは、心理的な装甲であり甲冑である。

セックスにおいては脱衣で裸体になる、という非日常が交尾への合図になる。

対して着衣のまま行為の度合いを深めていくのは、性交への忌避感を薄皮一枚和らげているようなモノだ。

あまりいい性経験をしてこられなかった静香には大事なプロセスになる。

決して俺の性的嗜好ではない、ないのだ。

ペロペロと唇をなぞる指を舐めていた静香を撫で、お尻からショーツを卵の殻を剝くように脱がした。

シーツに沈み込む柔らかい尻肉の上で、肉の割れ目が牝の臭いを立ち籠めさせていた。

しっとりと柔らかい襞を掻き分け、谷間の底に開いた肉の穴に指先を潜らせる。

指先が捉えるねっとりとした感触に静香を見下ろすと、自分でも状態を理解しているのか逸らされた顔がとても紅い。

どんなに静香が認めたくなくても、エロい身体に育っているのは間違いない。

二本の指を折り曲げたり回転させたりして、穴の中で潤滑油を馴染ませ、ほぐしていく。

抜き取った指先を舐め、入口の穴が十分に広がるのを試す。

中へ空気が入り込むのを感じた静香が、口元に手を当てて潤んだ瞳で見上げる。

頃合いだろう。

俺と誠一は学校へ直登できるよう制服を着たままだ。

皺にならないよう畳ませていただき、お先にすっぽんぽんへとフォームチェンジ致した。

「……わはー、アレは確かに」

「……とりあえず静香は専属だな」

雑音が聞こえるがナイーブな俺はスルーだ。

品評会とかされてもブロークンにシットダウンする可能性が高い。

静香さんはどうかといえば、脇目も振らずじぃっとモノを見ながらお待ちいただいているようであった。

そのライオンハート、見習わせていただきたい。

＊　＊　＊

「あっ、あっ、んっ…」

「あ…あ…いっ、すごっ」

ギシギシとベッドが軋む音が響いている。

二種類のリズムは自然と足並みを揃え、片方が止まってもゆるりと復帰して二重奏を続けた。

肌寒さを感じた部屋の空気は、むっとした熱に茹だっている。

「せ…いち、すごい…ダンジョンでもいっぱい、シタのにぃ」

ベッドボードに背中を預け、頭の上に手を組んだ誠一がニヤリと口角を上げる。

全裸の麻衣は、ベッドの上に仰向けとなった誠一の腰に背中を向けて跨がっており、とろりと蕩けきった表情で振り返る。

前屈みで自分から揺すり続ける尻の中で、入学してからずっと専用で挿れられてきたペニスがこれでもかと憤っている。

刺激不足で遅漏になっている訳ではなく、程よいタイミングで幾度も精が放たれている。

麻衣も注ぎ込まれるたびに、熱がねっとりと腰の奥に滲透し、疼きとなってどんどん深みに誘導されている感覚を覚えていた。

「あっ」

ペチン、と尻が平手打ちされ、カクカクと太腿を震わせた麻衣の尻が落ちる。

根元まで咥えた尻の中がきゅうきゅうと搾られた。

「いーい感じで絶倫になっちまった。レベルアップ様々だぜ、ホント。ナンボでも麻衣のケツで気持ちよくなれるわ」

「んぅ……もぉ、付き合わされる、こっちは頭ぁ…馬鹿になっちゃうよぉ」

「わーるいな、お前はもう俺のモンだ」

「うんぅ！」

ペチン、と尻が鳴らされ、麻衣は幸せそうに背中を反らせて尻を締めつける。

ベッドの上を照らすサイドライトに、抱え込んだ小振りな乳房がぷるぷると震えるのが艶めかしく映えていた。

「あっ、あっ、んっ……」

一定のリズムで尻を上下させる静香は、正面から叶馬に縋りついた格好だった。

胡座をかいた叶馬の股座にすっぽりと填まり込み、脇の下から回した手で肩をぎゅっと抱き締めている。

しっとりと汗を掻いた肌は既に全裸になっている。

行為中は特に肌を合わせることを求める静香であったから、押しつけて潰れている乳房の柔らかさを堪能する叶馬はご奉仕モードを受け入れている。

「静香はずいぶんと甘えん坊みてえだなあ」

「ああ」

揶揄する言葉に、離れまいとぎゅっと腕に力が込められる。

「それがいい」

「くは、甘やかすのが好きなんかよ。いんじゃね。尽くすタイプだろ、ソレ」

胸の中に潜り込もうとするように、ぎゅうぎゅうと抱き締めてくる静香を叶馬があやす。

温もりの代償に少しでも快楽を捧げようと、きゅっきゅと振り続けられる尻が健気であった。

まだ誠一と麻衣相手に媚態を見せるのに抵抗があるのか、叶馬の身体から離れたがらなかった。

それでも仲間の間で、しっかりと自分は叶馬専用だと誇示するために、自分から身体を捧げて奉仕を尽くした。

ねっとりと肉の合間を掻き回す叶馬のモノが、どうしようもなく気持ちいいポイントを穿り、いつもどおりの喘ぎ声が漏れ出していた。

上下する尻の動きが緩慢になっていき、代わりに叶馬の胴を挟んだ太腿に力が籠もっていく。

すぐに根元まで咥え込んだペニスを搾りながら、限界寸前に到達してしまった静香がぷるぷると叶馬の腕の中で震えた。

叶馬は一番愛らしい状態の静香を撫で、ゆっくりと愛でながら最後のひと押しをずぶりと押し込んだ。

溺れるように藻掻く静香が、優しく抱き留められていた。

深く達した静香は叶馬の肩に頬を乗せ、しっかりと離れないように手足を絡みつかせる。

あとは叶馬が満足するまで、自分の身体を使ってくれるはずだった。

耐えるのとはまた違う、嬲られる愛しさ。

自分の全てを委ねることができる至福。

「……すごく、静香幸せそう」

蕩けた表情の静香が振り向くと、誠一の上で抱き締められた麻衣が嬉しそうに微笑んでいた。

こく、と頷き、お互いに、と心の中で呟いた。

＊　＊　＊

「めっちゃ注目されているようだが」

ジロジロという不躾な視線が俺たちのテーブルに向けられている。

女子寮という聖域に、男ふたりが紛れ込んでいるので当然とも言える。

「慣れた」

男らしく、駄目なヒモ男発言をする誠一がサンドイッチにかぶりつく。

白鶴荘の食堂でいただいている朝食は、ビュッフェスタイルのサンドイッチであった。

朝食はパン食が多いそうだ。

黒鵜荘では米と味噌汁をベースにした和食がメインなので新鮮だ。

朝食は一日のエネルギーの源であるので、俺もがっつりいただいている。

ハムやレタスを食パン生地で挟んだタイプのサンドイッチではなく、ちょっと硬いコッペパンにサーモンやツナ、厚切りトマトや色とりどりの具材を挟んだサブマリンサンドイッチというスタイルらしい。

生ハムらしき具を挟んだ奴がうまかったので、追加をもらいに行く。

給食係のおばちゃんが苦笑しつつ追加で作ってくれていた。

「やはり気まずい」

「まったく自重してねえだろ。つかうまそうだから俺にもくれ」

三人分ほどもらってきたので、ひとつくらい構わない。

どうもレベルアップとかした影響なのか、カロリーが足りないような気がする。

トレイに山になっていたサンドイッチは余さず綺麗に食べ尽くしてしまいそうだ。

周囲の女子方から感心するような目を向けられている。

その視線に昨夜のような棘がないような気がするのは、それぞれ隣に座っている静香と麻衣がなんというか、ぽわぽわしてるのが影響しているのだろう。

満腹になっている子犬と子猫というか、まだ寝惚けているような、そんな状態である。

一部の女子からは、何故か羨ましそうな眼差しすら向けられているようだった。

第十章　……あっ

「さて、皆さんも各自ダンジョンに挑戦していると思いますが――」

一般科目の授業はごく普通に受けられるが、専門科目の授業は未だに現実遊離感がある。

専門科目用の教科書を開いても、RPGゲームの攻略本を見ているような感覚だ。

担任である翠先生が受け持つ、迷宮概論は特にその傾向が強い。

内容としてはダンジョン攻略に関する総合学問といった感じだろうか。

最初の講義ではダンジョン関連の施設周りについて説明を受けている。

主軸となるのは、やはり学園の地下にある『羅城門』だ。

月曜から土曜日の平日は、正午に開門されて午後五時に閉門される。

ダンジョンの中に突入するタイミングは自由だが、閉門時間には強制的に戻される。

一番混み合うのがこの閉門時で、上級生はダンジョンから任意脱出できるアイテムを使用してズラすのが一般的らしい。

アイテム『帰還珠《リターンオーブ》』は購買部で販売しており、ひとり一個十万銭と高額で日持ちせず、当日のみ使用可能だとか。

値段が値段なので、上級者向けのアイテムといえる。

ダンジョンから生還した場合、学生の収入源となるモンスタークリスタルを購買部へ持ち込む必要がある。

レジにあるキャッシャーのような機械で銭カードにチャージされる形になっており、やはりこれも混み合う。

クリスタルには『鮮度』があり、ダンジョンから出た瞬間から劣化し始めるのだという。

銭という独自通貨に換算されるクリスタル稼ぎは、アルバイトに近い感覚かもしれない。

ダンジョンダイブを普通の学校で例えるなら、きっと運動系の部活動＋アルバイトになるのだろう。

そう考えれば、さほど普通の学校と学園での生活に差はない気がしてくる。

多少、特に風紀的に差異がある気はするが。

「ダンジョンの攻略で重要な要素として、『スキル』と称される特殊技能が挙げられます。これは――」

スキルとかマジックとかいうよりも、超能力といったほうが個人的にしっくりくる。

最初にダンジョンの中でしか使えない、というお言葉があったが、空間収納《アイテムボックス》は外でも使えたような気がする。

というか便利なので使いまくっている。

危険な臭いのするデッド空間っぽいのだが、これがゴミ箱にちょうどいいのだ。

鼻をかんだティッシュとか、おティンティンを拭ったティッシュとか、お尻を拭いたティッシュ……は流石に便所に流すが。

そういえば、どれくらいの収納量があるのだろうか。

男子三人分は余裕で入った気はする。

ゴブリンとか何匹入るか試して見るのもいいかもしれない。

今日の放課後もダンジョンにアタックする予定なので、もうひとつのスキル、情報閲覧《インターフェース》についても検証しておいたほうがいいだろう。

実際、今も使っているのだが、これは常時発動型《パッシブ》スキルという奴だと思う。

どういう機能なのかというと、視界がファースト《F》パーソン《P》シューティング《S》ゲーム画面になる。

視界の右上にＳＰというバーグラフ表示が出て、左上にはパーティーメンバーリストとＳＰ表示がずらりと並ぶ。

左下には俺のステータス表示がされてたりする。

目玉を動かすと、視界の邪魔にならない位置に自動でインターフェース表示が移動し、結構酔う。

あと、視界内にいるクラスメートの頭の上に▼マークがついており、氏名とかが表示されてたりもする。

知らない相手の名前も知ることが可能となり便利だと思ったのだが、何故かフルネームで呼びかけると相手が泣きそうなほど怯えるので死に機能化していた。

ちなみに俺の表示レベルは29、誠一たちは一律で14レベルまで上がっていた。

視界の中の表示フレームに指先を伸ばし、少し位置調整をする。

ヴァーチャルウィンドウ的なタッチアンドドラッグで操作できる便利設計だ。

隣の席の奴が怯えた目をしているが、傍から見ればきっと怪しい挙動だろう。

そしてふと気づいたのだが、自分のステータス表示で『クラス』の文字がピックアップされていた。

現在の表示は『なし』だ。

タッチしてみるとリストボックスにずらずら候補と思われる単語が並ぶが、ちと多すぎて対処に困る。

あとで誠一辺りに相談してみよう。

＊　＊　＊

「それってクラスチェンジのことか？」

購買部で長物を見比べていた誠一が振り返った。

前回のダンジョンでは間合いを確保できる武器の有用性が証明された。

相手の手が届く範囲の外側から殴れるのは、やはり強いのだ。

今回は各自が長物武器を持てるようにと、購買部で品定め中だった。

「うむ」

そもそも『なし』状態なので、チェンジというよりはゲットな気はする。

「確かに、今のうちから考えてたほうがいいかもしらんが、まだ先の話だぞ？」

「ハイハイ。あたし魔法剣士とかカッコイイのになりたいですっ」

「ねーよ。そんなクラス」

新入生おすすめ装備セット（D）に含まれていた槍と同じものを手にした麻衣が突っ込まれる。

購買部で売っている槍の中ではこれが一番安い。

安いのだが作りはしっかりしているし、おすすめだけあって癖がなく使いやすいオーソドックスさだ。

和風の薙刀や、洋風のグレイブやハルバードなどの所謂ポールウェポンも並んでいるが、それなりの訓練を受けないと使い熟せないと思われる。

使いやすさは大事だ。

「……おう。その手にした鎖鎌とかサイコーに使いやすそうだよな」

「確かに叶馬くんには似合ってる……けど、似合いすぎてて怖いカナ」

「つかどこに置いてあったんだよ。マイナー武器過ぎるだろ」

鎖鎌術は武芸一八般にも数えられているというのに、まったく誠一のジョークは今日もウィットに富んでいる。

何故か安売りされていたので即購入である。

本当は分銅鎖が欲しかったのだが、どうやら扱っていないようだ。

仕方ないので鎖鎌を買い占めてみる。

「うわあ、なんか知らないけどすっごいコワイ」

在庫が少ないのか三つほどゲットである。

静香にも持たせたいのだが、鎖で自縛したり、鎌で指を切ったりしそうなので止めておく。

結局、誠一と麻衣が槍を、全員で耐刃グローブを購入した。

刃物の取り扱いに慣れないうちは、自分で自分の手を切ってしまう危険が高いのでおすすめだ。あと殴るのにも便利。

静香がシャドーボクシングの真似とかしていたが、すごくへっぴり腰で可愛い。

誠一は何か閃いたのかメリケンサックを購入していた。

トゲトゲの生えた世紀末風味がとても厨二テイスト。

ただでさえチョイ悪不良少年のようなルックスに定評がある誠一だ。

槍を斜に担ぎ、ゴツイ拳鍔を填めたデンジャー感に、廊下を歩けば視線を逸らされ道が開いていく。

「言っとくけどな、俺じゃねえからな」

ダンジョンダイブの時間を調整しようということで、羅城門へ降りる階段手前のエントランスにある自販機コーナーでティーブレイク。

ダンジョンの中に自販機はないので、水分補給用に買っていく生徒が多いようだ。

そういえば露店らしき店舗があったが、場所がランダムPOPらしいし期待してはいけないだろう。

試しにペットボトルの炭酸飲料と、缶コーヒーを買ってアイテムボックスに納れておく。

一度中に入れた飲料品が妙な変化を起こさないか少し不安だったが、あとで誠一にでもお裾分けしてみようと思う。

「ふむ。謙遜する必要はない。男子たるもの多少の凄味は纏うべき」

「そうな、多少はな。誰ひとり、顔を上げらんないようなのは過剰すぎんだろと思うんだよ」

もっともだ。

目立つような真似は避けようという話であったし、変に目をつけられて難癖をつけられる可能性もある。

要するに、ダンジョンでのバトルを前にして殺気が押さえられないと言いたいのだろう。

誠一も熱い奴だ。

「……ぜってーわかってねえだろ。すげえナチュラルに人の所為にしてる気がする」

「大丈夫です。叶馬さんは、格好良いです」

「手に鎖鎌持ってなきゃね。後、ヒュンヒュンするの危ないと思うの」

麻衣が忠告してくれるが、手に馴染ませておかないと実戦では使えない。

鎖にも十分な強度があるようだし、自作品より重量バランスもいい。

ちなみに、ちゃんと鎌の刃部分にはカバーが填められているので危なくない。

生徒全員が武器を持ち歩く豊葦原学園では、校則で校内抜刀禁止令が定められているのだ。

「あたしも初めて知ったんだけど、鎖鎌で怖いのって刃とかじゃないんだね……」

「まあ最初は何でも試したほうがいいんだろうけど、あんましイレギュラーな武器ばっか使ってるとクラスチェンジで失敗するぞ？」

デミタスな無糖コーヒーを手にした誠一がベンチに腰掛ける。

「失敗とは？」

「あー、順調にいけば、だいたい二学期にゃあクラスチェンジができるようになるらしいんだが」

豊葦原学園はオーソドックスな三学期制だ。

四月から七月までを一学期、夏休みを挟んで、八月から十二月までを二学期、冬休みを挟んで、一月から三月までが三学期だ。

「『聖堂《カテドラル》』でクラスチェンジをする時にな、変な経験積んでると、変なクラスが割り振られる、らしい」

「えと、どういうこと？」

ごく自然に誠一の隣を確保した麻衣が小首を傾げる。

「基本《アーキタイプ》クラスって呼ばれてんのが『戦士《ファイター》』だろ。後は『盗賊《シーフ》』、『術士《マギ》』とかな」

「オススメは『戦士』ってゆってたね」

確かに迷宮概論の教科書に載っていたような気がする。

クラスチェンジでは適応しているクラスが自動で与えられるとか。

そのための施設が『聖堂』らしい。

自動で付与されるクラスは資格が適応する中からランダムで選ばれるので、なりたいクラスがあるのなら何度もクラスチェンジを試さなければならないそうだ。

ただし、クラスチェンジのたびにレベルがリセットされるので、一種のギャンブルでもあるのだろう。

そのぶん、上位クラスになれば、身体能力補正も上がるらしい。

実際どんな感じなのかは、試してみなければわからない。

とりあえず言えることは、スキル制ではなくクラス制のRPGということだ。

「これが変なことやらかしてるとハズレのクラスを引くらしいんだよ。『遊び人《ニート》』とかな」

「……うわぁ。でも、ちょっとどんなスキル使えるのか興味あるかも」

「デカイ声じゃ言えないが、エンジョイ組はだいたいそういう奴になるらしい」

ダンジョン攻略を諦めた生徒をエンジョイ組と呼ぶらしいが、蔑称でもあるので自然と声が小さくなっていた。

隣にちょこんと座っている静香のステータスを眺めながら腕を組む。

右上のパーティーメンバーリストから開いてみたのだが、俺のステータスと同じように見れていた。

クラス『なし』にタッチすると、やはり同じように選択候補リストボックスがずらっと出る。

俺のリスト内容とは異なっており、選択肢もあまり多くはない。

誠一が言うところのハズレ系クラスも結構ある。

『遊び人』に『娼婦《ニンフ》』、『奉仕姫《メイドプリンセス》』、『性隷姫《スレイブレディ》』『人形姫《ハートレスクイーン》』、『肉便姫《オルギニアン》』とかちょっと怪しい奴の品揃えが多い。

『～姫』系はSRの表示がついていたが、レアであればいいというものではない。

無難っぽいレア系では『槍士《ランサー》』、あとは『術士《マギ》』系統の『巫女《ミコ》』だろうか。

『～姫』系の補正が結構よさそうなのだが地雷な予感がする。

とはいえ、『性隷姫《スレイブレディ》』とかいい感じでエッチっぽい候補を見ていると、いつの間にか左手を抱え込むように抱きついていた静香が潤んだ目で同じ場所を見ていた。

『人形姫《ハートレスクイーン》』とか『肉便姫《オルギニアン》』にカーソルすると哀しそうな感じになるのだが、あきらかに見えてるような気がする。

『奉仕姫《メイドプリンセス》』や『性隷姫』だと本人的に平気っぽいが、こんな派生先がなさそうな系はおすすめしない。

麻衣ではないが、まあ少しだけ使えるスキルに興味はある。

『奉仕姫』にそーっと指先を伸ばす静香を押さえる。

静香には操作できないと思うが。

どうやら、静香自身が情報閲覧《インターフェース》を起動しているのではなく、俺の視界情報を共有している感じらしい。

実際にクラスチェンジするのならば、こういう夜の営みに補正が掛かりそうなタイプではなく、ファンタジー的にスタンダードっぽい『巫女』とかだろう。

「あ～、ふたりだけの世界に入ってるところ悪いんだが」

「目立ってるというか、こっちが恥ずかしくなってくるってゆうかぁ」

なるほど、静香の上半身を押さえ込んでいるような格好なので、手籠めにしかけていると見えなくもない。

また誤解されそうである。

「誤解じゃないだろって突っ込みは控えとく。まあ、ボチボチダンジョン行っとくか」

「はーい」

「……あっ」

手元が滑って静香のクラスが『巫女』で確定してしまった。

静香を見ても特に変わった様子はなく、クラスにも不満はなさそうだった。

ただ本人のレベルが14から1まで下がっているのは、レベルドレインという奴なのだろう。

レベルダウンのぶん、SP値も若干下がっているようだが、そもそもSPの表示はRPGゲームでいうところのHPでいいのだろうか。

後の祭りだが、これは勝手に弄っていいものではなさそうだ。

「問題ないです。私で試してください」

「だが」

「私は貴方の物です、から」

「あーもー、いくよー。おいてっちゃうからねー」

＊＊＊

――穿界迷宮『ＹＧＧＤＲＡＳＩＬＬ』、接続枝界『黄泉比良坂』――

――第『参』階層、『既知外』領域――


「ゲギギィ」

棍棒を抱えたゴブリンが回廊から玄室に踏み込んだ侵入者たちに襲いかかる。
ス、と先頭に立った男子が右腕を大きく振りかぶり、手にした得物を投擲する。
手から離れた武器は、ただの物質となる。

それはダンジョンの中での戦いにおいて、ダメージを与えられないことを意味する。

常世の深度、世界深度が根源に近づくに従い、物質《マテリアル》と星幽《アストラル》の影響力は逆転する。

精神と肉体、魂と魄、心と身体。

羅城門システムの根幹である『拘魂制魄《こうこんせいはく》』術式は物質《マテリアル》と星幽《アストラル》を入れ替える。

すなわち精神を纏い、肉体を核として、瘴気の具現であるモンスターを打倒する。

常世の生物として鍛え上げることが困難な魂《アストラル》を、効率的に強化するためのシステムだ。

レベルとは魂《アストラル》の階位であり、強化された精神は常世においても肉体を従属させる。

精神が肉体を超越するのだ。

レベル基準にして10を越えれば、ほぼ星幽《アストラル》は物質《マテリアル》の影響を受けない段階になっている。

すなわち階層規定値20の第参階層モンスターにおいては、もはや通常の飛び道具の類いは目くらましにすぎない。

それを理解しているからこそ、何の警戒もなく突進したゴブリンの足に鎖が絡まり、勢いよく頭から転倒した。

投擲武器ではなく、狩猟用の拘束具として使用された鎖鎌は、目的どおりにゴブリンを足止めする。

転んだゴブリンが顔を上げると、突きつけられた槍の穂先越しに歯を食い縛った女子ふたりの顔が見え、そのままズブリズブリと刺し殺された。

手にした武器は、アストラルの一部として同一化する。

ふたつ目の鎖鎌を手にした男子の手でヒュンヒュンと旋回する分銅が、ショートソードを構えたゴブリンの腕を痛打する。

仰け反ったゴブリンの首元に、サクリと鎌が吸い込まれ、パッと青い体液が水平に散った。

そのまま鎖鎌は投擲拘束具として別のゴブリンを転ばせ、後詰めとなる双槍にトドメを刺されていく。

「シッ！」

踏み込むと同時に呼気を吐き、フェイントで体勢を崩したゴブリンに拳が叩き込まれた。

左で逆手に握ったショートソードはゴブリンの攻撃を受け流すため、右で握った拳のメリケンサックがゴブリンの顎を打ち貫いた。

武器を握っての殺し合いではなく、リングやストリートファイトだと捉えれば、彼にとってゴブリンの動きは素人のテレフォンパンチにすぎなかった。

打撃では殺傷力が足りなかったとしても、よろめきふらついたゴブリンは既に脅威ではない。

瘴気が具現化したモンスターであるとは言え、マテリアライズが生物を模している以上、肉体は物質的な生物でもある。

顎を打ち貫かれて脳を揺らされたゴブリンは、ぐらりと膝を突き、そのまま喉笛を掻き切られていた。

「――っし、悪くねえ。俺のスタイルが見えた気がするぜ」

深い吐息を吐いた誠一が自分の右手を見つめる。

「はぁ、怖かった……。やっぱり刺すって感触、気持ち悪い」

床に突いた槍に寄りかかる麻衣の隣で、がっちりと槍を握ったままの静香が頷く。

「でも、叶馬さんのお膳立てがあって、ですね」

「だねー。転んだゴブリンの手が届かない位置から、プスッならあたしたちでもヤレそう、かなー」

「俺もタイマンならギリ、って感じだな。つうか、飛び道具効かねえって先入観あったけど、足止めに使うとかよく考えついたな……って」

六角六尺棒を担いだ叶馬が、消滅したゴブリンの元に残っていた鎖鎌を回収していく。

それを腕を組んだ誠一が目を細めて睨んでいた。

「どしたの、誠一？」

「いや……ソレ、昨日拾った棍棒」

だよな、と言いかけた誠一の前で、するっと空間に溶け込むように六角六尺棒が消える。

こめかみに指を当て、斜め上を見上げたりした。

「なあ……叶馬、聞いてもイイか？」

「ああ」

「お前さん、なんか変なスキルとか使えたりする？」

「ああ」

自分のこめかみを揉みほぐす誠一を尻目に、ちょこちょことゴブリンクリスタルを集めた静香が叶馬に手渡す。

そのままじゃらじゃらと空間収納《アイテムボックス》に放り込まれた。

「次、行くか」

「いや、待て。ちょっと待て。流石に突っ込ませてくれ」

「えと、さっそく、スルの？」

「違う、脱がなくていい。フェラでもない」

ぺたんと足下にしゃがんだ麻衣が、むぅと頰を膨らませる。

「あたしより静香と、シタいの？」

「えと、イヤ、です」

すっと叶馬の背中に隠れるように逃げた静香が呟く。

「誠一。尽くしてくれる麻衣に不誠実だと思うが」

「あたしに飽きちゃったんだ……」

「違うっ、誤解だ！　俺も麻衣とヤリたい、いや、そーじゃなくてだな」

麻衣は手を伸ばし、誠一の股間にふにっと手を当てる。

「からかってゴメンね。でも、ちょっとそろそろ疼いてきちゃって……」

ボリボリと頭を掻いた誠一が天井を見上げた。

＊　＊　＊

ダンジョンの中で周囲を警戒しつつ、装備の着脱も考慮して背面立位をチョイスしていた。

壁に背を預けた俺に、後ろ向きで寄りかかる姿勢の静香が、くたりと脱力する。

お腹に回した手で抱き締め、下からもフックを掛けているのでへたり込んだりはしない。

ブラウスの中に這入り込ませた右手でおヘソの辺りを撫でると、仰け反って甘える子犬のように身体を擦りつけてくる。

最初の頃とは違い、静香が先に果ててしまうことが増えたので少し申し訳ない気がする。

気を使ってイッたフリをしてくれてるのかとも思ったのだが、繋がっている内側にかなりねっとしたのが絡みついて音とかもエロい感じ。

「んで、クラスチェンジしてなくても使えるスキルってことは、生まれついての異能《ギフト》ってことだろ？」

「たぶん、違うと思うが」

「ん〜……せーいちぃ」

レベルアップ酔いがいい感じにキマってしまったらしい麻衣が、正面から誠一に抱きついて子猫のように甘えまくっている。

スカートから可愛いお尻が丸出しで、誠一に抱えられた片足をもどかしげに揺すって胸元にべっとり頬摺りしていた。

「コレ、昨日の連戦で変な癖ついちまったか」

「今日はちゃんと準備してきたもん……だから、もっとシテ？」

「仕方ねえエロっ子だなぁ」

「バトルごとにズンズンって犯されると思ったケド、せーいち焦らすんだもん」

「毎回出す気はねえし、昂奮鎮める道具扱いでもいいのか？」

耳を食まれた麻衣が小尻を震わせて頷いていた。

「せーいちに使われるなら、いーよ。……夜はちゃんと可愛がって、ね」

最初の頃の印象と違ってすっかり健気に尽くす麻衣に感心するのだが、静香が変な刺激を受けてるのでほどほどがいいと思う。

具体的には私も、と態度と目で訴えている。

まあ当方は不退転です。

「ギフト、か。そういう奴もいるのだろうな」

所謂、超能力者という奴だろうか。

「華組にゃそういうのもいるって噂だ。血族遺伝つうのか、アイツらは何世代もここでレベル上げてるらしいからな。先祖返りやら突然変異ってのよりも、発現率が高いんだろうぜ」

「ふむ。ではやはり空間収納《アイテムボックス》は別物だな」

「……何それ」

「だいたい何でも入る謎の空間、らしい」

精霊のスケさんもできたてのスキルとかおっしゃっていた。

俺自身もよくわからないのだが、ざっと説明する。

ちなみにミーティングタイムが長引きそうだということで、静香は嬉しそうにご奉仕モードでお尻を揺すり続けている。

実際、静香には『奉仕姫《メイドプリンセス》』とかいう謎クラスがベストマッチしそう。

「レアとトレードしたって……『ショップ』か！」

興奮状態で身体を起こした誠一の胸元で、中もぐっと起きたのか麻衣がふにゃっと蕩け顔でしがみついていた。

「ダンジョン七不思議のひとつ。何でも売ってるダンジョン商店」

「ちなみに、前に店があった場所は壁だったぞ」

「だ、ろうな。あれは砂漠の蜃気楼みたいなもんだって云われてる。目撃情報は年に何回かあるんだが、探して見つけられるような代物じゃない」

またスイッチがオンになってしまったらしい麻衣がクイクイし始めるのを、撫で愛でる誠一が天井を見上げた。

何でも売っているというのなら、手段を探す誠一が調べていないはずがない。

「ま、ホントに在《あ》るんだったら探すまでさ。それで叶馬」

「ああ」

「それ、外で試したか？」

ダンジョンの外という意味であるならばイエスである。

「そっか……そっか、そっかよ。やっぱりかよ、くそっ」

「あっあっあっ、すごっ、すごいっ、せーいちすごいィ」

口角を吊り上げて笑みに歪めた誠一は、麻衣の両脚を抱えてガンガンと腰を振りまくる。

仮説が証明されて昂奮するのはわかるが、麻衣に追加で変な癖がつきそうだ。

羨ましそうに見る静香が無茶をしそうなので、ひょいと足を抱えて空中に持ち上げる。

拗ねたようにいじけるのは勘弁してほしい。

第十一章　クラスチェンジ

二回目のダンジョンダイブも順調にクリアした。

合計十戦ほどで、俺はレベル29↓31に、誠一と麻衣がレベル14↓20に、静香はレベル1↓3（巫女）に上がっている。

麻衣と同じ程度は戦っていた静香の上昇率が低い。

クラスチェンジの影響なのだと思われる。

それでもSPの数値は誠一と麻衣を上回っており、結果的にはクラスを取得したほうがいいのだろう。

そこでクラスとは何ぞや、という疑問が改めて湧いてきた。

これから授業の講義内容で出てくるとは思うのだが、どうやら俺たちは普通より少しだけ進行が早いようだ。

先生に余計な手間を掛けさせる前に、自分たちで調べるべきだろう。

一応ネットで『クラスチェンジ』をぐってみたのだが、案の定色んなゲームの攻略情報が引っ掛かっただけだった。

学園ネットワークからでも一応インターネットへ接続できるのだが、かなり厳重にフィルタリングされていて使いづらい。

ローカルな情報を調べるには、昔ながらのアナログに頼るしかないようだ。

そんなわけで、庭園の先にある図書館にやって来たのだった。

建屋の大きさは、時計塔や学生食堂に比べてこぢんまりとしている。

校舎とは接続していない単独の建物は、お洒落なロッジ風カフェテラスのようだ。

ダンジョン開放から三日目、俺たちのパーティーは各自情報収集や買い出しなどのオフ日程だ。

そもそも一般学生にとって、ダンジョンダイブは毎日挑むようなものではないらしい。

一部の戦闘狂《バトルマニア》を除けば週に二、三度。

学園側の規定では週に一度が最低限のノルマだ。

なのだが、最初の階層で苦戦するような俺たちはなるべく経験を積むべきだろう。

少なくともクラスチェンジはさっさと済ませておくべきだ。

静香の例を見るに、クラスチェンジするとレベルが初期化されるような感じだと思う。

図書館に入ると、入口の受付で施設利用の注意を受ける。

受付の人は学生ではなく、専属の司書さんだった。

中にある蔵書は歴史上貴重な文献もあるらしく、大事に使ってくださいね、とのことだ。

本の持ち出しは厳禁のようだが、コピー機が使用可能だ。

ＰＤＦ辺りにデータ化したほうが管理も楽なんじゃないかと思ったが、書庫に入って、ああ
これは無理かなと納得した。

入口正面には上下に繋がった階段があり、地下フロアにはぎっしりと本棚が、吹き抜けを囲

う中二階テラスにも本棚が、アーチ状の天井付近にまで本棚が並んでいた。

地震で大惨事になるんじゃないかと心配になる。

並んでいる本の多くは、武器になりそうなハードカバーの装丁だった。

普通の学校の図書室とはレベルが違う感じ。

その癖、気軽な漫画やライト小説も入荷してる模様。

何もいわずとも、何故か同行していた静香はぽーっとした顔で蔵書を見回していた。

いかにも本が好きそうなタイプに見えるが、実際好きなのだろう。

俺もこのカビたような臭いと、独特の静謐《せいひつ》さは嫌いではない。

すごくキラキラした目が、見てきていいかを問いかけている。

さっそく、嬉しそうに探索を始める静香は置いておいて、『クラスチェンジ』と『スキル』関係の資料が置いてある場所を司書さんから教えてもらった。

これらは閲覧頻度が高い資料として、ロビーに近い場所にまとめてあるそうだ。

クラスの種別一覧がリストアップされた分厚い辞典を抱え、閲覧机のひとつを占拠する。

蔵書量が図書館内のスペースを圧迫しているのか、閲覧コーナーはかなりせまっくるしい。

最初のレジュメを読み流し、ずらずらとクラス名が並ぶ目次を見ていく。

トップにある基本クラス、第一段階クラスの数はそう多くはない。

第二段階以降の派生系が一番多いのは、やはり『戦士《ファイター》』であるようだ。

このリスト自体には、過去に豊葦原学園の学生が得たことのある全てのクラスが記録されていた。

一頁につき、ひとつのクラスについて能力値補正やスキルの付記情報が記載されているのだが、千頁を越えている。

レア系の派生クラスには『愛と哀しみの道化師《ラブアンドピースオネスティ》』など、もはやどういうコンセプトなのか字面から想像もできないクラスがあったりして面白い。

そういったユニークだろ常考な奴に比べれば、静香の『巫女《ミコ》』はマギ系のアーキタイプッリー上にあった。

『祈祷《ウィッシュ》』と分類されたスキルと、それなりの戦闘能力を得られるハイブリッド的なクラスのようだ。

クラスチェンジというのは、溜め込んだ経験値を消費して改造強化手術を行うようなものだと思っているが、だいたい間違っていないと思う。

一度、公式なクラスチェンジ施設である『聖堂《カテドラル》』も見ておかなければならないだろう。

とりあえず『巫女』の頁に付箋を挟んだ。

教科書にもメインとして記載されていた『戦士《ファイター》』は一番なり手が多いクラスらしい。

物理で殴るというのが常道なのだろう。

中には、バトルで役に立ちそうにない非戦闘クラスも結構あった。

非戦闘系クラスの中でも、少し特殊な分類がアーキタイプにもなっている『遊び人《ニート》』系列だ。

主にダンジョンでのバトルに順応できなかった生徒が取得してしまうらしい。

ダンジョン探索は必須単位なので、適当に全滅を繰り返したり、パーティーに寄生したりしてると、そういう風な経験値を稼いでしまうのだろうと思われる。

また、非戦闘クラスの中には受付にいた『司書《ライブラリアン》』さんの『文官《オフィサー》』系列や、『職人《クラフター》』系列もあるようだ。

専門的なスキルはダンジョン攻略でも役に立つのだろう。

情報閲覧《インターフェース》で見た限り、上級生のエンジョイ組の方々は『遊び人《ニート》』系統がほとんどだった。

ちなみに『～姫』系はＳＳＲ《すごいスーパーレア》な分類で、校内でも数名しか所持者を見たことがない。

そのうちひとりは俺たちの担任である翠先生だ。

静香も資格を所持していた『肉便姫《オルギニアン》』なのだが、少しばかり経緯が気になる。

項目の取得条件では胸糞が悪くなる考察がされていたので読み飛ばした。

案の定、『～姫』系のクラスは、補正値は高いが派生ツリーがどん詰まりの罠クラスらしかった。

一応、不治の病を治療できそうな系も探してみたが、治癒系のスキルが使えるクラスはかなりレアだった。

『癒やし手《ヒーラー》』系の上位クラスにそれっぽいスキルがあるようだが、希少度でいえばＳＲ《スーパーレア》だろう。

クラス深度も第四段階になっており、在学生には該当者がいない。

レア系のクラス取得条件は本人の素質が関係あるらしい、と明確にはわかっていないようだ。

俺も誠一も『癒やし手』系の素質はないようで、クラスチェンジリストには出ていなかった。

静香の『巫女《ミコ》』が若干可能性があり、麻衣も『術士《マギ》』系から上手く派生すれば近いクラスに届くかもしれない。

ここら辺は資料をコピーして、パーティー相談案件だろう。

一度伸びをして首を鳴らした。

ペーパー媒体の資料で検索するなど久しぶりすぎて肩が凝る。

改めて俺のクラスチェンジリストを確認してみる。

1st：『戦士《ファイター》』、『遊び人《ニート》』、『斧士《スラッシャー》』R、『拳士《パンチャー》』R、『山賊《バンデッド》』R、『格上殺し《ジャイアントキリング》』SR
2nd：『闘士《ウォーリア》』、『引き籠もり《パラサイト》』、『男娼《エルフ》』、『侍《サムライ》』、『凶戦士《ベルセルク》』R、『殺戮者《スレイヤー》』SR、『使役者《テイマー》』SR
SSR：『色情王《サチリアージス》』、『絶倫王《ドンファン》』、『愚者王《ネイキッドキング》』
GR：『勇者《ブレイバー》』、『神殺し見習い《ジューダスサン》』、『雷神見習い《ライジングサン》』、『禍津日神見習い《ディアボリックサン》』、『餓鬼喰い《オーバーグリード》』、『＊＊＊』

レア順にソートしたリストを眺める。

『～王』系は、女子の『～姫』系みたいな奴らしい。

『SSR』はクラスチェンジ先のない特殊系のようだ。

ちなみに『勇者』以降は学園クラス辞典にすら載っていなかった。

文字化けしてるのとか、ちょっと怖くて確認しようとも思えない。

レアリティ表示が『GR』になっており、罠の臭いがプンプンだ。

誠一も似たような候補リストだったが、全体的にすごく脳筋っぽい。

あまりレア系を選んでも、派生系の予測がつかないので避けるべきだろう。

この中から選ぶのならば『闘士』から『使役者』までの、第二段階に認定されているクラスだろう。

本人の適性次第で飛び級的に派生クラスに就くことがあるらしいので、つまりは俺に合っているのだと思われる。

『遊び人』系列の『引き籠もり』『男娼』は論外。

『凶戦士』と『殺戮者』は、なんで俺にこんなリストが出るのか不思議なので却下。

少し気になる『格上殺し』は、レベルが上の相手に強力な補正が掛かるようだが、限定的すぎる。

『使役者』は獣使い的なイメージなのだが、静香石の関係でリストに出ている気がする。

『勇者』は何かこう、字面からして恥ずかしいし、魔王を求めて旅をしなきゃ駄目な気がするので候補外。

やはり無難なところで『侍』だろう。

派生にはやはり『大名』とか『旗本』とかあるのだろうか。

情報閲覧《インターフェース》のクラス欄をタッチし、『侍』をカーソルして。

「あっ……失礼しました」

『雷神見習い』のクラスを取得した。

ありのまま今起こったことを話せばそうなるが、俺にも意味がわからない。

なんか自分のステータス表示にあるSPの下に、GPというバーメモリが増えている。

眉間を揉みながら振り返ると、俺の座った椅子に蹴躓いた女子生徒が怪訝な表情をしていた。

「普通科の方でしたか、貴方たちが図書館にいるとは珍しい」

上下ともに黒のセーラー服。

特級科生こと、華組の女子だ。

共通の学年章を見るに、同じ新入生。

黒い絹糸のような髪が腰にまで伸ばされていた。

腰に提げた刀は、漆塗りの拵《こしら》え。

名は薫《かおり》、クラスは『侍《サムライ》』ときた。

すごく喧嘩を売られているような気がする。

「失せろ。女郎」

わかりやすく俺の気持ちを表現してみた。

見せびらかすような『侍』クラスがいい感じで気持ちを逆撫でしてくださる。

比べてこちらの『雷神見習い《ライジングサン》』とは何なんだと。

おヘソを取るスキルでも使えるのかと。

情報閲覧《インターフェース》のクラス欄はがっちりと固定され、レベル表示も1になっている。

いや、そもそもこの情報閲覧《インターフェース》の操作性が悪いのが問題なのだろう。

今度スケさんに会えたら、ヴァージョンアップとかしてもらえないだろうか。

少なくとも、「本当によろしいですか？」の選択確認は欲しい。

チャキ、という音が静まり返っている図書館の中に響く。

ドサドサとお侍様が抱えていた本が床に落ちる。

書物を投げ捨てるなど品性に欠ける。

おしろいを塗したような色白の整った顔を上気させ、腰に佩《は》いた刀の鯉口を切っていた。

反りから見て太刀ではなく打刀、わざわざ刃を上にしているので差した刀というべきかもしれないが、固定フォルダーでベルトに吊っているので佩いているという表現が正しい気がする。

まあ正直、太刀も打刀も、抜刀術使い以外にはすごくどうでもいいと思う。

「……謝罪して言葉を訂正しなさい」

ふむ、誠一にもお前は表情がわかりづらいから言葉にしろ、してくれと言われている。

「お前は品性がない。すごくどうでもいい。失せろ。女郎」

要点をわかりやすく伝え、クラス辞典に向き直る。

ちなみにクラス辞典のレジュメに書いてあったが、クラスチェンジでレベルが初期化されるのは仕様らしい。

第一段階のクラスチェンジを可能にするレベルは10。

第一段階から第二段階のクラスへチェンジするには20のレベルが必要になる。

『なし』から第一段階クラスを飛び級して第二段階クラスに就くのは、クラスチェンジ後はレベルアップに必要な経験値が割高になることを考えるとラッキーといえるだろう。

俺の場合、クラスを再取得する手間を考えると無駄足を踏まされた感がある。

クラス辞典を抱えてコピー機を借りようと席を立つと、鯉口を切ったままの刀をカチカチ言わせているお侍様が、顔を真っ赤にして口をパクパクさせていた。

「クックック」

鯉口だけに鯉の真似事とは、これは一本取られた。

＊　＊　＊

「——物心ついて以来、これほど侮辱されたことはありません」

薫は収まらない怒りで自分の声が震えているのを感じた。

普通科の学舎とは隔離された特級棟。

特権を象徴するような生徒会室の中にいるのは、特級科学生の中でも特権を体現している者のみである。

「面白い奴がいたもんだ」

愉快げに笑うのは、縦にも横にもデカイ男子学生であった。

生徒会副会長、耕司《こうじ》。

『城壁騎士《フォートレスロード》』という上位レアクラスに相応しい巨体が革張りのソファーに沈んでいる。

レアクラスであるというのはステータスであり畏敬の対象だ。

敷かれているレールに沿った流れが標準《アーキタイプ》クラスだとすれば、己が確立したスタイルにクラスを従わせるのがレアクラスといえる。

上位レアクラスに就いているという事象だけで、その者は疑いなく実力者である証明だ。

純粋な強さは外の世界の権威が横行する世界でも、無視できない『武威』となる。

「笑い事ではありませんよ。昨今の規律の弛みは目に余る。我々が下々に舐められている証しと言えるでしょう」

氷のように冷たい目をした男子学生が、酷薄な目を薫に向けた。

「何故、その場で切り捨てなかったのですか？」

「そっ……」

「おいおい、礼治《れいじ》。あまり無茶を言ってやるな」

左様《そう》することが当然であるかのように責められて怯む薫に、あきれ顔の耕司がフォローに回る。

切捨御免状。

特級科に赦された特権であり、校内抜刀許可条にも記載されている『無礼打ち』を指す。

旧軍学校時代より引き継がれている例規は改正と附則を重ねつつ、一部は時代錯誤と誹られそうな校則が罷り通っている。

「憶したのでしょう。故に舐められる。だから女は、と」

生徒会副会長、礼治。

『懲罰者《パニッシャー》』というほぼユニークに近いレアクラスを得た、前生徒会長である。

特級科の学生が普通科の学生を無礼打ちした場合。

速やかに学園へ届け出を行う必要があり、如何なる理由であろうと二十日間の停学謹慎が課せられる。

例規上はそれだけだ。

「毎年この時期には、身の程を弁えない新入生に訓戒を与える必要があるのです。それが我々の勤めでもある。貴女はそれを怠った」

「そこまでにしておけ」

感情を感じさせない冷めた言葉が、サディスティックな熱が篭もり始めた礼治の弾劾を遮る。

生徒会室正面のマホガニーディスクに座った男子学生が、卓上から顔を上げていた。

豊葦原学園生徒会、会長、徹朗《てつろう》。

「フィアンセの不始末は自分で片づけると？　公私混同は上に立つ者に相応しくありませんね」

「くだらん。賤民の対応に一喜一憂する無様をさらす気はない」

さも些事であるかのように言い捨て、ぎしりと背もたれに背中を預ける。

遠回しですらない侮辱に、表情を押し殺したと自分で思っている礼治は、果たせず口元を歪めていた。

「……貴男は私たちの代表であることをお忘れなく。貴男が舐められるということは、私たちが堪えがたい屈辱を得るということ」

返事を聞くつもりはなく、席を立った礼治が背中を向けて生徒会室から出て行った。

「ハァ、仕様がない奴だ」

会長と副会長だった時代から付き合いのある耕司がため息を吐いた。

トップの座から次席に落ちた気持ちを思えば同情も湧いてくる。

学園を卒業した後も、現役の生徒会長という肩書きと、前会長という肩書きでは得られる箔も違う。

「……その、徹朗様。申し訳ありませんでした」

一転、しおらしく落ち込んだ薫が深く頭を下げる。

生徒会書記、薫という肩書きは、徹朗との繋がりがあってこそだった。

「くだらん」

徹朗は誰にともなく呟き、卓上の書類へと視線を戻した。

＊　＊　＊

白鶴荘三階、静香&麻衣の部屋にて。

合流するならここが正解だろうと思う。

携帯電話の類いが通じないので、気軽に伝言もできないのはやはり不便だ。

元々所持していないのでたぶんメイビーである。

麻衣も誠一に同行していたようなので、どっちかに連絡がつけば行方もわかるだろう。

ふたりとも既にレベルが20に到達していたはずなので、明日のダンジョンダイブ前にクラスを取得しておいたほうがいいだろう。

「んっん……ぅ」

深く顔を落としていた静香が喉を鳴らす。

思春期の男女がふたりきりで部屋に籠もっているわけで、陽も高いうちから自然とエロい流れになっていた。

この爛れた青春感、すごく憧れていた。

ベッドに腰掛けた俺の前に跪いている静香が、飽きもせずにソフトクリームを頬張るようにご奉仕してくれている。

お互い制服を着たままなので、この微妙なコスプレ感が素晴らしい。

頭を撫でてあげると嬉しそうに目を細め、口内に含んだモノへねっとりとした舌の感触が絡まる。

俺も既にいつ出してもおかしくないテンションに昂ぶっており、静香の大事なトコロもだいぶ茹だっていると思われる。

だがこれはあくまで静香からのご奉仕であり、お触り禁止をお願いされている。

あまり敏感に同期、同調するようでは日常生活は元より、ダンジョンのバトルでも問題があるということで訓練の一環だ。

ただ単に静香が奉仕好きという理由ではない、と思う。

『奉仕姫《メイドプリンセス》』とかいう謎クラスに未練があるのだろうか。

とはいえ、撫でて愛でるだけというのも持て余すので、ちょいちょい悪戯はしてしまう。

「んっんっ……んぅ！」

ぐにゅっと掌の中に収まらない乳房をひと揉みし、もうずっとコリコリに隆起しっぱなしの乳首を抓む。

ブラのカップの上からでもはっきりとした手応えを返す痼りを扱く。

床にへたり込んでいる静香のスカートの中で、太腿が辛抱堪らないという風に擦り合わされている。

俺がこのまま達してしまえば、フェラチオしているだけの静香も一緒にイクだろう。

既に訓練というより、フェティッシュなプレイにしかなっていない気はする。

髪を掻き上げるようにして後頭部に添え、健気にちゅっちゅと吸いついている静香のオッパイを揉みながら最後まで果てた。

静香は喉の奥で受けた射精をうっとりと胃の腑に落としながら腰を震わせ、やはり一緒に達してしまっていた。

精子を送り出すために膨らんだ尿道へ、静香の舌先が排泄を促すように擦りつけられている。

ずっと咥えていた静香の唇が涎塗れになっていたが、構わず少しだけ怒張が弛んだペニスに吸いついたままご奉仕を再開させる。

感度が上昇しているペニスのむず痒痛い感覚に、静香の右の乳房を握った掌に力が籠もる。

それでより一層、静香の奉仕が強まる謎循環となった。

もはや脱がない挿れない、というルールだけが残った相互快感プレイに移行していたが、全部どうでもいい気がしてきた。

「ただいまーって、わはー」

ガチャリと扉が開かれる音と、麻衣の声は同時だった。

「ご奉仕タイムですね。わかりますっ」

何がわかるのかわからないが、最初からアップテンションな子である。

静香は扉のほうをチラリと見てから、ご奉仕続行中。

「待っていた」

「ダブルご奉仕を希望とか欲張りさんだね！」

思うに麻衣は誠一というストッパーがいないと取り扱いしづらい。

「声がデカイ、つか視線が痛え」

麻衣の背中を押すように中に入った誠一が、扉を閉めてため息を吐く。

購買部マークの手提げ袋を持っているので、おそらくふたりで買い物デートでもしてきたのだろう。

「えっと、あたしをエッチなコトに使う時は、誠一を通してね？」

「いや、まだパートナーに登録してねえけどな」

何でも男女間トラブル防止の登録制度という奴らしい。

よくわからないが、静香がパートナー登録申請用紙というのを持ってきたので拇印を押した覚えがある。

「……訳わかんねえで気軽に捺印とかすんなよ」

「……静香って、やっぱりアレだね」

「んぅ」

聞こえないフリをして舐め舐めしている静香を撫でる。

静香の真意を疑う気はない。

信頼とも違う、契約関係に対する信用という感じだろうか。

ちなみに男子はネクタイ、女子はスカーフに着ける専用のピンバッチがパートナーがいる証しになるという。

これを着けている相手に強引に迫るのは御法度であり、決闘沙汰になるそうだ。

決闘制度《メンズーア》があるとか初耳だ。

「んで、スワッピングのお誘いか？　お前も顔に似合わず好きだよな」

「叶馬くんも男の子だったんだねぇ」

誤解で遺憾だ。

「ん～、ん。まあ、頃合いか……。あんま馴染みすぎると、堕ちちまうからな」

「……じゃなくてイイの？」

「男のほうからすりゃ都合がイイんだが、女のほうはダメだろ。やっぱ」

上目遣いで誠一を見た麻衣が、にへっと笑顔を浮かべた。

「ビビリ？　重い子は面倒？」

「言ってろ」

ツンツンとつつき合ってイチャつくのもいいのだが、ふたりきりの世界で完結するのは待ってほしい。

第十二章　隷属

「では、始めるか」

イチャつくのは置いておいて、ダンジョン攻略に向けたクラスチェンジの打ち合わせだ。

「えっと、でもお風呂に入ってからで……」

「違う。真面目な話だ」

ベッドに腰掛けてモジモジとする麻衣にぴしゃりと言い置く。

椅子に座った誠一が苦笑し、静香はベッドに座った俺たちを見る。

「静香に咥えさせたままで、マジメな話もねえだろ」

下着姿になった静香はベッドに横臥した姿勢で、俺の股座に顔を埋めたままだった。

床にへちゃっていた静香を抱き上げてみたら、スカートのお尻の下が染みになっていたので脱がせている。

「スイッチがオフにならない模様」

「……ああ、うん。静香は手遅れか」

「本人幸せそうだし、イイんじゃないかなっと」

誠一と麻衣が顔を見合わせて頷いていたが、さっきの堕ちるとかの件だろうか。

静香のコレは静香石の影響だと思う。

「一週間で堕ちちゃうとか、叶馬くんってどんだけオス度高いんだろ」

『絶倫王《ドンファン》』とかクラスチェンジリストに出ていたが、なんでそんなモノがリストに出ていたのやら。

「……うん、でも静香の様子見て、よさそうだったらあたしも、なっちゃってイイかも」

「で、何の相談なんだ？」

口元に手を当てた麻衣の言葉を遮るように誠一が身を乗り出す。

「うむ。俺たちパーティーの戦術方針についてだ」

「追加メンバーか？　まあ、ありだな」

言われてみれば、その方向性も考慮したほうがいいだろう。

パーティーの適正人数と言われているのは五名、最大六名までが羅城門で同一パーティーと認識される。

「確かに、最初から固定メンバーだけでダイブしてんのも怪しまれるな……。適当に野良メンバー入れ替えするか」

「誠一ならクラスの女子に当てがあるだろう」

「おい。止めろください」

じっとりとした麻衣の視線に誠一が慌てる。

だが俺が声を掛けると泣かれたりするので、メンバー補充に関しては誠一に一任である。

「男子でもいいじゃん」

「却下。下心丸出しの奴らしかいねえ」

ダンジョンの中で少々破廉恥な行為を致しているので、男子が余分に混じるとトラブルになりそうだ。

「じゃあしょーがない、かなぁ」

何故か機嫌が直る麻衣だったが、戦力的な意味では誰でも微妙だ。

「俺らも同じようなもんだろ？　ま、先行はしてるけどな」

「うんっ、結構力持ちになってるよね。筋肉とか変わらないのに変な感じ」

力瘤を作ってみせる麻衣の二の腕はプニプニだ。

「メンバーの追加に関しては誠一に任せるとして、本題はこれだ」

図書館でコピーしてきたＡ４用紙を誠一と麻衣に配る。

幸せそうに舐め舐めしている静香には、巫女《ミコ》の頁をコピーした用紙を後で渡す。

「クラス詳細か、これ」

「あ。なんか知らないクラスもある」

ふたりが現時点で取得可能なクラス頁をひととおりコピーしてきた。

それぞれレア順で誠一の場合。

1st：『戦士《ファイター》』、『盗賊《シーフ》』、『遊び人《ニート》』、『拳士《パンチャー》』R、『格上殺し《ジャイアントキリング》』SR
2nd：『暗殺者《アサシン》』、『忍者《ニンジャ》』、『男娼《エルフ》』、『間諜《スパイ》』SR
SSR：『絶倫王《ドンファン》』
GR：『＊＊＊見習い』

麻衣の場合。

1st：『戦士《ファイター》』、『術士《マギ》』、『遊び人《ニート》』、『火術士《フレイムマギ》』R、『格上殺し《ジャイアントキリング》』SR
2nd：『魔術士《ウィザード》』、『踊り子《ダンサー》』、『扇動士《アジテイエーター》』R
SSR：『愛玩姫《アイドルマスター》』、『性隷姫《スレイブレディ》』

という感じだ。

『～王』『～姫』系が罠職な理由は、レベルアップがほぼ無理になる所以らしい。

つまり再クラスチェンジもできなくなる。

補正は確かに大きいのだがバトル向けの方面ではなく、ユニークな能力を得られる代わりに変なペナルティーがついてくる。

『奉仕姫《メイドプリンセス》』の場合だと、ご主人様を設定する必要があり、ご主人様の命令には絶対服従、ご主人様から三日以上構われないと死亡するとか意味がわからないペナルティーだった。

その代わり奉仕に該当する行為には強烈な補正が掛かり、家事無双になれるそうだ。

渡したリストは誠一の文字化け＝サンと、麻衣の『愛玩姫《アイドルマスター》』、『性隷姫《スレイブレディ》』は除いてある。

『愛玩姫』、『性隷姫』はどっちもセックス関係の特化職で、多人数耐性とか精飲での体力回復とか微妙な特典しかなかった。

ただいろいろ肉体的に具合がよくなったり、老化が遅くなったり、とかの利点もあるようだ。

「わはー、絶倫王《ドンファン》とか。っぱないー」

「いや駄目だろコレ。無制限勃起はいいとして、一日一回セックスしないと死ぬってなんだよ……」

『～王』『～姫』系のペナルティーはだいたい死亡がセットなのでかなりリスキーだ。

ただし女性側に与える快感も増加するらしいので、麻衣がちょっと釣られている感じ。

ただ、そんな奴がパーティーにいても役に立たないと思われる。

「ならリストに混ぜんなよ……。つか、こんなもの見せて意味があるのか？」

「うむ。選べ」

ぴらぴらと指先に挟んだ用紙を振る誠一が怪訝な顔をする。

「いや。選んでも意味がねえだろ？　まだクラスチェンジできねえんだし、つうか選べねえし」

「問題ない」

どうやって説明したらいいものか。

口下手なのは自覚しているので静香さんから説明を代行していただきたい。

俺の祈るような思いが通じたのか、静香さんが何故か不満そうに顔を上げる。

でろんとだらしなくさらけ出されてしまった息子は、程よく萎えている。

立て続けに三度吸い取られ、難しいことを考えてしまった所以である。

静香さんは皆からの視線をものともせず、両手を胸の前で組み合わせて祈るように目を瞑る。

「祈願《ウィッシュ》」

小さな呟きに反応して、俺の股間がポワッと光り、ムクムクと息子の角度が回復していった。

満足した静香は、再び俺の股座に顔を埋めて舐め舐めし始める。

なるほど、『祈願《ウィッシュ》』スキルとはこういう使い方もできるのか。

なんて無駄に万能なんだろう。

「えと、静香、今ナニしたの？」

「スキル、使った？　のか。祈願って確か巫女が使えるスキルだろ？」

「ああ」

巫女の特徴である『祈願』とは、願い事を叶えるスキルだった。

ある意味万能の、夢のような力であるが、効果は些細な範囲に限られる。

力が欲しいと願えば、十冊の本が持てる者だったら十一冊持てるようになる感じ。

『祈願《ウィッシュ》』自体を攻撃に使うことはできないと思うが、モンスターを転ばせたり、ちょっとした怪我の治療だったりには十分役立ってくれるはずだ。

回春にも効果があるとは予想外だが。

静香に自由に使わせるのはちょっと問題があるような気がしてきた。

「――つまり、叶馬の情報閲覧《インターフェース》とかいうぶっ壊れスキルで、任意のクラスチェンジができるってことか？」

「β版みたいなスキルだと思われるが」

「馬っ鹿、お前、クラスチェンジ先を選べるってだけでどんだけ使えると思ってんだよ！」

俺も静香も、ちょっと思ったのと違うクラスになっているが。

「それってチョーすごい？」

「……いや、スゲーどころじゃねえ。叶馬、それ絶対に他人に漏らすなよ」

マジモードになった誠一が忠告してくる。

学園のデータベースに登録されていない未確認クラスやスキルは、取得したら報告しなければならないそうだ。

発見者ボーナス的な特典もあるらしいが、人体実験もどきの調査をされるらしい。

隠蔽決定である。

「なので誠一と麻衣は既にクラスチェンジが可能だ」

「わは。ラッキー」

「ちょっと待て。クラスチェンジの前提条件はレベル10が必要なはずだ」

「ああ、だから問題ない」

「まさか俺らのレベルもわかるのか？　どんだけチートスキルなんだよ……」

20もあれば十分だと思う、というかオーバーフローぶんがもったいない。

そして静香さん、そろそろ飽きないものだろうか。

確かに気持ちいいが、もう感覚が鈍くなって痺れてるような感じ。

「でも、魔法剣士はないんだ。んー、これ選べるとなったら迷っちゃうかも」

「これが俺の可能性ってことか。……やっぱヒーラーの目はねえんだな」

迷うふたりを尻目に、静香さんはパイズリご奉仕にご満悦だった。

してるほうが満足そうとか、セックスはいろいろ奥深い。

これ『聖堂《カテドラル》』に連れて行ったら、『奉仕姫《メイドプリンセス》』とかになってしまいそう。

「選ぶんなら第二段階クラスだろうな。最初から上位クラスとか訳わかんねえが」

「なら、あたしは『魔術士《ウィザード》』かな？　『扇動士《アジティエーター》』とかイミフだし。……あたしにヒーラーっていうのがあればよかったんだけどね」

「他の手段を探すさ」

イチャイチャといい雰囲気を作っているところ悪いのだが、早めに決めてほしいものである。

放置するとじきにラブフィールドを張るのには困ったものだ。

――穿界迷宮『YGGDRASILL』、接続枝界『黄泉比良坂』――

――第『参』階層、『既知外』領域――


トントンとステップを刻む誠一が、ふわりと身体の前でクロスするように両手を構える。

両手に握られているのはナックルガードがついた反りの強い短剣だ。

白兵戦に特化した短剣はトレンチナイフとも呼ばれる種類であり、指を保護するメリケンサック状のガードは最初から打撃にも使えるように設計された代物だった。

戦場においては文字どおり、塹壕《トレンチ》の中で肉弾戦の殺し合いをするための武器だ。

「ギギィ！」

木盾にショートソードを構えたゴブリンが、誠一の正面から突進してくる。

既知外領域においては瘴気が循環しておらず、遭遇するモンスターはほとんどが階層規定値の上限だ。

つまり第参階層でのゴブリンのレベルは種族限界でもあるレベル20となる。

わかりやすくレベルの強化値を表現すれば、レベル1ゴブリンの二十四分の強さだ。

ダンジョンの中で最低の基準値が普通の人間＝レベル1ゴブリンであるから、十分に化け物と呼ばれる強さであろう。

「……分身ッ」

ギリリ、と噛み締めた口元から漏れた呟きが、木霊のように重なる。

ゴブリンから見て、右と左へ同時に駆けだした誠一にたたらを踏んで、左右から顔面を打ち貫かれていた。

「コレ、気持ちワル……。両方の感覚があるんだが、どういう仕組みになってんだよ」

ひとりに戻った誠一が、ゴブリンの背中からトレンチナイフを引き抜いた。

『忍者《ニンジャ》』が使用可能になる『忍術』スキルのうち、『分身《ドッペルゲンガー》』である。

第二段階レアクラスである『忍者』は、肉体戦能力に高い補正が掛かるクラスだ。

また『忍術』のうち、『五遁の術』と呼ばれる魔法系スキルも使用可能なハイブリッドクラスとなる。

「ハーハーハー、燃えロー。燃えてしまえー！」

ハイテンションの麻衣が高笑いしながら杖を掲げる。

マジックロッドと呼ばれる術式補助具は、魔力制御器官が退化した人間が魔法を使用するためのアイテムだ。

保健療養棟の奥に設置された研究部署が現代に復活させた、遺失術法《ロストマギアロジー》の産物である。

購買部で術士用に販売しているマジックロッドがあれば、クラスチェンジによる人体改造強化と相まって、鍛錬を必要とせず『魔法』が使用可能になる。

『魔術士《ウィザード》』のクラスを得て魔力操作能力を強化された麻衣は、己のＳＰを魔力として変換する。

ＳＰとはソルポイントであり、魔力であり、瘴気であり、魂の構成元素であり、三千世界の根幹元素である第一原質《プリママテリア》だ。

千変万化する究極の触媒といえる。

マジックロッドを媒介して火の属性を与えられた魔力は、バレーボールサイズの火球となって杖の先に顕現する。

「チョイヤー」

マジックロッドでボールを投げるように振り下ろす。

ゴゥ、と風を切って放たれた火球は、回廊へ逃げだそうとしていたゴブリンに直撃して火達磨にする。

「あたし、覚醒！　チョー最強！」

「チョーしに乗んな」

腰に手を当てて高笑いする麻衣を小突いた誠一だが、玄室のあちこちで火達磨になったゴブリンに冷や汗が流れていた。

魔法が飛び道具として無効化されないのは、魔法が物質《マテリアル》ではなく星幽《アストラル》そのものであるからだ。

術士系のクラスは星幽《アストラル》の扱いに長けた強力なクラスであるといえる。

「でもっ、あたし強くない？　このパーティーの最強火力《ダメージディーラー》だと思います！」

「慣れるまで押さえろ。ちょっとマジで」

鼻息も荒い麻衣に危なさを感じた誠一が真顔で向き直る。

「でもでもっ、これでお荷物じゃなくなったんだよ。あたしも役に立てる」

「最初から足手まといだなんて思ってねえ」

「……せーいち」

シリアスな顔で迫られた麻衣は簡単に籠絡し、ふにゃりと誠一の胸へ寄りかかる。

「おいおい。たく、しょうがない奴だな」

「ふにゃ……あれ、なんか力が入らない、かも」

「お、おいっ？」

「ああ、そうなるのか。MP切れだと思われる」

六角六尺棒を肩に担いだ叶馬が、慌てた様子で麻衣を抱き締めた誠一に歩み寄る。

叶馬の情報閲覧《インターフェース》に表示されている麻衣のSPバーグラフは、八割程減少してグレーアウトしていた。

誠一の『忍術』、静香の『祈祷』でも減少していたが、一割も消費していない。

「そ、そうか……。心配させやがって」

「う～ゴメン」

「いや、危ない。RPGの体力と魔力、という感じでなく。HPとMPが共有値という感じでSPとして表示されている」

「おいおい！」

血の気が引いた顔になる誠一だったが、叶馬の推測は大まかな部分で正解していた。

肉体《マテリアル》を強化していた星幽《アストラル》が減少すれば、通常の人間と同じ状態に弱体化する。

今、麻衣が感じている虚脱感は、強化状態から通常の人間と同じ状態まで下がった落差によるものだ。

ただ、星幽《アストラル》が完全に枯渇すれば、肉体《マテリアル》も機能を停止する。

これは授業でも早々に講義される内容であったが、叶馬たちが先行しすぎていることによる弊害だった。

術士系のクラスが、効率よく星幽《アストラル》を扱えてしまうが故の危うさだ。

「今が最大値の二〇パーセントほどだ。バリアーの耐久力も減っていると思われるので、もう少し加減したほうがいいだろう」

「そっか、これ自然回復するんだよな？」

「うむ。外よりダンジョンの中のほうが回復値が早いようだ」

幾度も『祈願《ウィッシュ》』していたベッドの上の静香が、結局ＳＰの回復が追いつかずにふにゃって気絶してしまったのが昨夜だ。

レベルアップで増えるＳＰの値は、受け入れられる器の大きさだ。

器に溜まった星幽《アストラル》を消費しても、周囲から吸収して最大値まで回復する。

「ちなみにセックスでも回復する。そのぶん、誠一のＳＰが減るが。……あと、ＳＰが減ってると何故か発情状態になる」

ゴブリンクリスタルを集めてきた静香が、叶馬の隣でふいっと視線を逸らす。

ＳＰの減少で生存本能を刺激され、傍にＳＰに溢れた異性がいた場合、回収しようとする本能的な作用が働くようであった。

＊　＊　＊

「あっ……なんかすごぃ。お腹の芯までせーいちで充たされてく」

「おっお。吸われてってる感じするわ」

トロンとした惚け顔をさらす麻衣を乗せた誠一が、腰を痙攣させている。

誠一麻衣ペアがご休憩タイムの場合、俺たちも手持ち無沙汰になるので爛れたセックス中だ。

ちなみに『祈願』でアレを勃たせるのは自重するようにお願いしてある。

こういう他人からの干渉系スキルはレジストすることもできるらしいが、静香石リンクの影響なのか全然抵抗できないのである。

背後からペロンと捲ったスカートから覗くもっちり尻は、スキルとか関係なく勃起してしまうのも問題だ。

「ヤバ気な時は、麻衣の魔法で一掃してＳＰチャージもありっちゃありだな」

「う、うん。言うとおりにする……けど、これ。――あ、ダメっ、ヤバ！」

「どした？」

床に座った誠一に跨がっていた麻衣が、ガクガクっと失禁してしまったように震えた。

「あ、ん……んんぅ、なんでも、ない。よ？　そっか、こういう感じなんだ……」

ちらりと目を向けてきた麻衣に、静香がコクンと頷いている。

「うん。全然、問題ない……せーいち、好き」

「おっ、おい？」

「好き者だな、って」

ペロペロと猫のように誠一に甘える麻衣はどこか満足そうだった。

「術士の子はすぐに囲われちゃうって聞いたけど、こういうコトかぁ。うん、パーティー強化目的なら、アリだよね」

「あの麻衣さん？」

「んふ。誠一と叶馬くんに、ハーレム作ってあげよっかなって」

誠一に跨がったまま、指をペロリと舐める麻衣の笑顔に尻の穴がキュッとする。

顔が引き攣っている誠一も敬語だ。

「……麻衣、さん」

「男って、飽きる生き物だよ。静香。ほどほどにね、刺激は必要、だよ？」

手綱は握らなきゃだけど、と付け加えた麻衣に、渋々と静香が頷いていた。

誠一と目と目で通じ合った気がする。

よくわからないがすごく、怖い。

「邪魔しなさそうな子をピックアップして……うん、叶馬くんにクラスチェンジさせたら一気に」

「と、ところで叶馬！　お前のクラスって結局何なんだ？」

「あ、ああ……見習い、だ」

話を振るにしても、また答えづらいネタを振りおる。

まあ、再クラスチェンジするまで誤魔化そう。

振り向いた静香が、こてっと可愛く小首を傾げる。

この子は俺の情報閲覧《インターフェース》が見られるが、言いふらすような子ではないので。

＊　＊　＊

スキルの行使には、確固たる認識が必要、らしい。

つまり、スキルを使うというイメージを強く持って、言葉をトリガーに発動する。

授業では言霊という単語が使われていた。

誠一のように『分身《ドッペルゲンガー》』と直接言葉にするのが発動しやすいが、麻衣のように『燃えロー』でも火球を産み出すトリガーになる。

『戦士《ファイター》』が使う『強打』スキルは、『ハア！』や『チェストー！』などのトリガーワードでもいけるらしい。

上位スキルになれば正確な言霊のサポートが必要になるが、下位スキルは適当でも発動しやすいという感じだろう。

所謂、無詠唱というのはほぼ不可能に近いらしい。

『雷神見習い《ライジングサン》』などというアンノウンクラスは、使用できるスキルがわからずイメージできない。

つまり、スキルが使えないということだ。

クラス辞典に記載されていた情報はどうやって調べたのだろう。

おそらく、経験則によるデータの積み重ねなのだろうとは思うが。

「いかん。スキルが使えないと俺が一番役に立たない」

六角六尺棒を振って、ゴブリンのどぶ色をした体液を飛ばす。

本体は溶けるように消滅してしまうのだが、たまに残骸が残るのだ。

「いやぁ、バーサーカーみたいに突っ込む叶馬が半分くらいグシャってしちまってるんだけどな……」

幸い肉体戦能力の補正はそれなりに高いらしく、静香くらいの重さがある六角六尺棒も問題なく扱える。

ちなみに情報閲覧《インターフェース》によると、雑魚ドロップの癖に『餓鬼王金棒《オーバーグリードギア》』などという大仰なネーミングがついていた。

「うん。スキルとか関係ない感じカナ。『見習い』って肉弾戦特化クラス?」

指先に火球を浮かべていた麻衣が魔力に還元する。

最初から第二段階クラスが候補に出ていただけあって魔法関係の適性が高いのだろう。

あっさりと魔力操作を身につけられたようだ。

「どういうクラスなのか調べてもわからなかった」

「ああ、未解析クラスか。つか何でそんなクラスを選んだんだよ？」

「……聞くな」

クラスは段階が上がるに従って分岐していく。

つまり未解析のレアクラスが増えていく訳だが、だいたい前提クラスの特性を引き継ぐようなので目安はつく。

『愛と哀しみの道化師《ラブアンドピースオネスティ》』のような、ユニークだろコレなクラスも、前提クラスの吟遊詩人で解析済みスキルは使えるのだ。

最初からクラスツリーを逸脱した『雷神見習い』はどうしようもない。

「この階層では問題ないが、下の階層に挑む前にはなんとかしたい」

静香からゴブリンクリスタルを受け取りながらため息が漏れてしまう。

少し申し訳なさそうな静香だが、俺以上にきちんと役に立っている。

槍でのトドメ役とクリスタル回収の他にも、戦闘後の俺や誠一の怪我の治療に『祈願《ウィッシュ》』してもらっている。

RPGでのヒーラー的役割なので重要だ。

ただ、じぃっと見つめられても一戦ごとには致さないです。

「ゴールデンウィークまでに次の階層に挑んでみる、って感じだろうな」

それぞれが今のクラスに馴染めば、この階層で苦戦することはないだろうと思われる。

だが、全滅が許されない俺たちには、十分な安全マージンが必要だろう。

「うん。いいと思う。銭の溜まり方も、なんでかわからないけど余裕あるし」

「そりゃあ毎回ちゃんと生還してるからな」

「う、うん。でもクラスの子に聞いた額と、ちょっと桁が違う気が……」

「過少申告ってやつだな。順調に稼いでますって言った日にゃ、わんさかと寄生が」

テスト前に全然勉強してないわー、俺今回ダメだわーって奴だろうか。

「まあ、正攻法でパーティーを強化するんなら、順調に稼いでるのを宣伝したほうがいいんだろうけどな。俺たちは目立たないほうがいい」

「俺ツエーしてみたかったんだけど、しょうがないよね。レベルもバグっちゃったし」

「あー、コレな。『聖堂』通したクラチェンじゃねえからだな」

誠一が制服の胸ポケットから掌サイズのカードを取り出す。

見たことがあるような気がする。

片面には校章、片面は液晶モニターの電子学生手帳だった。

誠一のフルネームと、レベルやクラスが表示されている。

クラスは『ノービス』、レベルは『5』になっていた。

現状と全然違うのだが。
・船坂叶馬（雷神見習い、レベル3）

・小野寺《おのでら》誠一（忍者、レベル3）
・芦屋《あしや》静香（巫女、レベル5）
・薄野《すすきの》麻衣（魔術士、レベル3）

「全然ずれている」

「これな、ゴブリンの討伐数とかカウントしてるらしいんだよ。階層移動とかもカウントしてて、その階層の平均値から経験値を算出してレベル表示させてるんだと。経験値は最初レアモンとか倒したし、お前さんの情報閲覧《インターフェース》が本当の数字だったってことだろうな」

「ほえー、ハイテクだねぇ」

「ハイテクっつーか、ある意味ローテクの塊なんだろうぜ。遺失術法《ロストマギアロジー》とか意味わかんね」

便利なものだ。

この手のモバイルは何故か煙を噴くので扱ったことがない。

電子学生手帳も黒鵜荘の机の中に封印されている。

そういえば常時携帯するようにと言われていた気もするが、この精度の低いステータス情報を拾うためなのだろう。

「触ってもいいか？」

「ん。ああ……って、うわっ！」

ちょんと指先が液晶に触れた段階で、ぼしゅと音を立てて誠一の電子学生手帳が煙を噴く。

いかん。

モバイル破壊体質が悪化している。

「つか、あーもうコレどうすりゃいいんだよ？　修理費取られんのか？」

「すまん」

触っていいかと聞いた辺りで鼻息を荒くした静香さん、そこでケツを出しなさい。

＊＊＊

「とゆーかぁ。ふたりとも荷物全部コッチに持ってきちゃえばいいのに」

上はだぼっとしたトレーナー、下は可愛いクリームイエローのパンツをチラ覗かせている麻衣があきれたようにベッドに座っていた。

連日、白鶴荘の静香&麻衣部屋にお泊まりの俺たちは、通い妻ならぬ間男風味がそこはかとなく。

黒鵜荘はやはり男子寮であり、女子を連れ込むのは危ない。

パターンとしてはダンジョンから戻ったら黒鵜荘に帰り、早めの晩ご飯と入浴を済ませ、明日の登校準備を済ませてから白鶴荘にお邪魔して夜食をいただく、という感じだ。

致した後でサッパリしたいなと思うが、流石に女子寮の浴室は立入禁止だ。

ハイエンド寮に引っ越せればマンションのような自由空間が使えるらしいのだが、家賃として毎月それなりの銭がかかるらしい。

「んんー、ルームシェアみてえな感じでパーティー資金使えば引っ越せそうなんだが、新入生がこの時期にってのは悪目立ちすぎるぞ」

「でも余裕ができたら引っ越ししたいよね。すんごい乱痴気エロエロ生活になっちゃいそうだけど」

「今以上のどんなエロ生活がしたいんだよってのｊ」

「ふにゃ」

ぽてり、と押されて簡単に倒れた麻衣の腰を摑んだ誠一が、ニヤリとした笑みを浮かべてショーツをずり降ろす。

「ダンジョンの中でも散々ヤリまくって、部屋ん中でも準備万全のおま○こになってんじゃん」

「だって、せーいちがぁ……んぅ」

ちなみに静香さんは既にパイズリに夢中になっておられます。

すっかり静香のほうから迫られるのがエブリーになってしまったが、俺のほうから誘うのは難易度が高いのでぶっちゃけると助かっている。

状況が許されれば、いつ如何なる時でもエロしたい、俺らの年代はそういう生物なのだと思う。

静香の頭をナデナデしつつ、お尻を揉んでいると悟りを開いた気持ちになれる。

「んふぅ」

麻衣の腰を後ろから抱え、ずぶりと挿し込んだ誠一が舌舐めずりをする。

イチャイチャして合体、膝枕してテレビとか見た後に合体、軽くコーヒーブレイクした後にまた合体、とか実にフリーダムにセックスしているふたりである。

下半身から伝わる衝撃でシーツに蕩け顔を擦らせている麻衣は、自分の手をお尻に当てて割れ目を開いているようだ。

戯れのような挿入にもずいぶんとよさそうに見える。

「中、もうトロットロだぜ」

「挿入ってるだけで、もぉ、気持ちいいんだもん……。誠一の精液がお腹の奥でねちょってしてるの、好き」

ねろんっとペニスを抜いた誠一が、あっという間にキュッと窄まる肉穴に指を挿し込んで抉る。

「馴染みすぎだな。やーらかく解れちまって……叶馬、挿れてみるか？」

「む」

ペロっと指先を舐めた誠一が邪《よこしま》な笑みを浮かべる。

興味がないと言えば嘘になるが、がっちりと下半身をホールドしている静香さんは微動だにしない。

「ああ、静香を貸せって訳じゃねえぞ。ちと麻衣を軽く可愛がってやってくれ」

ひょいと麻衣の下半身を抱え、尻の底を俺たちのほうに向けてくる。

「やぁん」

「たっぷりほぐしてやったから、お前のデカチンでも挿んだろ」

腰が自然と浮くのだが、静香さんのホールドに体重が乗せられる。

左右から挟み込んで先端を咥えるという必殺技を仕掛ける静香さんはお地蔵様のように不動だ。

「えと……とーまくんとシテもイイけど。もぉ、手遅れだからね？」

「あ？」

お尻を抱えられたまま振り向く麻衣は、小鳥に猫パンチしている子猫の笑みを浮かべていた。

「だから、安心してあたしを貸し出してイイよ？　ちゃんと誠一のモノだから」

「……」

「どうした、誠一？」

「ああ、いや、うん……実はそんな気はしてた」

遠い目をした誠一が、麻衣を抱え直して膝に乗せていた。

「……えと、ヨロシク？」

「うん。了解、だよ？」

よくわからないが何らかの同意があった模様だ。

とりあえず麻衣は上機嫌で足をパタつかせていた。

幕間　電子学生手帳の取扱マニュアル

普通科の生徒たちの教室がある『教室棟』と、各種実習施設のある『特別教室棟』。

豊葦原学園において一番大きな施設は、そのふたつだろう。

また特別教室棟の建屋には、学園を運営する職員施設も内包されていた。

それは教職員が詰めている職員室の他にも、事務職員や技術職員、各種のインストラクターなどが含まれている。

特に、運動、武術、魔術に精通したインストラクターの需要は多く、対ダンジョン関係トラブルケースにおいては鎮圧部隊としての役割が期待されている。

そうした教職員を含めた学校職員の大半は、豊葦原学園の卒業生たちだ。

特にインストラクターたちの多くはダンジョンダイブで経験を積んだ、高レベル到達者、ハイレベルクラスチェンジャーだ。

教員資格を取った者、専門技術を有した職員についてはその限りではない。

外見は周囲に合わせ、レトロな木造建築物を偽装している隔離施設の一部は、鉄筋コンクリートで厳重にシールドされた学園のサーバー室になっていた。

温度と湿度を一定に保っている空調の音が、薄暗いサーバー室に響いている。

パソコンやモバイル端末、有線無線を問わないインターネット環境が爆発的に社会システムへと滲透してきたのは、僅か二十年程度前の話だ。

現代においては必要不可欠なインフラストラクチャーと化している環境も、世代間による理解力の差は大きい。

つまりはＩＴ関係技術における適応力だ。

豊葦原学園でもようやく滲透し始めたＩＴ技術は、その独自の遺失術法《ロストマギアロジー》と組み合わさって異質な発展を遂げている。

今年度から正式に導入された『電子学生手帳』もそれだ。

ダンジョン内で自動的に各種観測データを収集し、空間の瘴気圧を感知してモンスター討伐でのＥＸＰ値をカウントする。

メインの目的は異なるが、ＥＸＰ値データの観測が可能となったことにより、生徒個人個人の成績を『ステータス値』として管理できるようになっていた。

ステータスとして表示される『能力値』は、今まで積み重ねられた経験則から導き出した推測値に過ぎない。

だが、生徒の一括管理によるビックデータの収集が可能となり、より詳細なデータ解析が進むと期待されていた。

そしてやはり、そうしたＩＴ技術関連の扱いについては、若い世代の専門担当者に押しつけられていた。

「ま、そのおかげで学園に就職できたのだから、文句を言う筋合いではないのだけどね。そして」

五年という期間を過ぎた学園の卒業生には、いくつかの選択肢が提示される。

その中でも学園の非常勤職員は、望んでも選べない選択だといえた。

「たまに、こうして……活きのいいツバメも舞い込んで……くるぅ」

キーボードとモニターが置かれたコンソールに手をついた菜々帆が、突き出した尻をビクンッと震わせる。

背後からヌルっと射し込まれたペニスは、腹の中を押し広げるほどに硬く、勢いがよかった。

何より、がっつくような粗雑さが初々しく感じられた。

「あっ……はぁン！」

パァンっと平手打ちされた尻タブに、赤い手形が浮かび上がる。

キュッと締まった穴の輪を、ずぶっと肉杭が潜り脱けた。

無数のファンと空調の音だけが響いていたサーバー室に、パァンパァンっと尻を打ち鳴らす音が加わった。

普通科の女子生徒の例に漏れず、菜々帆の女性器は五年間みっちりと使われ捲り、熟練の娼婦よりも開発されて熟れきっている。

男性の学園職員から戯れで性処理に使われる他は、ずっとサーバー室に籠もっていた彼女だ。

律儀に毎日押しかけてきてはセックスしていく新入生の男子に、すっかりハマっていた。

右手で馬を操る手綱のように尻タブの肉を摑まれ、左手で真っ赤になった尻タブを繰り返し引っぱたかれる。

外側と内側からの刺激にキュンキュンと反応を示す膣肉は、根元から先端までズブズブと出し入れされるペニスに絡みついていた。

コンソールに突っ伏して遠慮なくアへり顔をさらし、尻を掲げる菜々帆の胎内にぶびゅびゅっと精子が注入されていく。

それは死徒とは違う、生徒の濃く活きのいい精液だ。

ダンジョンから解放された菜々帆にとって、それは子宮を蕩けさせる熱さと中毒性を持っていた。

余韻に下半身をビクビクと痙攣させる菜々帆《ななほ》の顔に、勃起して反り返ったペニスが突きつけられる。

「んっ……んぅ……れる」

新入生とは思えない立派な陰茎を舐め、促されるままに事後の処理を口で行う。

憎らしいほどに、学園で仕込まれた女の扱いをわかっている新入生だった。

先端を咥えて亀頭をチュッチュと吸っていると、ブラウスの上からおざなりに乳房を揉みしだかれる。

毎日律儀に一発、まるで経過を観測するように精子を射精してくる男子は、優しい手つきで菜々帆の髪を梳いた。

「だいぶ、馴染んだみたいっすね？」

「んっんっ……なにを今更。最初から……んっ、んぅ」

昼の間にペニスを射し込んで黙らせた男子は、真っ赤に腫れている尻を撫でる。

「ちょっとお願いがあるんですよ。いや、大したことじゃないんっすけどね？」

「んんっ……んぅ」

子種を撒かれたばかりの尻穴をクチクチと弄られながら、硬く熱いペニスを咥えた菜々帆が悶える。

最初から打算があるのはわかっていたことだ。

だがそれで、退屈な業務の息抜きと、思いもよらなかったボーナスを与えられるのなら、話に乗らない手はない。

何より、填められるものの相性が最高だった。

どさっとコンソールのシートに座り込んだ誠一は、股間に逸物をおっ立たせたまま菜々帆の尻を叩く。

「俺たちパーティーメンバーの『ステータス』、あんま目立ちたくないんだよな」

「そんなのは誤差の範囲ね……」

「だったら心配はいらねえかな」

シートに尻を降ろした菜々帆が太腿を絞めて顎を逸らした。

ブラウスの胸ボタンが外され、だらしなくはみ出たブラジャーの中に両手が差し込まれた。

「んっ……ただし、定期的にチェックする必要はあるわね？」

「そりゃあそうだ」

薄暗いサーバー室の中で、モニターに照らされた人影がゆるゆると絡み合っていた。

幕間　望むは青史系統樹

「ああ……」

背中をぎゅっと抱き締められると、快感の向こう側にある安らぎに自然と声が漏れた。

腰の上で子どもを宥めるように、あやされる。

それはリビドーに突き動かされたセックスではなく、温もりを与え合うような抱擁だった。

「静香。今日は本当にこの部屋に」

泊まっていくのか、という叶馬の言葉はガチャリと扉が開けられた音に途切れた。

頃合いを見計らっていた闖入者たちは、誰何の言葉もなくずかずかと室内へ這入り込む。

「おっ、まだ終わってねーじゃん」

「頑張ってるねぇ。後輩くん」

「ほらな、チラ見した時ケッコー地味顔だけど可愛い子だと思ったんだよ」

三人目の男子が静香の顔を覗き込み、後ろ手に扉を閉める。

扉の鍵はあえて閉めない。

追加交代要員はまだ来るだろうし、マスターキーを自由に使えるのは三年生以上の役職持ちだけだ。

まだ新しい、初々しい新入生を愉しみにしている者は多い。

叶馬に向かい合わせで抱っこされている静香は、怯えてその身体に縋りつきながらも諦めたように瞳から光を消していた。

じろじろと静香を背中から観察する男子が舌舐めずりする。

「ぽちゃ娘かと思ったけど着太りタイプかよ。イイね。ケツでかくてハメ応えありそうだな、オイ」

「ほれ、交替だぜ。一年坊」

「先輩方、これは？」

静香の腰を抱えたままの叶馬は困惑していた。

この状況下でも酷使したペニスが萎えていないのは若さ故だろうが。

「昨日の歓迎会ん時に、一応言っといただろ？　寮生活では譲り合いの精神が大事ですってな。寮内の共有物は大事に使いましょう。ただし、先輩後輩の順列はあるんだぜ？」

「や、ぁ……っ」

ぐっと脇の下から手を回された静香が、叶馬から剥ぎ取られる。

柔らかな乳房が、子どものように嫌々する静香の動きに合わせてプルプルと震える。

「おー、初々しいね。嫌がる仕草が新鮮でカワイー」

「はいどうぞって股開かれても萌えねーしなぁ」

「んじゃ俺一番……ってワハっ、スンゲーおま○こ、トロットロ」

誠一が使うベッドに放り込まれた静香の上に、ズボンを脱ぎ捨てた男子が飛び込む。

「あぁ……いやぁ」

「ほぉら、このまま突っ込んじゃおうねぇ。いただきますっ」

力なくのしかかった男子の身体を押す静香の下半身に、勃起した生ペニスが挿入されていた。

「静香」

「まあ、いい加減諦めて落ち着けよ。一年坊」

自分のベッドに押しつけられている叶馬が藻掻いていた。

手前に腰を乗せた上級生はニヤニヤとレイプを鑑賞しながら、片手で軽々と暴れる叶馬の頭を押さえ込んでいる。

最低一年、ダンジョンを攻略したことによるレベルアップに伴う膂力の絶対差。

叶馬の抵抗など駄々を捏ねる子どものようなものだ。

「ホント当たりじゃん、よく見りゃプチアイドル並みにカワイーわ。ほれ、俺のち○ぽ舐めろ」

「んっ、んっ……ふぁ」

「フェラのやり方くらい知ってんだろ？　ベロ出して舐め舐めしとけ。すぐお前ん中に挿れてやっから」

ギシギシと抱えられた両脚の真ん中を穿られながら、顎を押さえられた静香が入浴前のアンモニア臭がこびり付いたペニスを唇に押しつけられている。

「新入生にしちゃ弛マンだな、コイツ」

「うげ、外れか？」

「いや、中身のビラビラが絡みついてきて、スンゲー気持ちイイ。弛マンにされちゃったのもわかりますわ。外でどんだけヤラれてきたんだって話」

静香の太腿を小脇に抱えた男子は、パンパンパンパンと勢いよく尻を打ち鳴らす。

もうひとりの男子に膝枕をされている静香は、突き出した舌を半分皮を被ったペニスの先端で泳がせる。

その瞳の焦点は虚ろで涙で潤んでいる。

「おおおっ、キタキタっ」

「早ええな。んなに具合イイかよ？」

膝に乗せた静香の頭をペットを愛でるように撫でる男子が、語尾に（笑）がつくような声で冷やかす。

静香の股座に全体重を掛けて跨がった男子の大臀筋が痙攣していた。

「ここ三日くらいヤッてなかったからなー……スンゲー出た」

激しいピストンで叶馬の精子を掻き出した男子のペニスが、代わりに己の精子を大量に注ぎ込んだ穴から跳ね上がる。

「さっさと風呂ってこようかと思ってたけど、もっかいヤッてくわ」

「んじゃ交替な。えーっと、静香ちゃんだっけ？　舐め舐めち○ぽ、挿れてあげますよ～」

「はぁ……はぁ……やぁ……」

ずるり、とベッドの上から下半身を引っ張られ、床に膝を着く格好で裏返される。

「はい、挿入」

「ああっ……」

ベッドの上に上半身を残したままの静香が、シーツをぎゅっと掴んで顔を仰け反らせる。

あっさりとした手際のよいレイプが、行為の日常でありふれた慣れを物語っていた。

「ん～、その切なそうな声が堪んない。昨日風呂入ってねーから、チンカスま○こで扱いてね」

「汚ねえな、オイ」

「どうぜザーメンで流れ出るだろ？」

仮性包茎男子のペニスが静香の膣肉でズル剥け、ゴシゴシとよく発達した膣襞で扱き回されていく。

静香の肉付きのいい尻の肉が、男子の鼠径部で打たれる振動に婬らに波打つ。

「やっぱ新入生の女子は萌えるね。しばらくは愉しめそう」

「今年は豊作っぽいしな」

叶馬を押さえつけたままの男子がズボンのジッパーを下ろしてペニスを露出させる。

叶馬はこれから静香の中へ突っ込まれるであろう、ペニスを前に歯ぎしりして自分の無力を痛感していた。

「静香ちゃんオッパイ大きいからパイズリもできそうだね。てゆうか、こんだけおま○こ仕込まれててヤラされたことないはずないよね」

「んじゃ俺やってもらお」

「おい、次俺だぞ」

最初に静香へ中出しした男子が、ベッドの上に乗って静香の上半身を抱える。

「ケツは委せた。ほらほら静香ちゃん～、顔上げて。おっ、何だ。こっそり感じてたんじゃん。彼氏にエロ声聞かせたくなかった？」

「んじゃ、もうちょい頑張りますか」

膝立ちから相撲の立ち会いのような格好になった男子は、静香の尻を摑んでスパンスパンと強く腰を打ちつけ始める。

学園に来る前から開発されていた静香の身体は、叶馬との甘いセックスの余韻も影響してメスの反応を引き摺り出されている。

「一年でこのオッパイかよ。コイツ覚えておくわ」

「おっ、イッたかな。イッたよね？　んじゃ俺もっと」

乳房を両方とも掌で強く摑まれ、谷間にペニスを挟まれた静香の下半身が軽くなる。

木張りの床に、ぽたたっと白く粘ついた粘液が垂れている。

「俺の番だな。くそっ、べとべとじゃねーか。じゃんけんで負けんじゃなかった」

「んあっ」

都合四本目のペニスが勢いよく突っ込まれ、不意を突かれた静香がとうとう甘い悲鳴を漏らした。

「あっ、これぐちょマンだけど、ビラビラスゲーから全然イケるわ」

「だよね。俺もう一発してこう。とと、おいおい、君も諦めないね？」

代わりに叶馬の背中へ腰を降ろした男子が、いっそ感心したようにあきれる。

「これくらいでキレてちゃ、この学園じゃやっていけないよ？　そのぶん、君もおいしい思いができるんだからさ。女の子に特別な感情を持つのは止めておきなって」

「あっ、あっ、あっ、あっ、あっ」

「ほれほれほれほれっ」

ふっくらと柔らかい静香の膣感触が手加減を忘れさせるのか、三人目の男子も勢いよく腰を振りまくっていた。

身体の下に座り込んだ男子からは乳房を揉まれながらペニスを擦りつけられ、顔の見えない静香の上げる声が居室に響いた。

「ほらね。女子なんてどいつもこいつも、あんなモンさ」

それは過去の自分に対する自嘲でもあった。

「だから君も娯しめばいいよ」

「ちっすー。まだヤッてたんすね。童貞だっつー、一年坊主も連れてきたんすけど」

「おう。混ざれ混ざれ。なかなか、具合いいぜ」

薄暗いままの寮室に、廊下の明かりに映された影法師が追加されていく。

＊　＊　＊

「ふむぅ」

コツコツ、と長いキセルの先端をカウンターの外へと出して灰を落とす。

普段はインターネット回線へ繋ぎっぱなしのパソコンモニターの中で、若々しい性の饗宴が続いている。

若いな、とは思えども、出現した時より成長も退化もしない、ダンジョンが存在する限り不滅不変の精霊に実感はない。

無断接続であるLANコネクターを差し替えてある先は、本来の精霊がアクセス可能な『L《アカ》IBRARY《シックレコード》』領域だ。

青史系統樹からダウンロードした動画は、本来訪れたであろう可能性の高い世界の記憶である。

「うん、まぁ若干違ってるね。若干ね、ほんの少し、些細な程度ですやん。高い神格持ちが運命改竄するのはよくあることやし？」

誰に言い訳するのでもなく、画面から顔を逸らしたまま呟く。

露天精霊スケッギョルドは、つぅと額から流れる脂汗を無視してケーブルを引っこ抜いた。

「まぁ、まぁノープロブレムですわ。見なかったことにしときましょ」

《つづく》

前日譚　ナイトメアナイト

放課後を告げる学校のチャイムが鳴り響いた。

空気が弛み、校舎の中が賑やかになる。

それは変わることのない、ありきたりの日常風景。

昨日から今日へ、今日から明日へ。

今日《いま》という日は終わることなく続いても、いつか追憶へと成り果てる。

それに人が気づくのは、もっとずっと後の話だ。

「ちょっとアンタたち、ふざけるのもいい加減にしなさい」

奇麗で固い、棘のある声だった。

まだ妥協を知らない潔癖さが滲んでいる。

嫌悪、軽蔑、そうした感情は言葉よりもずっとダイレクトに伝わるものだ。

ましてや、受け手が思春期まっただ中であれば尚更だった。

「はいはい。ったく、うるせーなぁ」

「いつまで委員長ヅラしてんだか」

「マジダセェの、つーかウゼェ」

「ブスメガネ女」

人を傷つける言葉は、見えないナイフと同じ。

無意識でも無自覚でもなく、相手を傷つけようとして吐き出された悪意だった。

教室の隅に固まった彼らの声は、さほど大きくはない。

素行は不良、成績は不良、社会性も不良。

群れから落ちこぼれた連中だ。

そんな彼ら四人が集まり群れを作っているのも、人間の社会本能としては当然の流れである。

相対しているのは『クラス委員長』という教室の代表だ。

「な、なによ……」

癖のないふたつ結びの黒髪が、怯んだように跳ねる。

黒縁メガネを通した瞳が泳いでいる。

彼女が揺らいだのは、あからさまな悪意をぶつけられたのが初めてだからだ。

生真面目で口うるさい委員長。

彼女も自分がクラスメートから、どのように思われているかくらい自覚している。

だが、少なくとも今までは、こんなにはっきりと敵対されたことはなかった。

都会とはいえない田舎にある学校だ。

義務教育の箱に入れられた生徒の質はピンキリ。

本格的な選別は次のステージで行われる。

故に、だからなのだろうと、彼女は悟った。

もはや選別は終わり、自分たちの道筋は分かたれている。

あとひと月もすれば、ほとんどのクラスメートとは他人になり、二度と顔を合わせることはない。

だから、彼らはもう怖がっていないのだ。

息を潜めて気配を殺し、目立たぬよう、目をつけられないように隠れる必要がない。

つまりは、気が緩んだのだろう。

事実そのとおりで、ニヤニヤと嫌な笑みを浮かべた彼らが、委員長の下へと近づこうとする。

ガタ、と床が擦れる音がした。

彼らほど気の緩んでいなかったクラスメートが息を呑む。

聞きたくなくても耳が音を拾ってしまう、知りたくなくても注意を向けてしまう。

どうしようもない生物としての本能だった。

「あ」

誰が声を漏らしたのか、教室の空気が張り詰めている。

自分の席から立ち上がった生徒におかしなところはない。

普通に制服を着こなし、表情も笑ったり泣いたりしていない。

もちろん卒業記念にクラスメートで血祭りを開催しよう、とは考えていない。

さて、そろそろ帰るか、と当たり前のことを考えているだけだ。

窓際の席から教室の出口までの径路に、彼とは別の意味でクラスメートから注視されていた集団があった。

視線は誰とも合わない。

無駄に目力のある、そして質が悪いことに真正面から覗き込んでくる視線に耐えられる生徒は学校に存在しなかった。

ただ純粋に道をふさがれていたので足が止まる。

決して威圧して退かそう、という意図はない。

物理的に排除しよう、そのような考えからも卒業した、少なくとも彼はそう心掛けていた。

そう、紳士であれ、さすれば今度こそ友人ができるやもしれぬ。

「失せろ」

シンプルな宣言にビクッとした四人組が後退る。

彼と彼らの間には、物理的コミュニケーションによる格付けが終わっていた。

終わっているのだ、と彼は切ない気持ちになっていた。

退け、消えろ、死ね、そういうシンプルな会話しか出てこない口下手さが忌々しい。

ギリギリと響いてくる歯軋りに、教室の空気も軋んでいた。

コミュニケーションの難解さについて悩む彼が教室から消えていく。

「あ……ま、待って。船坂、くん」

金縛りにあっていた委員長が再起動する。

そのまま誰もがホッとしている教室を出て、彼の後を追っていった。

＊＊＊

「あのっ、待って……船坂、とうま、くんっ」

名を呼ばれたので足を止めた。

俺にとって名前を呼ばれるのは、十分にその価値があるレアイベントだ。

ましてや相手が同級生、クラスメートであればなおのこと。

学校の授業でも教師から指名されることや、名前を呼ばれることはなかった。

ぶっちゃけ避けられている。

それこそ空気のように。

自分が悪いので、それは仕方ない。

今でこそ極普通の生徒だと自認しているが、割と荒んだ中学生活を過ごしてきた。

あらゆる問題解決の手段として暴力を選択してきた俺だ。

シンプルにわかりやすく、相手を問わずにトラブルを解決できる、万能のコミュニケーションツールである。

ただし、友達はできない。

それを教えてくれたのは担任教師のオッサンだ。

感謝の気持ちを込めて、いずれ殴り倒したいと思う。

「あ、あの……」

廊下で立ち止まった彼女は、怯えたように硬直していた。

いや、偽るのはやめよう。

普通に怯えている。

もはや凝り固まったヴァイオレンスの使者というイメージは拭い去れそうにない。

せめて怖がらせないように黙ったまま用件を伺う。

ひっ、とか息を呑んだように見えたのは気のせい。

彼女はクラスの代表たる委員長であり、被害者でもある。

何故かといえば、俺たちの教室には学年の問題児が集められていたからだ。

担任はムキムキの肉体派暴力系であり、臭いものは集めて管理すべしという学校側の配慮が感じられる。

無論、普通の生徒も混ぜられており、彼女は当然そちら側だ。

俺から見ても気の毒に思えていた。

クラス単位の行事があった場合など、俺に話しかける役割も押しつけられていた。

「そ、その……さっきはありがとう」

沈黙の後に、小さな声でお礼を言われた。

感謝される覚えがないので悩む。

たまにあるのだが、おそらく勘違いか聞き間違いなのだ。

なので、スルーしてみせるのがお互いにダメージがない。

そんな俺のポーカーフェイスをチラ見した委員長が、何故かクスッと笑った。

「叶馬くん今、困ってるでしょ？」

こちらを見透かすように問いかけてくる。

ちなみに、委員長が俺を名前で呼び始めたのは、連続スルーされた彼女がブチ切れてからだ。

多少なりとも話しかけてくるようになったのは同時期だったか。

「あのね。実は卒業する前に記念でクラス会をやろうって、みんなで話してたの」

ああ、なんという青春イベントだろうか。

俺も経験してみたいが、絶対に歓迎されないのは聞かずともわかる。

生真面目な委員長なので義務的に俺も誘ってみた、という感じだろう。

手渡されたプリントを見ると、場所はカラオケボックス、参加費あり、開催は三日後の土曜日だった。

想像するまでもない。

俺が顔を出した瞬間、お通夜会場になる。

参加すると事前に通達されれば、俺だけのおひとりさまお誕生日会になってしまうだろう。

「参加するかの返事は明日、聞かせて。予約の都合もあるから」

「いや」

「ひと晩くらい考えてよ。最後なんだし」

すっと間合いを外される。

そのまま踵を返して教室へと戻っていった。

わかりきった答えをお預けにするとは、ずいぶんと意地悪をされたものである。

今まで迷惑をかけさせられた分、ひと晩くらい反省しろということか。

プリントをポケットに入れた俺は、ため息を吐いて昇降口へと足を向けた。

＊　＊　＊

そこは都市部とは異なる、時代の流れに取り残された街だった。

いつかあった好景気による開発からもこぼれ落ち、ただゆっくりと寂れていく。

集客が望める観光名物もなく、おざなりに整備された道を走っている車はない。

街道の先にあった山間のスキー場や温泉地など、今はもう廃墟も同然だった。

「あ〜っ、なんかスッゲー開放された感あるぜ」

「だよな。ようやくっていうか」

「わかるわかる」

学校からの帰り道、少年たちがだべりながら歩いている。

三年間繰り返した道程であろうと、彼らに感慨はなかった。

学校生活に価値がなければ惜しいと思えるはずもない。

「そういやさ。もう俺たち学校行かなくてもいいんじゃね？」

「確かに。来る意味ねーもんな」

彼らの進路も決まっていた。

四人とも同じ、地元の工業高校だ。

そこに異物が混じっていないことが、彼らの気持ちを開放的にさせていた。

異物、そう異物だった。

自分たちが社会のはみ出し者、落ちこぼれであることは自覚している。

だが、『普通』という枠までは逸脱していない。

常識が通じない、価値観が共有できない、意味がわからないモノなど異物としか言い様がない。

理解できないモノは、どう扱えばいいのかもわからなかった。

話題に出すことすらも無意識に避けるほどに。

「んじゃ、いつものところに行くか」

「そうしようぜ。……つーか、お前さっきからどうしたんだよ」

「ああ、ずっとムカついてたんだよ。あのクソメガネ委員長」

不機嫌そうな顔でそっぽを向いていたひとりが舌打ちする。

「俺も気に入らないけど、もう顔を見ることもないんだからさ。まっ、卒業式の日くらいか？」

「だからムカつくんだろ。あの澄まし顔をさぁ、一度メチャクチャに歪ませてやるってずっと思ってたんだよ」

下品な表情を浮かべている顔は、もはや少年という言葉に不相応だった。

彼の奥底にある感情が何であれ、どうしようもなく歪んでいることに間違いはない。

「……アイツ、顔はともかく胸はケッコーあるよな」

「つーか、顔も言うほど不細工じゃねぇし。俺、委員長で勃起したことある」

「ムカつくけど、ムラムラもするんだよ。夢の中で何度か犯してやった」

「ちょうどいいだろ……あのクソメガネ、連れていこうぜ？」

四人組が歪んだのは周囲の影響が大きい。

見本となってしまった先達が、手本になる仲間が彼らにはいた。

彼らが溜まり場としているのは郊外にあったドライブインだ。

交通量の減少やコンビニの普及によって閉鎖されて、廃墟になった施設だ。

駐車場のアスファルトは荒れて雑草がはびこっている。

錆の浮いたシャッターは閉められたまま、傾いた看板も、朽ちた自動販売機も放置されている。

管理放棄された建物の影には、数台のバイクやワゴン車が駐められていた。

施錠の解かれた裏口から入れば、まだ現役の匂いがしていた。

埃や鉄錆とは違う、人間が醸している空気の匂いだ。

「こんちゃっす」

「おーう、お前らか」

彼らが入り込んだのは廃墟ではなく、好き勝手に荒らされたガラクタ箱だった。

レトロゲームの筐体に座っていた青年は、煙草を咥えたままスティックレバーをガチャガチャと動かしている。

照明やゲームの電源は、配電盤を弄って無断拝借されていた。

「えっと、兄貴いますか？」

「奥にしけ込んでお楽しみ中だ。覗くんなら気づかれないようにしとけ？」

廃墟を占拠しているグループは、施設を主にラブホテルとして使っていた。

メンバーの彼女を合意の上で連れ込んだり、強引に連れ込んでから関係を強要したりすることもある。

実際に四人組の兄のひとりは、後者のパターンで手込めにした同級生とセックス中だ。

奥から聞こえてくる声の半数ほどは、そうした強要を馴れ初めにされた女性だった。

「ああ、クソッ、逝った」

画面を埋め尽くされた落ちモノゲーに、ゲームオーバーの文字が表示される。

クラシックでシンプルなパズルゲームは不変の中毒性があるものだ。

根元まで灰になったフィルターが床に捨てられ、新しい煙草が咥《あずか》えられる。

「ふ〜……んで、オマエらどうしたんだよ。またお零れにでも与りにきたのかぁ？」

ニヤニヤと笑った男に、赤面した彼らが頭を振った。

「ち、違うっすよ」

「奥の部屋、今度俺らにも使わせてもらって、いいですか？」

「へぇ。オマエらも大人になったなぁ。好きに使っていいぜ」

はしゃぐ少年たちに、カラフルな錠剤の袋が手渡された。

「ついでに餞別をプレゼントだ。――うまく使えよ？」

＊＊＊

クラス会の当日。

「はぁ……結局、来てくれなかったな」

彼が不参加なのはわかっていた。

だけど、都合がついたら途中からでも来てくれるように話はしていた。

不参加の理由は、きっと彼なりの気遣いだ。

それに気づいているのは自分だけなのだろうと思っている。

実際に彼がクラス会に顔を出したとして、歓迎する者はいないとわかってもいた。

たぶん、空気が凍りつく。

そんな想像にちょっと楽しくなってしまう。

「空気読めない、余計な連中は来たのに……」

足下がふらついて、頭がふわふわしていた。

アルコールなんて注文していなかったから、雰囲気に酔ってしまったのかもしれない。
飲んだのはコーラくらい、ちょっとケミカルな味がしたけど。
心配していた友達に、大丈夫だと断ってから店を出た。
もう日は暮れて、夜空には月が浮かんでいた。
ふわふわでふらふらする。
気分は悪くないのに、風邪を引いた時みたいに身体が火照っていた。
大丈夫だけど、このままでは家に帰れそうもなかった。
だから、目を閉じて少しだけ休憩する。
「気分が悪そうじゃん。俺たちが送ってやるよ」
彼女が覚えていたのは、そこまでだった。

＊＊＊

赤く染まった月が空に浮かんでいた。
ブラッドムーンと呼ばれる赤銅月色だ。
仄暗い月光に照らされた廃墟は暗がりに沈んでいた。
全ての窓は、明かりが漏れないよう内側から目張りされている。
盗電の明かりも、音も、外界から隔離されていた。

内部に籠もっているのは煙草とアルコール、そして性臭だ。

公にできない行為、そして関係。

彼らと、多くは望んでない彼女たちに醸しだされた澱みだ。

「やべっ、やっぱ胸ちょーでけぇ」

「これが委員長のパイオツ感触……堪らねぇぜ」

上着は首元までたくし上げられていた。

シンプルで清楚な白いブラジャーが包んでいる双丘は、余裕で深い谷間ができるサイズだった。

今は肩紐をズラされて、片方のカップから零れた乳房がゆるゆると揉まれている。

背後から上半身を抱え込んでいる少年は、ゴクリと唾を呑んで目を血走らせていた。

「イインチョの生オッパイ、すっげ」

「メガネ外すと印象変わるな。普通にカワイイじゃん」

「俺にも触らせろ。このデカパイ見るたびに、ずっとムラムラさせられてたんだよ」

もう片方の乳房も剥かれて、また別の少年が弄び始めた。

「おっ、乳首固くなってきた。クソ委員長の分際で感じてやんの」

「マジかよ。どれどれ」

淡い色をした突起物に指先が押し当てられる。

三人に乳房を弄られている姿は、四人目の少年に撮影されていた。

「脱がすとスゲェな。とんだエロイインチョだぜ」

「これから俺たち専用の性処理委員会を作るんだ。コイツはひとり目の名誉エロ委員長だな」

「あ～マジエロい。堪んねぇ～。今スッゲー勃起してるわ」

他の少年たちも自分のスマホを取り出し、パシャパシャと記念撮影を開始していた。

あられもない素肌の露出と嬲られているシーンは、関係を強要させる恐喝の材料にもなる。

「そろそろ下も行っとくか」

「ちゃんと映えるように脱がせよ。オナネタに使うんだから」

「バッカだな。溜まったらコイツ呼び出してホンバンすりゃいいさ」

スカートが捲られて、白いシンプルなショーツに指がかけられる。

ずるっと下着が引き降ろされると、彼らの視線が一点に集中した。

「コレが委員長の……」

「へへっ。生意気に毛が生えてやがる」

「焦って突っ込むなよ。俺が一番だからな」

「待てって。まずは記念撮影だろ？」

下のほうから聞こえてくるパシャパシャとした連続音に、彼女がピクリっと身動いだ。

本来、風呂場でも感じられない場所がスースーとしている。

ムズ痒い刺激も不慣れな感触だ。

「ふひ……濡れてやがる」

「中身マジでピンク色じゃん。ここに俺のチンコ突っ込めんのかよぉ」

「コレがイインチョの処女膜か。四人で突っ込んだら破片もなくなりそう」

鼻息も荒くした小声に、パシャリっという音が続いていた。

「辛抱堪んねぇ。もうバッキバキだぜぇ。おら、お前ら押さえつけとけ」

「おいおい。ゴムは？」

「……ま、今日はなしでいいだろ。コイツにはこれからの立場ってのをわからせねぇとな」

「やっぱ生ハメ生出しのが映えるよな～」

ひとりが右足を、もうひとりが左足を、三人目が両手を頭上で押さえつける。

ぼんやりとした彼女の視界に映る、赤黒い勃起物は気持ち悪かった。

アレはよくないモノだと本能的に悟る。

拒絶する身体が身動いだ。

「ゃ……やだ」

「やば、正気に戻った？」

「つーか目ぇ覚めてるほうが、いいリアクションしてくれそうじゃん」

「あんま抵抗されても面倒だろ。もう一粒入れとくか」

「ん、ぅ」

唇にピンク色の錠剤が押し込まれる。

乳房を揉まれながら口元を掌でふさがれて、錠剤が唾液で溶けていった。

思考は泥のように重く、夢か現かも曖昧に溶けていく。

虚ろに開かれた瞳には四人の少年が映っていた。

「おらっ、ブスメガネ女。今からテメェを俺のモノにしてやるぜ。いつも澄ました顔で俺を見下してたよなぁ。いつかゼッテェ犯してやると決めてたんだ」

「ッ……い、いや」

「今からじっくり身の程ってのを教えてやるよ。クソエロい身体しやがって、どんだけムラムラさせられたと思ってんだ、アァ？」

正面からのし掛かる少年が顔を近づけていた。

嫌悪感に顔を背けると、舌打ちされて胸をつかまれた。

悲鳴が口から漏れる。

股間に押しつけられている異物がキモチワルイ。

自分は今から強姦される。

今更ながらにソレを自覚した。

意味がわからない、けど、回転の鈍った頭では、逃亡も抵抗することすら考えられなかった。

「チッ。ま、いいか。キスより先にバージンを貰ってやるぜ。テメェの初めての男はこの俺だ。一回で終わると思うなよ。飽きるまで何回もセックスしてやる。しばらく世話になるけど心配すんな。ヤリ飽きたら捨ててやっから」

女陰の溝に挟ませたペニスは、刺激を求めて前後に擦りつけられていた。

先端から滴らせている大量の先走り汁は、射精と見紛うほどだ。

「それでもテメェと初めてセックスしたのは俺だ。誰を好きになろうと、誰かと結婚しても、俺が最初の男だ。忘れられねぇように何度でも教え込んでやらぁ」

「い、いやぁ……やめ、て」

「テメェの人生をレイプしてやる、ぜっ？」

スマホを片手に構えた三人と、勢いをつけるために腰を引いたひとりが顔を見合わせる。

はっきりと聞こえた、声。

鈍く響いている破壊音。

実際には少し前から届いていたのだ。

有頂天の興奮に呑まれていた、彼らの耳にも。

ガチャガチャと音がする。

ドアノブがガチャガチャと鳴っている。

問いかけか、警告か、あるいは恐喝でもいい。

せめて何か喋ればいいものを、ただドアノブだけをガチャガチャと鳴らしている。

鼓動が乱れる、呼吸が乱れていく。

少年たちは知っていた。

この何かがズレている、理由のない理不尽さを。

一方的に蹂躙された痛みと、へし折られたプライドが忘れさせてくれなかった。

ピタリとドアノブが静かになる。

次の瞬間、べきりっとドアの中央に鉄パイプが生えた。

めきめき、みしみしと音を立てて扉が破壊されていく。

扉の奥に浮かんだソレと、何故が赤黒く染まっている紙袋と目が合った・・・・。

「イグザクトリー？」

＊＊＊

さて、本日はクラス会の当日。

俺は多忙により欠席したが、こうして暇を持て余している。

弁明はしない。

弁明はしないが、ちょっと待ってほしい。

俺が本当はクラス会に参加したかったとして、誰が責められるだろうか。

決してストーカー紛いの不審者ではない。

カラオケボックスの前を行き来していた俺は、とても怪しかったと思わなくもないが。

これでもいろいろアイディアは考えていたのだ。

顔を見て怖がられるのなら、いっそ覆面を被ればいいのでは、など。

まあ、覆面の不審者が登場したら、素顔よりもドン引きになる気はした。

一応準備はしていたが、実行しなかったのでセーフだと思う。

そのような感じで店舗の前をウロウロしつつ、通りがかったパトカーや警官から身を隠したりもした。

おそらく近場で事件でもあったのだろう。

俺に身の覚えがなくとも、昔から警察権力とは相性が悪い。

話せばわかるのだが、お互い時間を無駄にするのでスルー正解といわざるを得ない。

少しばかり追い駆けっこをした後、カラオケボックスに戻ったらクラス会は終了していた。

店からクラスメートが出てくる様子を、紙袋を被った俺がため息を吐きつつ見守っていたのは言うまでもない。

最初はゴリラのマスクを被っていたのだ。

だが、警官が探している不審者も、同じような動物のマスクを被っていたらしい。

仕方なくゴリラマスクを廃棄して、容れ物を活用した俺である。

「ふむ」

それぞれ散っていくクラスメートの中で、不審な動きを見せる者がいた。

委員長は足元をふらつかせており、完全に千鳥足となっていた。

いかんね、あれは。

どう見ても泥酔している。

クラス会でテンションが上がってアルコールを摂取したらしい。

普段真面目なタイプほど、羽目を外すとはっちゃけてしまうのか。

とはいえ、未成年がへべレケになっている姿はよろしくない。
まだ周囲には警官がウロウロしているのだ。
あんな状態ではすぐに職質を受けてしまうだろう。
クラスメートのよしみで忠告くらいはするべきか。
ガードレールに寄りかかった彼女に、同い年くらいの四人組が近づいていく。
四人組には見覚えがある、というかクラスメートだった。
あまり素行がよろしくない連中だ。
同じタイミングで歩道にワゴン車が横付けされる。
ウインカーがチカチカと瞬いたくらいで、すぐにワゴン車は走り去っていった。
歩道からは委員長の姿も、四人組の少年たちの姿も消えている。
「ふむ」
これは誘拐ではなかろうか。
泥酔したクラスメートを送っていこう、という連中には思えないのだが。
さり気なさすぎる手際に、周囲は誰も気づいていない。
明らかに手慣れている犯行であった。
これはどうしたものか。
彼らが親切心で委員長を送迎した、という可能性もなくはない。
だが、見なかったことにするのも薄情な気がした。

泥酔状態でお持ち帰りされた委員長がどのような目に遭うのか、想像するのは容易い。

余計なお世話かもしれないが、ちょっとだけ確認してから帰ろう。

「発見しました！」

「応援を呼べえっ！」

幸いなことに、親切な国家公務員がチャリを支給してくれた。

追跡に関しては得意分野だ。

それが市街地であればなおのこと、月明かりだろうと関係はない。

最近はご無沙汰だが、狩猟は生きるための手段だった。

まあ、途中で見失ったのだけど、最終的に追いついたので問題なし。

それらしきワゴン車が駐まっているので間違いはないはず。

場所にはいくつか目処をつけていた。

ああいう連中は、だいたい同じような場所に巣を作るのだ。

ボロボロになっているドライブインは、その中のひとつ。

三年くらい前に、ここを溜まり場にしていた連中と縄張り争いした覚えがあった。

そいつらは生存競争に敗北して散ったはずなので、別の新しい連中が住み着いたらしい。

俺の経済状況が改善されるまでお世話になった古巣である。

山が近いので獲物の解体場としてちょうどよかったのだ。

剥ぎ取った毛皮は自然が分解したようだが、まだ猪やら鹿の骨が転がってます。

我ながら原始人みたいな生活をしていたなぁ、と懐かしい気持ちになれる。

それはさておき。

内部には人の気配があった。

それもひとりやふたりではない。

品のない笑い声や、啜り泣くような女性の声が漏れ聞こえている。

中でナニが行われているのか嫌でも察しがついた。

建屋の構造は覚えていたので、裏口からこっそりとお邪魔する。

ここに委員長が連れ込まれたのかも不明だし、意気投合して二次会を楽しんでいるやもしらん。

無事そうなら誰にも気づかれないまま帰宅する予定。

空気の読めない闖入者とならぬよう、俺は紳士的に鉄パイプを振り下ろした。

＊＊＊

昼休みの校舎は、いつも通りに賑やかだった。

卒業式も間近になり、この廊下を歩くのも後わずか。

彼女は廊下の窓から空を見上げる。

もうすぐ自分たちは、この場所から巣立っていく。

今まで毎日顔を合わせていたクラスメートも、新しい別の顔ぶれに変わってしまう。

自分が『委員長』と呼ばれることも、おそらくない。

「どこまでが夢だったのかな……」

彼女のクラスメートは、既に何名か欠けていた。

進学の準備、あるいは諸事情により、担任からはそのように説明されている。

とはいえ、彼女が心配していたのはひとりだけだ。

彼は卒業式にも出席しないと聞いている。

あの日。

体調を崩した自分が目覚めたのは、何故か担任教師の車の中だった。

パニックになったがちゃんと自宅まで届けられて、体調が回復するまで少しだけ寝込んだりもした。

記憶が曖昧で、はっきりとは覚えていない。

悪い夢を見たとしか思えなかった。

そのほうがいいと先生も言っていた。

ケジメは既につけられているから、と苦笑しながら頭を掻いていた。

でも、とても嫌なことがあって、いろいろなモノを失いそうになって、そこから彼が助け出してくれたのは覚えている。

悪夢の中で助けてくれたのは絶対に王子様じゃない。

とても恐ろしい悪夢のような騎士様だったから。

「アイツが受験した学校？　……あ〜、実は県外でな」

進学先は先生に聞いても教えてくれなかった。

彼に確認することもできず、お礼も言えていない。

うん、でも、お礼は、したかもしれない。

あの時、熱に浮かされていた私は彼に、お礼のご奉仕を、した。

覚えていない。

本当に覚えていないのだ。

でも、たぶん、苦しそうに張り詰めていた彼を、その場で襲ってしまった気はする。

ちょっと過激なレディコミは、ストレス解消を兼ねた秘密の趣味だ。

夢現の状態で、自分にそういうシチュエーションを投影して、現実逃避した、というか。

最後の一線は越えていないけど、お口でのお礼は、その、いっぱいしてあげた、かもしれない。

困ったように頭を撫でてくれた手の感触や、彼の味だけは、忘れていなかった。

それが妄想でも現実でも構わない。

トラウマにもならない。

何故なら、自分は彼のことが、好きだった。

そんなことはずっと前から自覚している。

だけど、その想いを告白するかどうかは、また別の話だ。

「じゃあね。叶馬くん」

しばらくは会えないのだろうけど、彼はいつか、この街に帰ってくるだろうか。
届け先がいない呟きは、風に乗って春空へと消えていった。

《おわり》

あとがき

この本を手にしていただいた、全ての皆様へ感謝を。

そして、本作の書籍化に関わられた全ての方々にお礼を申しあげます。

一二三書房の担当者様方、イラストレーターのアジシオ様、本作を応援していただいた読者の皆様方、ありがとうございました。

この本を手にしている貴方へ。

ただ、物語の世界を楽しんでいただければ幸いです。

竜庭ケンジ

豊葦原学園紹介

・学園について

正式名称は『豊葦原千五百秋水穂《とよあしはらのちいほあきのみずほのくに》』学園。

通称は『豊葦原学園』で登録されている。

場所は立山連峰の麓で、周囲は原生林に囲まれた山の中。

高等専門学校として修学期間は五年制。

三学期制が採用されている。

学園への交通機関は、学園の管理下にある私道が一本と、私営鉄道が一本のみ。

駅員、及び学生通りの店も全て学園に所属している。

物理的に隔離された陸の孤島となっている。

原因は不明だが、携帯電話はもちろん、あらゆる無線の類いが使用不可能となっている。

ただし、有線ケーブルでテレビも見られるし、ネットや電話も利用可能。

裏で学園がフィルタリングや検閲しているのは公然の秘密。

普通科と特級科に分かれており、校舎から学習カリキュラムまで別物。

学園では地域通貨として『銭《セン》』が利用されており、学生通りの店舗も含めて日本円は使用不可。

学園の方策として性風紀にはとても寛容。

構内のあちらこちらで致している男女を見かけることができる。
だが同性愛については、校則で明確に禁止されている。

・学級について

基本は一学年二十四学級。
学級の人数は四十名前後が基本となっている。
ただし退学、若しくは失踪者により人数が減少した場合は考慮しない。
以上は普通科のみとし、特級科は含まれない。

・制服について

以下が支給される物とする。
耐刃仕様でとても頑丈。
ただし破損した場合は自己負担とする。
校章、及び学年章は見える場所に装着すること。

・授業について

※一般科目（国語、地理歴史、数学、外国語など）

月・水・金曜日の午前中とする。
※専門科目（単位制の自由選択科目）
単位科目は身体強化訓練、サバイバル基本、迷宮概論、測図学、探索術、格闘術、各種武器戦闘術など。

火・木・土曜日の午前中とする。
※平日の午後は自由時間となり、自主的な訓練、またはダンジョンに行くことが推奨されている。

・学園施設について

『教室棟』
普通科の生徒の学舎。大正ロマン溢れる木造建築物。たまに雨漏り。
非常階段が青姦スポットだが混み合う。
『特別教室棟』
特別教室がある校舎。地下に『工作室《ファクトリー》』がある。余裕の青姦スポット。
『特級棟』
特級科生徒専用の校舎。普通科生徒は立入禁止。
『学生食堂』
生徒全員が一度に利用可能な巨大施設。評判は上々。お弁当も販売している。
昼食のみならず夕食に利用する学生も多い。

『エントランスホール』

昇降口。羅城門への階段や購買部へと直通している。テクニカルな青姦スポット。

『羅城門』

ダンジョンの出入口。現世と常世を繋ぐ『大規模術法施設《メガマギアロジープラント》』。好色な式鬼が憑いている。

『購買部』

ダンジョン用武具及びアイテムのみならず、生活用品も販売している。二階にアイテム買取所がある。

『時計塔』

学園のパンフレットに格好良く写っている。立入禁止。

『庭園』

学園のパンフレットに格好よく写っている。自然を満喫できる青姦スポット。

『図書館』

古今東西の書物が収められている。基本、持ち出し厳禁。青姦すると怒られる。

『保健療養棟』

ダンジョンや訓練における怪我の治療の他にも、病院としての役割も果たしている。

奥に隔離病棟、秘密の研究所がある。

『聖堂《カテドラル》』

クラスチェンジを行う古代遺跡。青姦スペースはない。

『体育館』
主に専門科目で利用される。健康的な青姦スポット。
『武道館』
主に専門科目で利用される。ストイックな輪姦スポット。
『グラウンド』
主に専門科目で利用される。スポーティな青姦スポット。
奥に首塚とかあり青姦すると祟られる。
『闘技場《コロッセウム》』
普通科生徒でもスキルが使用可能になっている施設。
乱交スポット。
『倶楽部棟』
倶楽部ランクに応じて与えられる部室棟。
喘ぎ声が絶えない。

・学生寮について

居住性と料金が異なる、三つのグレードに分かれている。
基本的には自治寮であり、各寮には運営組織が作られている。

新入生はエントリークラスの空きがある寮にランダムで入寮する。
各寮では有線の学園イントラネットが利用可能となっている。

※エントリークラス
『黒鵜荘』『灰鳩荘』『藍雁荘』、etc（男子寮）
『白鶴荘』『麻鷺荘』『海燕荘』、etc（女子寮）
ランクは最下層になる学生寮で、古い木造建築となっている。
学園の敷地内に点在している。
入学した普通科の生徒が最初に送り込まれるランクの寮。
基本的には二人一組の相部屋、寮内での地位が上がれば個室が使用可能。
自治寮となっており、男子寮は『兄弟《ファタニティ》』、女子寮は『姉妹《ソロリティ》』という組織で運営される。
寮内の管理は全て生徒が行わなければならない。
ただし、寮の食堂で通いの調理師が朝食及び夕食を無料で提供している。
洗濯機と乾燥機が標準装備で、談話室にはケーブルテレビが一台ある。

※ミドルクラス：男女兼用
『朱雀荘』『青龍荘』『白虎荘』『玄武荘』

ダンジョンで安定した稼ぎを得られる生徒が引っ越す学生寮。

入寮条件として、Cランク以上の倶楽部に所属している必要がある。

マンションのような建物になっており、家賃が発生する。

寮生の組織はあるが、掃除洗濯料理などは全て寮の従業員が代行。

ルームサービスも準備されており、学生寮というよりはホテルのシステムに類似している。

部屋は全て個室でエアコン、ユニットバス、トイレが標準装備。

同棲しているカップルも多いが黙認されている。

※ハイエンド：男女兼用
『麒麟荘』

普通科の生徒が入寮できる最高峰の学生寮。

入寮条件として、Aランク以上の倶楽部に所属している必要がある。

高級ホテルのような建物になっており、高額な家賃が発生する。

ミドルクラスよりもグレードの高いサービスが利用可能。

リビングやベッドルームなどが続き部屋になっており、快適な生活を満喫できる。

希望すれば専属の付き人（選択可能、性交自由）も準備されている。

男子生徒の多くはハーレムメンバーを囲っていたりする。

※特級科専用寮

『金烏荘』（男子寮）

『玉兎荘』（女子寮）

特級科の生徒のみが入寮する学生寮。
普通科の生徒は近づくことすら許されていない。
建物自体は料亭のように格式の高い木造建築物。
ヒエラルキーと派閥に支配されたギスギス空間となっている。
学園の外で手に入る家電・家具は全て完備されているが、持ち込む寮生も多い。
それは使用人についても同様で黙認されている。

BRAVENOVEL
ブレイブ文庫

ハイスクールハック
アンドスラッシュ1

2024年1月25日　初版発行
2024年3月27日　再版発行

著　者　　竜庭ケンジ

発行人　　山崎　篤

発行・発売　株式会社一二三書房
〒101-0003 東京都千代田区一ツ橋2-4-3
光文恒産ビル
03-3265-1881

印刷所　　中央精版印刷株式会社

■本書は小説投稿サイト「ノクターンノベルズ」（https://noc.syosetu.com/）に掲載された作品を加筆修正し書籍化したものです。

ISBN 978-4-8242-0105-8 C0193